suhrkamp taschenbuch 4051

»Doris hilft« steht an einer Wand der Bochumer Uni, an der Wolfgang Welt in seinem Wahn vorbeiläuft. Doris, so hieß doch die Bedienung in seinem Stammlokal, die er geliebt hatte – *Doris hilft* ist der vierte Roman, den Welt seinem Leben als Autor, Biertrinker, Dauersohn und Nachtwächter auf der Bochumer Wilhelmshöhe und in deren Umgebung widmet. Lauter Nachrichten aus der Wirklichkeit (1983-1991), aber es braucht jemanden wie Welt, den »größten Erzähler des Ruhrgebiets« (Willi Winkler), gewöhnlich und nicht ganz normal, der sie uns aufgreift, »anleuchtet«, sichtbar macht.

Im Anhang »Bob Dylan & Buddy Holly. Kein Vergleich«, einer der besten Artikel des Musikjournalisten Wolfgang Welt aus dem Jahr 1991.

Wolfgang Welt, geboren 1952 in Bochum, lebt dort (in seinem Elternhaus in der Bergarbeitersiedlung Wilhelmshöhe). 2006 erschien *Buddy Holly auf der Wilhelmshöhe*. Drei Romane (st 3776). Der Band enthält die Romane *Peggy Sue*, *Der Tick*, *Der Tunnel am Ende des Lichts* sowie eine Reihe von Erzählungen.

Wolfgang Welt
Doris hilft

Roman

Mit einem Nachwort von
Willi Winkler

Suhrkamp

Umschlagfoto: © Birgit Hupfeld

Die Arbeit an diesem Roman wurde durch
die Kunststiftung Nordrhein-Westfalen gefördert.

KUNSTSTIFTUNG ➡ NRW

suhrkamp taschenbuch 4051
Erste Auflage 2009
Originalausgabe
© Suhrkamp Verlag Frankfurt am Main 2009
Alle Rechte vorbehalten, insbesondere das
der Übersetzung, des öffentlichen Vortrags
sowie der Übertragung durch Rundfunk und Fernsehen,
auch einzelner Teile.
Kein Teil des Werkes darf in irgendeiner Form
(durch Fotografie, Mikrofilm oder andere Verfahren)
ohne schriftliche Genehmigung des Verlages reproduziert
oder unter Verwendung elektronischer Systeme
verarbeitet, vervielfältigt oder verbreitet werden.
Satz: Hümmer, Waldbüttelbrunn
Druck: Druckhaus Nomos, Sinzheim
Printed in Germany
Umschlag: Göllner, Michels, Zegarzewski
ISBN 978-3-518-46051-1

1 2 3 4 5 6 – 14 13 12 11 10 09

Doris hilft

Für Barbara Römer
meine erste Leserin
in Dankbarkeit

Kaum aus der Psychiatrie entlassen, holte ich mir auf meiner Mansarde einen runter. Im Marienhospital hatte ich keinen Steifen gekriegt, was wohl an dem Hängolin lag, das die mir in den Kaffee gegeben hatten. Nun ging es wieder, und es kam gut, kam sehr gut. Ich fragte mich, ob der jahrelange Sex mit mir selbst dazu geführt hatte, daß ich plemplem geworden war. Aber dann müßten ja alle katholischen Geistlichen und Junggesellen ohne Freundin reif sein für die Klapsmühle. Sind sie es nicht auch?

Ich ging in die Badewanne. Im Krankenhaus hatte ich immer nur geduscht. Langsam ließ ich das Badedas wirken, bevor ich wieder ausstieg, um bei Wagner den Lottoschein abzugeben. Später würde ich zum Polterabend meiner Schwester gehen, die zwei Tage später heiraten wollte.

Ich mußte mich der Wilhelmshöhe versichern, meiner Heimat, meiner Welt. Ich ging raus. Neben uns wohnten, schon länger als wir, Rosenkranz und über ihnen Rosenbaum, die Schwiegereltern von Günther Eicke, dessen Frau Alkoholikerin war, mit der er schräg gegenüber in der Sonnigen Höhe wohnte, wo auch Piff Temma mit seiner Schwester lebte. Vor deren Haus warfen wir Flaschen gegen die Tür, als die Tochter von Tetzel 1964 auch Polterabend hatte, und eine Flasche, die ich griff, hatte keinen Hals mehr, und ich schnitt mir mit der Scherbe ins rechte Knie. Ich hatte eine klaffende Wunde. Meine Eltern waren an diesem Freitagnachmittag nicht zu Hause, und glücklicherweise brachte mich der Sohn unseres Nachbarn Teichmann zum Dr. Hoffknecht, der mir ein Pflaster auf das Knie klebte und mich ins Krankenhaus schickte, wo die Wunde genäht wurde.

Später, im Wahn, nahm ich an, die hätten mir was eingepflanzt, einen Sender. Dasselbe dachte ich auch, als ich ein paar Jahre später bei Laupitz in der Kneipe die Treppe runterfiel und mit dem Kopf gegen einen Heizkörper schlug. Diesmal hatte ich die Macke über der rechten Augenbraue. Die Ärzte im Knappschaftskrankenhaus wirkten genauso besoffen wie ich. Es war noch das alte Gebäude, kurz bevor der Neubau eingeweiht wurde. Später also dachte ich, die hätten mir einen Sender eingepflanzt. Aber warum? Weil ich was ganz Besonderes war. Aber was?

Nebenan stand das Haus, in dem die Eltern meines Vaters gewohnt hatten, die ich nie kennenlernte. Der Großvater ist im Krieg nach einer Schlagwetterexplosion elendig verreckt, während seine Frau kurz nach der Währungsreform an Krebs starb. Meine damals noch junge Mutter hat sie bis zum Schluß gepflegt. Aber eigentlich war mein Vater bei seiner kinderlos gebliebenen Tante in der Stefanstraße groß geworden, die ihn sehr verwöhnte. Als erster auf der Wilhelmshöhe bekam mein Vater ein Fahrrad.

Das Haus nebenan gehörte damals schon Klingelberg. Der Friseursalon war, als ich jetzt da vorbeiging, schon einige Jahre zu und zu einer Wohnung umgewidmet. Nebenan war die Fahrschule Thomas raus und eine Postfiliale drin, nachdem die am Bahnhof geschlossen worden war. Ganz früher war ein Tante-Emma-Laden drin, den man damals noch nicht so nannte. Die Witwe Hüsken betrieb ihn, und man konnte anschreiben lassen. Die Post wurde nicht allzu stark frequentiert. Ich kaufte mir dort meine Briefmarken. Einmal war ich dabei, wie Friedhelm Plewka einen Euroscheck einlöste. Für solche Zwecke war die Post also in erster Linie da. Am Morgen, bevor ich nach Dortmund abgedriftet war, hatte ich ein Postgirokonto oder so was ähnliches eröffnet, und in meiner Abwesenheit, also während ich im Krankenhaus lag, kamen Hunderte von Formularen, die meine Eltern wieder zurückschickten. Auch wollte der Leiter der Wilhelmshöher Volksbank meinem Vater die tausend Dollar geben, die ich damals be-

stellt hatte, was mein Vater natürlich zurückwies. Er mußte aber zwanzig Mark Umtauschgebühren zahlen. Aber
noch sind wir nicht bei der VB. Erst kommt mal das Haus,
in dem David Hoffmann wohnte. Selbstverständlich war
auch er Bergmann auf der Zeche Bruchstraße gewesen
und war jetzt bei den Edelstahlwerken Witten beschäftigt. Als er noch kein Telefon hatte, schickte man ihm Te-
legramme, wenn seine Dienste als Experte benötigt wurden. Er spielte in seiner Freizeit gerne Karten und warf
so manche Mark in den Glücksspielautomaten – genau genommen waren es zwei, die im Haus Schulte an der Wand
neben der Toilette hingen. Ich weiß noch ganz genau, wie
ich am Abend nach meinem Abitur mit David am Tresen
stand und über dies und das redete, unter anderem über
sein geliebtes Ostpreußen, und er erzählte mir, wie sie Anfang der fünfziger Jahre mit dem debilen Fritz Meier in den
Puff gegangen waren und dabei zugeguckt hatten, wie er
seine erste Nummer machte. Als er ihm abging, rollten
seine Augen.

Um diese Tageszeit hatte das Haus Schulte zu. Der Wirt
Dellmann – Karl-Heinz Sallner sagte »Frikadellmann« –
hielt es morgens geschlossen, weil die Invaliden mit ihren Staublungen nicht mehr konnten oder schlicht wegge-
storben waren. Als wir hochzogen, war der von der Ley
der Wirt. Er hatte einen Schalter, an dem man Flaschen-
bier kaufen konnte. Später führte er Pommes frites ein,
die er oben in seiner Küche briet. Sie waren sehr fettig.
Sein Nachfolger Rothermund hat dann in dem daneben-
liegenden Schallplattenladen 'ne regelrechte Pommesbude
eröffnet. Da war mein Vater schon Stammgast in der Kneipe, denn das Haus Schulte war Vereinslokal (nicht nur) des
SuS Wilhelmshöhe, und er war Hauptkassierer des Vereins. Auch blieb er öfter nach der Arbeit hängen, eine harte Zeit für meine Familie, denn er besoff sich immer be-
sinnungslos mit Schnaps und hing dann, wenn wir ihn end-

lich nach Hause gekriegt hatten, in dem Sessel in der Küche. Er tat uns Kindern und der Mutter nichts, höchstens verbal. Er soff nicht jeden Tag, nicht einmal jede Woche, aber wenn er es tat, dann gründlich. Nach dem Rothermund kam Gerd Neemann, und ich fing selbst an, Bier zu trinken. Das erste Mal besoffen war ich mit sechzehn auf dem Polterabend meines Bruders, als ich noch der Beate Heinemann eine Torte ins Rückendekolleté kippte. Später ging ich auch ohne besonderen Anlaß zum Gerd Neemann, der ein angenehmer Wirt war. Er schrieb nie auf, was man verzehrt hatte, sondern schätzte immer, wenn man rausging. Sicher, manch einen Besoffenen wie den Friseur Helmut Klingelberg, wenn er an seinem freien Montag spätabends schon besoffen reinkam, wird er betuppt haben.

Ich war jetzt Stammspieler in der ersten Mannschaft und hatte gerade Abitur gemacht. Zweimal nach dem Training und sonntags nach dem Spiel kehrten wir alle bei Neemann ein. Meist tranken wir eine Menge und spielten Schafskopf und knobelten (schockten). Versiertere Spieler setzten sich zu einem Skat zusammen oder klammerten. Hier lernte ich auch Paul kennen. Er war Student, etwa so alt wie mein Bruder. Er hatte ein möbliertes Zimmer bei Wohlhaupt nebenan. Er soff eine Menge, bestimmt fünfzehn Pils jeden Abend, und auch ich war bald jeden Abend da. Wie er, hatte ich mir das Rauchen angewöhnt und qualmte zwei Schachteln Reval am Tag. Meinem Sport tat es keinen Abbruch. Im Jahr davor hatte ich noch Ambitionen gehabt, in die Auswahl der Bochumer A-Jugend zu kommen, in der B-Jugend war ich es gewesen, aber zu einem Turniertermin konnte ich nicht, weil wir gerade mit der Schule in England waren, und zu nachfolgenden Spielen wurde ich nicht mehr eingeladen.

In Paul habe ich mich regelrecht verliebt. Es war da nicht das Erotische, ich fühlte mich nur von ihm angezogen, suchte seine Nähe. Es war auch klar, daß wir zusammen studieren würden, ich Geschichte, wie er, und Englisch war sowieso klar. Das studierte auch Malte, ein weiterer Freund von Paul, der jeden Tag mit seinem alten VW angepest kam. Die erste Zeit an der Uni ging gut, wir fuhren zusammen hin, nachdem wir morgens immer bei uns zu Hause einen Kaffee getrunken hatten, und ich besuchte meine Seminare. Aber besonders mit Geschichte kam ich nicht klar, und nicht mit Linguistik. Auch Shakespeare blieb mir fremd. Erst später kam ich dahinter, daß die beiden anderen überhaupt nicht studierten und den ganzen Tag nur in Bibliotheken und Cafeterien absaßen. Da ich auch keinen Bock hatte, ließ ich mich anstecken und tat auch nichts mehr. Klar war, die Zwischenprüfung würde ich nicht schaffen. Es war die Zeit, in der ich zum ersten Mal meine Eltern anlügen mußte, und ich kann mir vorstellen, daß mir diese Lügerei psychisch geschadet hat. Nach vier Semestern mußte ich raus mit der Sprache, weil kein Bafög mehr kam. Ich mußte mir was anderes einfallen lassen. Ich las den *Steppenwolf* und sah mich bestätigt. Dann entschloß ich mich, auf die Pädagogische Hochschule in Dortmund zu gehen. Ich hatte keine Ahnung, ob ich Grund- oder Hauptschüler unterrichten sollte. Nachdem ich Peter Handkes Aufforderung, Hermann Lenz zu lesen, befolgt und dem Schriftsteller geschrieben hatte, der sogar antwortete, wollte auch ich Autor werden. Paul verschwand, ohne einen Ton zu sagen. Später hieß es, er habe die geschiedene Frau von Rolf Neemann geheiratet. Er hatte nie erzählt, daß er ein Krößchen mit der hatte. Mir, seinem besten Freund, hätte er es doch erzählen können. Ich hab ihn dann erst viele Jahre später wiedergetroffen.

Ich wäre sehr gern Schriftsteller geworden, aber was sollte ich schreiben? Sollte ich einen Roman daraus machen, wie ich jeden Tag in die Wirtschaft gehe und mich

besaufe? Manche Tage waren ganz unterhaltsam, wenn
man den Experten beim Klammern zusah, aber sollte ich
schreiben, Erwin spielt die Herz zehn auf, Kurt geht mit
der MI drüber, Manfred fängt sie mit dem Jas und Klöte
wirft einen bei? Und das auf dreihundert Seiten? Es gab
ja neuerdings den Roman *Der Skatweltmeister*, den ich
mir besorgte. Aber nur mit Spielbeschreibungen kam der
auch nicht aus. Ich hatte ja außerdem noch nicht viel erlebt. Ja, aber hatte Hermann Lenz viel erlebt? Vielleicht
kann man Ruhe beschreiben. Ruhig war ich allerdings auch
nicht. Ich hatte auch noch keine nennenswerten Frauengeschichten. Das war 1967, als *Sergeant Pepper* rauskam,
die Uschi Altenhövel, die ich bei einer Klassenfete näher
kennenlernte. Aber wir blieben nur ein halbes Jahr zusammen. Ficken kam nicht in Frage, wir waren damals erst
vierzehn. Dann, etwa zur Zeit des Abiturs, ein Techtel-
mechtel mit Christa Schmalz. Sie kam eines Abends mit ihrer Mutter, die mit meiner befreundet war. Ihr Vater war
langjähriger Obmann unseres Vereins. Jedenfalls kamen
wir uns an diesem Abend unten in meinem Zimmer näher und küßten uns heftig. Wir verabredeten uns fürs Kino
und sahen die harten *Stillen Tage in Clichy*. Das animierte
sie immerhin, mir ein paar Tage später an einem abgelege-
nen Ort im Oberdorf ihre Brust zu zeigen. Ich durfte mal
lecken, das war alles. Wir haben uns dann noch zweimal
getroffen, aber ich glaube, sie suchte erfahrenere Männer.
Ich weiß gar nicht, warum ich klage, kurz darauf hatte
ich die nächste Affäre, mit Rainer Kaufmanns Schwester
Annegret, die eine sehr gute Leichtathletin war, Junioren-
fünfte im Weitspringen bei den Europameisterschaften
im Jahr davor. Auch Rainer feierte mit Hanne seinen Polterabend, und auf einmal kam sie auf mich zu und fragte,
ob ich mitkommen wollte. Wir gingen auf den Dachboden
des Elternhauses und fingen, ohne einen Ton zu sagen, an
zu knutschen. Vielleicht kannte sie mich von Spielen, in

denen sie mich gesehen hatte. Es war sehr intensiv da oben, auch wenn es nicht weiterführte. Einmal sah ihr Vater nach uns, sagte aber nichts. Dann war es Zeit zu gehen, und ich hab sie nie wieder gesprochen. Wir haben uns nicht verabredet und nichts. Wir hatten noch kein Telefon, und so konnte ich sie auch nicht anrufen. Ein-, zweimal sah ich sie noch auf dem Platz, aber da war sie mit einem Macker, den sie, glaube ich, geheiratet hat. Mittlerweile soll sie, wie so viele, geschieden sein. Das war die Zeit, in der ich nach dem Abitur anfing, auf der Ritterbrauerei zu arbeiten, und ich habe ja mal angekündigt, ich würde einen Roman über meine Zeit als Bierfahrer schreiben. Aber stellen wir das zurück.

Ich will ja den Lottoschein abgeben. Gegenüber auf der anderen Seite der Hauptstraße erstreckt sich der »D-Zug«, ein längeres Haus mit drei Stockwerken und etwa zehn Eingängen. Oben links liegt der Sultan im Fenster und läßt den lieben Gott einen guten Mann sein. Ich weiß nicht, was der da zu gucken hat. Ein endloser Strom von Autos zieht sich über die B 235. Oder hält der Ausschau nach seiner Frau, die bei Wohlhaupt arbeitet und dicke Titten hat? Da kommen wir gleich vorbei. Aber im D-Zug wohnen auch die Vaugts. Sie haben vier Kinder. In die Schule ging ich mit keinem von denen, da ich ja in der Kirchschule war, aus unerfindlichen Gründen. Wir waren 1960 hochgezogen, aber meine Eltern ließen mich weiter im Dorf zur Schule gehen und nicht in die Somborner Straße. Daher hatte ich zunächst auch keine Freunde auf der Wilhelmshöhe, und ich ging weiter runter zum Eschweg, spielte mit Horst Lange und den anderen Schulkameraden, oder ich ging zu Robert Meißner. Ich spielte auch mit Hannes Springorum. Darauf waren meine Eltern besonders stolz, denn der alte Springorum war der Bergwerksdirektor. Dafür waren seine Söhne so doof wie Bohnenstroh, und die Alten dachten wohl, wir anderen, die wir da verkehrten, würden einen guten Einfluß auf die Söhne ausüben. Mit Vaugts hatte ich also wenig Kontakt, auch nicht zu den anderen Kindern. Der kam erst, als ich in den Sportverein ging und anfing, Fußball zu spielen. Erich Kaiser, der neben Vaugts wohnte, war schon zu alt für mich. Wir spielten dann erst in der Bezirksliga bei den Senioren zusammen. Auch er arbeitete bei den Edelstahlwerken Witten und hatte, wie Heinz Schmalz es ausdrückte, heiße Arbeit, weshalb er nicht so oft zum Training kam. Ganz am Ende wohnte Alfred Koke mit seiner Frau. Auch er hing im Fenster. Er war mal Obmann gewesen. Sein Stammverein war Langendreerholz. Der SuS Wilhelmshöhe wurde ja erst Anfang der sechziger Jahre gegründet. Wenn wir im Sommer mit dem Sportverein wegfuhren, mit der Jugend, fuhr er meist mit, nach Österreich oder an die Ostsee. Er selbst hatte keine Kinder, war auch kein Pädagoge, aber da er als Begleiter nichts zahlen mußte, verlebte er mit seiner Frau einen billigen Urlaub.

Gegenüber Wohlhaupt. Auch hier noch eine Art Tante-Emma-Laden. Der Besitzer war verwachsen, zwei Cousins hatten geheiratet. Seine betagte Mutter lebte noch und war manchmal in dem Textilgeschäft, das nebenan lag. Er hatte auf die alten Tage noch 'ne Frau mitgekriegt, die auch leicht behindert war und den ganzen Tag an der Kasse saß. Außerdem arbeiteten da die Frau von dem Sultan und die Tochter von Kitzelmann. Sie hatten eine Wursttheke und ein kleines Sortiment, auch Obst. Im Prinzip war es ein Selbstbedienungsladen, aber nur mit tragbaren Körben, ohne Wagen, dafür war das Geschäft viel zu klein. Manchmal, wenn ich von der Arbeit kam, holte ich mir dort frische Brötchen, dann brauchte ich nicht zu dem Bäcker Mersmöller, noch ein Stück weiter hoch.

Ein Stückchen dahinter lag der Salon von Dietlinde Yousefi, wo ich mir immer die Haare schneiden ließ. Früher war hier das Haushaltswarengeschäft von Zinn gewesen, der auch eine Klempnerei besaß. Dietlinde stammte von der Wilhelmshöhe und war mit mir zusammen konfirmiert worden. Für Wilhelmshöher Verhältnisse war sie ziemlich attraktiv. In erster Ehe hatte sie Pattek Rostek geheiratet. Die Ehe war aber gescheitert, vielleicht weil sie keine Kinder bekommen haben. Sie hat dann einen Perser genommen und zwei Kinder von ihm gekriegt.

Als ich nach Dortmund zog, wollte ich mich bei ihr rasieren lassen. Aber sie erkannte wohl, daß ich ein wenig neben mir stand, und komplimentierte mich hinaus. Da, wo früher die Drogerie von Frau Schütz gewesen war, hatte die Therese einen Fußpflegesalon aufgemacht. Noch ging meine Mutter nicht hin. Therese konnte aber von den Füßen und von der Kosmetik, die sie auch anwandte, gut leben. Daneben war der Metzgerladen, glaube ich, noch auf. Durch die starke Konkurrenz vom Divi, dem späteren Real, war er in Bedrängnis geraten. Es kam noch einer rein, der vergeblich nur Hartwurst verkaufte, und dann war aus. Später machte der Sohn vom ehemaligen Fleischer Werner, dem das Haus gehörte, Wohnungen draus.

Eine Mauer noch, dann lag an der Ecke Wagner. Arthur betrieb das Schreibwarengeschäft mit Tabakwaren und Lottoannahme in der dritten Generation. Sein Vater hatte da nebenan gewohnt, und wenn man nachts um zehn noch einen Kasten Bier brauchte, hatte man nur ans Fenster zu klopfen, und Theo reichte 'ne Kiste raus. Hier kauften die Kinder ihre Schulhefte, und jeden Tag ging ich hin und kaufte für meinen Vater Zigaretten, bevor er es sich angewöhnte, stangenweise zu kaufen. Ich kaufte ihm eine Schachtel HB und eine Schachtel Peter Stuyvesant. Er mixte immer. Ich kaufte an diesem Morgen eine Stange Benson&Hedges für mich und füllte meinen Lottoschein aus, zwei Reihen, 4, 12, 13, 31, 37, 46 und 5, 22, 23, 29, 41, 48. Und wie immer, während ich das ausfüllte, gingen meine Gedanken ein paar Jahre zurück, als ich fünf Richtige hatte, von dem Geld, das mir Emma Raphael gegeben hatte, weil ich gesagt hatte, ich bräuchte mal einen Lottogewinn. Und prompt hatte ich ihn erwischt. Bei ihr müßte ich mich auch mal wieder melden. So langsam sollten ja die Bücher ihres Mannes rauskommen, gut dreißig Jahre nach seinem Freitod in den USA. Er war ein verkanntes Genie gewesen. Kunstwissenschaftler. Ich holte mir bei Wagner auch noch den *Spiegel*, der seit Montag für mich zurückgelegt war. Als ich im Krankenhaus lag, hatten ihn immer meine Eltern abgeholt und mir nach Dortmund gebracht. Zu schnuckern konnte man bei Wagner auch was kaufen, Bonbons und Lakritz, nur kein Eis, dagegen hatte die Lottogesellschaft was, weil sonst die Scheine verklebten.

Ich ging noch ein bißchen rum. Alfred Schmalz wollte ich nicht auf den Wecker fallen, der in der Stefanstraße wohnte, besonders nicht seiner Frau, die immer in der Zeit vor meinem Krankenhausaufenthalt dumm geguckt hatte, wenn ich mit Alfred loszog, weil sie dachte, wir würden irgendwelche Weiber aufreißen. Ich ging die Hauptstraße weiter, auf die andere Seite, an dem Friseursalon vorbei, der keine Konkurrenz für Dietlinde war. Ich könnte ein Stück Kuchen bei Mersmöller kaufen, ließ es aber sein und ging stattdessen in die Volksbank. Ich ließ mir meine Auszüge geben, die man damals noch nicht selbst ziehen konnte. Es war Ebbe auf meinem Konto. Ich hatte ja kein Gehalt mehr bezogen, weil mein Bruder meinem Arbeitgeber, der Sicherheitsfirma Bürder, nicht gesagt hatte, daß ich in der Psychiatrie war, sondern daß ich zu einem Studienaufenthalt in England sei. Ich versuchte, noch mal hundert Mark abzuheben, und es klappte. Jetzt war ich aber auch arg im Minus. Ich würde mich bald auf der Arbeit zurückmelden.

Unten stieß ich auf die Everstalstraße, wo auch viele Leute wohnten, die ich kannte, Karl-Horst Eisel, Willi

Schmalz, Gerd Oberlies, Henner Kortüm, Dieter Hammel.
Ich glaub, Rudi Gießler lebte auch noch, der einäugige
Taubenvater. Ja, die gab es immer noch, die Züchter, auch
wenn sie keinen Nachwuchs mehr hatten. Ihm gegenüber
lag das Getränke-Center, eine dunkle Bude, in der früher
der Milchbauer Gruttmann seine Produkte verkauft hatte.
Ich erinnere mich noch, daß ich da lose Milch gekriegt
hatte. Jetzt gab's da Bier in Flaschen, und manche verliefen sich dahin, um sich einen zu trinken. Ich sah mal kurz
rein. Heinz Pferch hatte eine Flasche am Hals. Ich trank
noch nichts, war mir zu früh am Morgen, und wahrscheinlich durfte ich bei meiner Medikation auch nichts trinken. Ausdrücklich verboten hatte man es mir nicht. Ich
würde ja am nächsten Tag zum Dr. Hummel gehen. Mal
sehen, was der sagte.

Ich ging durch die Iserlohner Straße, wo Heinz Schmalz
wohnte. Seine Tochter Christa, meine erste Brust, war
längst mit Gerd Bücker verheiratet. Beppo Hübner wohnte im selben Haus, auch hier eine Art D-Zug. Nebenan
Adolf Waßmann. Den würde ich gleich im Sputnik treffen,
und ich ging um die Ecke in die Kneipe. Tatsächlich war
Adolf mit seiner Frau da und trank Ritter Pils, während
ich mir eine Fanta bestellte, sicher ist sicher. Ich hatte
mir beim letzten Mal fünf Mark von Adolf geliehen, um
hier beim Hannes Korinth mein Bier bezahlen zu können,
und sofort sprach er mich drauf an. Ich gab sie ihm. Er war
im Krieg Lokführer gewesen, und ich hatte den irren Verdacht, daß er auch Züge nach Auschwitz gefahren hatte.
Er war zwar in der SPD, vertrat aber immer sehr rechte
Ansichten. Kein Gegensatz. Ich war ja auch in der SPD,
ging aber nicht zu den Sitzungen. Ich wußte auch nicht
genau, warum ich zehn Jahre vorher eingetreten war.
Mein Vater hatte gesagt, geh doch in die Politik, da kannst
du immer was rausschlagen, wenn du im Beruf bist, und
ich bin reingegangen, zumal mir Willy Brandts Politik

nicht unsympathisch war. Aber ich bin nur zweimal zu Versammlungen gegangen, weil mir die Leute nicht in den Kram paßten, auch nicht der spätere Oberbürgermeister Ernst-Otto Stüber. Die Meetings fanden hier im Sputnik statt, dessen kleines Gesellschaftszimmer immer ausreichte. Meine Eltern hatten hier auch Silberhochzeit gefeiert, an einem Tag, an dem ich an der Uni in einem wichtigen Seminar in Geschichte verpaßte, wie Referate verteilt wurden. Das war damals schon der erste Sargnagel für mein Studium gewesen. Sonst ging ich eigentlich nicht oft in den Sputnik, der so hieß, weil er so klein war, wie man sich in den fünfziger Jahren die Raumkapsel vorstellte. Aber das steht schon in *Buddy Holly*. Waßmann hatte auch zu. Er war ja nicht mehr drin, sondern eine nicht mehr ganz junge, alleinstehende Frau, die zumindest nicht verheiratet war, wahrscheinlich geschieden. Ich trank also meine Fanta aus und ging rüber in den Plus. Prima leben und sparen. Ich hatte keinen Auftrag von meiner Mutter wie sonst, sondern kaufte nur eine Steinofenpizza für mich. Darauf hatte ich einen Heißhunger, und bald war ich zu Hause.

Ich sagte meinen Eltern, daß ich mich bei meinem Arbeitgeber zurückmelden würde. Und sie sagten, laß das mal den Jürgen machen, sonst verplapperst du dich noch. Ich brauchte dringend Geld, aber bei der Wachfirma verdiente ich höchstens vierhundert Mark, weil ich ja nur dreimal die Woche arbeiten ging, dienstags und am Wochenende. Außerdem, hatte mein Bruder erzählt, hatten sie einen Neuen eingestellt, eine Vollzeitkraft.

Meine Eltern betüddelten mich nicht, sagten aber nicht »unser armer Sohn« oder so. Sie schwiegen erst mal. Ich sagte dann, ich müßte morgen zum Hummel, und sie meinten, ja, ist gut. Über die Krankheit hatten wir schon im Hospital gesprochen. So ganz verstanden sie sie nicht. Warum gerade ich? Warum? Hatten sie was verkehrt gemacht? Was denn? Ich hatte ja schon wieder ein Jahr gelogen und nicht gesagt, daß auch dieses Studium den Bach runterging, weil ich keinen Schimmer von Philosophie und den anderen Fächern hatte. Was sollte ich aber tun, einen richtigen Job würde ich ohne Ausbildung nicht finden. Also weiter lügen. Ich konnte es ihnen eben nicht antun, zu sagen, daß ich ein ewiger Versager war. Irgendwann aber müßte die Stunde schlagen. Ich konnte ja nicht ewig so tun, als würde ich studieren. Ich machte mir die Pizza und legte mich hin, bis wir zur Wohnung meiner Schwester fuhren.

Der Polterabend sollte im Keller stattfinden. Ich würde aber an der heißen Phase nicht teilnehmen, aus naheliegenden Gründen. Die Eltern meines zukünftigen Schwagers tauchten auf, die jünger waren als meine. Gabi war ja ein Nachkömmling gewesen. Keiner wußte, was sie an diesem Burschen fand. Meine Mutter vermutete, die schöne Eigentumswohnung, die ihnen Michaels Eltern zur Hochzeit geschenkt hatten. Ich jedenfalls hegte keine großen Sympathien für ihn. Ich hatte bis dahin auch kaum ein Wort mit ihm gewechselt. Die anderen Eltern fanden, es wäre an der Zeit für das Du, und wir waren natürlich einverstanden. Als dann abends die Freunde des Paares kamen, um zu feiern, zog ich mit meinen Eltern ab.

Am nächsten Morgen fuhr ich mit der Bahn raus nach Weitmar, zum Hummel. Er war freundlich und nicht etwa sauer, daß ich trotz seiner Behandlung ausgerastet war. Ich übergab ihm einen Umschlag. Darin stand wahrscheinlich, daß ich Lithium einnehmen sollte, und er sagte nicht viel, außer daß ich vorläufig auf Jahre hinaus das Zeug schlucken müsse, wie ein Zuckerkranker Insulin spritzt. Ich ging runter in die Apotheke und legte das Rezept vor. Man gab mir hundert Quilonum retard. Die Firma, die die Tabletten herstellte, saß in Göttingen, und ich dachte sofort an Ute. Ihr würde ich schreiben, obwohl ich monatelang nichts von ihr gehört hatte.

Ich ließ es dann aber sein. Der Fall war für mich erledigt. Oder auch nicht. Immerhin war sie die größte Liebe meines Lebens gewesen. Sie hatte mich wachgeküßt, nachdem ich jahrelang nach der Affäre mit der Spielerfrau nichts Sexuelles mehr gemacht hatte außer dem Eigenbetrieb. Aber das steht ja alles in *Peggy Sue*, auch daß sie mich verlassen hatte zugunsten des Mannes fürs Leben.

Eigentlich sollte ich nachmittags in ein Adorno-Seminar, in das ich schon vom Krankenhaus aus gegangen war, beim Jamme, aber Claus Bredenbrock kam vorbei und fragte, ob ich nicht weiterhin fürs *Marabo* schreiben wollte. Er hätte da die neue LP von Geier Sturzflug. Ich dachte nicht ans Geld, denn das floß nur zäh vom Bolero Verlag, aber daran, wieder dazuzugehören zu dem Haufen, nicht ganz verlassen zu sein von allen. Ich ließ das Seminar sausen, in dem ich sowieso nur dumm rumsaß und noch nicht mal die grundlegende Lektüre besaß, *Minima Moralia*, weil ich sie mir nicht hatte leisten können. Dann hätte ich auf ein paar Schachteln Zigaretten verzichten müssen. Und es war ja sowieso was für den Arsch, wenn ich in Veranstaltungen an der Uni ging.

Beim *Marabo* begrüßten mich Christian, der Verleger, Günter, der Anzeigenleiter, Peter, der Chefredakteur, und Flora Soft, die Setzerin. Keiner hatte mich im Krankenhaus besucht. Nun entschuldigten sie sich und sagten, ich sei jederzeit wieder in der Redaktion willkommen, nachdem ich ja vor meiner akuten Krankheit gekündigt hatte. Günter, der gerade seinen Ersatzdienst hinter sich hatte, erzählte von Bildern mit Ausgerasteten, die er mal gesehen hatte. Ansehen konnte man mir ja nichts, auch damals nicht, wäre vielleicht einfacher gewesen, wenn das so gewesen wäre, als hätte man einen Gips getragen. Jetzt geht es wieder, sagte ich, und nannte den Stoff, den ich einnahm. Kannte er nicht. Wir gingen in das Redaktionszimmer, wo Peter saß, der noch vor Monaten gedacht hatte,

20

ich würde ihm seinen Posten streitig machen wollen. Wollte ich gar nicht. Ich wollte nur als Musik-Redakteur so viel telefonieren, wie ich wollte, und das stank ihm, so kam es zum Eklat, und er sah zu, daß ich verschwand. Nun war er aber wieder freundlich. Ich war ja auch kein Redakteur mehr, sondern Claus, und wenn ich die eine oder andere Kritik schrieb, hatte er nichts dagegen.

Beim *Musik Express* hatte ich ja nicht mehr landen können, seitdem er mit *Sounds* zusammen in München saß, obwohl ich ein ganz gutes Verhältnis zu dem Chef Bernd Gockel hatte. Aber nachdem ich da mal angerufen hatte, weil ich den neuen Arno Schmidt besprechen wollte, hielten die mich wahrscheinlich für verrückt, was ich auch war. Ich würde hinschreiben: Ich bin wieder auf dieser Welt. Claus gab mir die Sturzflug-LP. Geier Sturzflug waren ja, als ich im Krankenhaus lag, die Nummer eins in den Singlecharts geworden, mit *Bruttosozialprodukt*, was keiner erwartet hatte. Teilweise gemanagt wurden sie von Oliver Schrumpf aus Witten und dem Produzenten Harald Thon, dem schönen Harald, dem alle Frauenherzen zuflogen. Ich mußte die Platte gar nicht erst hören, da war schon klar, ich würde sie, wie im Vorjahr die Dschungelband, auseinandernehmen. Mal sehen, ob ich das noch konnte. Ich hatte seit der Kunze-Geschichte einen gewissen Ruf als Verreißer. Aber Platten, die mir am Herzen lagen, lobte ich auch gerne. Doch sie waren selten. Ich mußte sehen, ob nach dem Krankenhaus noch genügend Gift in mir steckte, daß ich die Geier vernichtete. Lithium sei ein Gift, hatte der Doktor gesagt. Ob man damit bei entsprechender Dosierung Selbstmord begehen konnte? Ich glaubte schon, aber von dem Wunsch war ich weit entfernt. Claus fuhr mich nach Hause, und ich hörte mir die Scheibe tatsächlich an. Bei anderen – Kunze – hatte ich nur die Texte gelesen, weil es mir zu mühsam erschien, eine Stunde fürs Musikhören zu opfern. Ich ließ kein gutes Haar an Geier Sturzflug. Die machten jetzt genug Kohle und traten oft genug im Fernsehen auf, unter anderem in Dieter Thomas Hecks Hitparade, was sie sich wahrscheinlich ein halbes Jahr früher auch noch nicht vorgestellt hatten.

Ich ging einigermaßen zufrieden ins Bett. Daß ich mit den Leuten vom *Marabo* wieder klarkam, war ganz toll. Am nächsten Tag fand die Hochzeit statt. Ich sollte Trauzeuge mit Michaels Bruder sein. Ich sagte im Scherz zu meinen Eltern, ich sei doch nicht richtig im Kopf, und wenn die Ehe schiefginge, könnte man sie deshalb anfechten. Erzähl nicht so'n dummes Zeug, du bist wieder normal, sonst hätten sie dich nicht entlassen. Normal? Vielleicht nicht mehr allgemeingefährlich, aber als geheilt war ich nicht entlassen. Mal sehen, ob und wann der nächste Schub kam. Wir gingen ins Amtshaus, wo ein paar Leute auf uns warteten. Als wir dran waren, zückten wir unsere Ausweise und unterschrieben was. Ist heute gar nicht mehr nötig. Anschließend fuhren wir mit der ganzen Bagage in die Innenstadt in ein Restaurant. Es dauerte, bis alle ihre Bestellungen aufgegeben hatten, die eigentlich vorher schon durchgegeben worden waren, aber wer bekam was? Nach dem Essen entschuldigte ich mich und ging die Kortumstraße runter, um ein wenig frische Luft zu schnappen. Als dann die Gesellschaft aufbrach, um zu Michaels Eltern zu fahren, verabschiedete ich mich und ließ mich nach Hause fahren. Ich hatte keine Lust zum Feiern, und alle hatten Verständnis. Ich sah mir *Der Alte* an, damals noch mit Siegfried Lowitz.

Sonntags ging ich zum Sportplatz mit meinem Vater zu einem Kreisklassenspiel, und ich dachte, alle wüßten Bescheid über mich und meine Krankheit, aber keiner sprach mich an. Das Spiel ging verloren. Wer war jetzt Vorsitzender? Der Emil Kruska.

Am nächsten Tag ging ich nicht zur Uni, da ich ja in diesem Semester nur das Adorno-Seminar belegt hatte, und das war donnerstags. Ich kaufte mir den *Spiegel* und blätterte ihn durch. Intensiv wie früher las ich ihn schon lange nicht mehr, aber abbestellen wollte ich ihn auch nicht, genauso wenig wie *Die Zeit*, die ich seit 1969 las, damals schon, als Schüler. Man gewöhnt sich an solche Sachen, wie an Fernsehen. Ich hing dann ein paar Tage rum, gab beim *Marabo* die Sturzflug-Kritik ab, hielt ein Schwätzchen mit Flora Soft, deren Freund Thomas es nicht gut ging, er hatte Krebs. Ich fragte sie nach Ann Katrin Kunze, mit der ich gerne gevögelt hätte, die mich aber in der Nacht, als ich bei ihr übernachtet hatte, nicht rangelassen hatte, und offensichtlich wußte Flora auch nicht, was zwanzig Jahre später in der Presse stand, als Katrin in die Offensive ging, daß sie nämlich ein Zwitter ist.

Donnerstag Jamme. Freitags, wußte ich, hielt Küster ein Seminar ab. Wir hatten uns ja vor den Ferien kennengelernt, weil er der Vetter der Pressetante von der WEA war. Ich war in sein Büro gegangen und hatte mich als der Tintenpisser vorgestellt. So hatte mich seine Cousine im Zusammenhang mit der Kunze-Affäre in einem Leserbrief im ME genannt. Nun fuhr ich am Nachmittag zu Rainer und wartete vor dem Seminarraum auf ihn. Er erkannte mich sofort wieder und hatte nichts dagegen, daß ich in seine Übung über Metaphern mitkam. Zehn junge Studenten waren da und eifrig bei der Sache. Ich hörte kaum hin. Nach den anderthalb Stunden lud er mich ein, in seinem Volvo mit ihm nach Hause zu fahren. In Grumme hatte er ein Haus gemietet. Seine Frau war da und seine beiden kleinen Söhne. Wir tranken Bier, und ich erzählte von meiner Krankheit. Er machte ein Fiege nach dem anderen auf und erzählte auch was von sich und wie er mich erlebt hatte. Daß er mit Große und Link an dem Morgen telefoniert hatte. Das alles tat mir leid, aber ich konnte ja nun mal nicht anders. Er war ein netter Kerl, und am Ende bot er mir das Du an. Weil er nicht mehr fahren konnte, brachte er mich zur Castroper Straße, und als wir eine Kneipe sahen, gingen wir auch da noch rein und tranken noch ein paar. Der Arzt hatte nicht ausdrücklich ein Alkoholverbot ausgesprochen. Meine Eltern waren natürlich sauer, als sie merkten, daß ich blau war. Aber ich sagte, der Arzt hat es mir nicht verboten. Trotzdem solltest du vorsichtig sein. Wenn nur das alkoholfreie Bier besser schmecken würde, dann würde ich das ja trinken. Ich ging jetzt jeden Freitag in die Küster-Übung und anschließend zu ihm nach Hause.

Ich fing wieder an zu arbeiten, eben dienstags nachts und samstags und sonntags tagsüber zwölf Stunden von acht bis acht. Willi Nagel war noch dabei und mein Bruder, aber auch die neue Vollzeitkraft, die am liebsten alle Schichten gemacht hätte. Er sagte, er wäre vorher Krankenpfleger gewesen, und jetzt könnte er kaum was verdienen, wenn er nicht reichlich Stunden kloppen würde. Einmal war es sogar so, daß ich samstags kam, um den Willi Nagel abzulösen, und er schon da war und mir die Schicht wegnahm. Sonst war aber in der Ruhrlandhalle alles beim Alten, bis auf den Aloys Leiß, der neu war und als Bühnenmeister vom Schauspielhaus kam. Die ganze Zeit, in der er da war, fragte ich mich, was er eigentlich machte. Das wußte der selbst nicht und hing immer nur rum, wenn ich dienstags nachmittags kam. Ich glaube, auch er verstand sich nicht mit dem Ortwein, der die ganze Organisation unter sich hatte, jedenfalls die Techniker, was eigentlich, im Schauspielhaus, die Aufgabe des Bühnenmeisters war, wie ich später erfuhr. Frau Langendorf machte die Termine klar. In ihrem Zimmer hingen tausend Autogrammkarten. Am liebsten sei ihr Franz-Josef Strauß gewesen. Lassen Sie das nicht unseren Oberbürgermeister hören. Der kam mal einen Samstagnachmittag rein mit Alfred Wolf, dem Lokal-Chef der *WAZ*, und Edgar Haupt, der die Gastronomie in der Halle betrieb. Sie sahen sich das Lager an. Wahrscheinlich wollte Haupt es umgebaut haben von der Stadt.

Das Novotel betrat ich nicht mehr, auch nicht zum Frühstücken, alle meine Schulden hatte ich bezahlt. Benjamin Henrichs würde da weiter logieren und Bernhard Minetti im Fahrstuhl treffen. Ob Henrichs mitgekriegt hatte, wie ich hinter ihm her getextet hatte? Vielleicht hatte er ja meine Genialität erkannt und kam nur noch meinetwegen nach Bochum. Peymann war ja schon damals ein mittelmäßiger Regisseur. Keine zehn Pferde kriegten mich ins Theater, und auch die beiden Schauspielschülerinnen, mit denen ich verkehrt hatte (Baal), hatte ich aus den Augen verloren. Ich las aber weiter die Kritiken von Henrichs, kaufte mir auch ein Buch von ihm, schrieb ihm aber nie wieder, auch nicht, als er zur *Süddeutschen* ging. Willi Winkler hat mir gesagt, ich soll ihm mal *Buddy Holly auf der Wilhelmshöhe* nach Berlin schicken. Vielleicht tu ich es noch. Ich ging rum mit meiner Uhr an dem Dienstag, und mußte an denselben Stellen mit meiner Uhr stechen wie vorher. Es war keine Veranstaltung. Ich hatte meine Ruhe, las nicht. Ich stellte das Radio an. Auf meinem kleinen Fernseher sah ich irgendwann ein neues Programm, *Formel Eins*, in dem Videoclips vorgestellt wurden und Gruppen auftraten, so was kam bei den jungen Leuten an. Danach *Dallas*, aber es war mir gleichgültig geworden. Ich fühlte mich ja nicht mehr als J. R. Man hatte ihn mir ausgetrieben. Als das Fernsehprogramm zu Ende war, legte ich mich auf eine Decke, die ich im Spind hatte, und haute mich in Aloys' Zimmer hin. Ich las noch immer nichts, sondern hörte den WDR. Dienstags kam immer zwei Stunden *Nachtrock*. Heute dudeln ganze Sender vierundzwanzig Stunden am Tag das Zeug. Damals mußte man noch suchen. Alan Bangs moderierte, von dem ich auch lange nichts mehr gehört hatte. Anschließend BFBS

UK, eine Magazin-Sendung mit Thommy Vance. Jahrelang hörte ich sie auf der Arbeit von zwei bis vier. Nachmittags wurde sie wiederholt.

Ich schlief nicht, duselte so rum, aber zum Lesen hatte ich auch nachts keinen Bock. Um halb sechs kam die erste Putzfrau und brachte die Bildzeitung mit, die sie mir lieh. Ich überflog die Schlagzeilen. Das übliche Blut floß raus. Ich bestieg die Straßenbahn und den Eilzug. Die S-Bahn würde erst im Sommer starten. Bei Wohlhaupt holte ich mir Brötchen und aß einen Joghurt, dann warf ich meine Tabletten ein. Ich hatte noch ein paar Kalma, die nahm ich zum Schlafen. Später wurden sie aus dem Verkehr gezogen. War ich ein Versuchskaninchen gewesen?

Ich stand gegen Mittag oder später auf und tat erst mal nichts. Dies war ja sowieso kein richtiges Semester. Normalerweise fuhr ich dann in die Innenstadt, um bei Janssen oder in der Politischen Buchhandlung zu gucken, aber bei Janssen hatte ich immense Schulden und traute mich nicht rein. Was hatte ich da nicht im Wahn alles auf Rechnung gekauft, den ersten *Spiegel*-Jahrgang, das neue teure Buch von Arno Schmidt, *Finnegans Wake* in der Vertonung von John Cage und etliche andere Bücher. Außerdem mußte ich noch die Zeitschriften bezahlen, die ich abonniert hatte, *Merkur, Akzente, Manuskripte*. Das machte auch mehrere hundert Mark. Ich wußte nicht, wie ich das alles zahlen sollte. Fuffzig Mark kriegten die Politischen. Auch die hatte ich nicht über. So fuhr ich erst gar nicht in die Stadt und versuchte zu Hause, ein Buch zu lesen, *Vor Spiegeln* von Bettina Blumenberg, in dem ich angeblich vorkam, das letzte, das ich für achtzehn Euro bei Janssen auf Rechnung ergattert hatte. Ja, sie waren leichtfertig gewesen. Aber sie werden ihr Geld schon bekommen, fragt sich nur, wann. Ich würde weiterhin nur vierhundert Mark verdienen, und die gingen für Zigaretten und das ein oder andere Bier drauf, wobei ich auch das Rotthaus mied, mein

Stammlokal, weil ich bei denen einen Deckel von fünfzig Mark hatte und den nicht begleichen konnte. Darüber gab's keinen Kredit. Und ich fragte mich, ob Doris noch bediente, die ich ja geliebt hatte, die aber aus ihren zeitweiligen lesbischen Neigungen keinen Hehl gemacht hatte. Ich konnte nicht vergessen, daß ich, als ich im Wahn durch die Uni lief, ein Graffito sah, »Doris hilft«, ich mich aber nicht drum kümmerte. Sonst wäre jener Tag wahrscheinlich anders verlaufen, und ich wäre nicht in Köln in der Haft gelandet. Als ich eine Woche später an dieselbe Stelle kam, waren die Schriftzeichen grau übermalt, konnte man deutlich sehen, nur den i-Punkt hatten sie nicht weggemacht. Die Botschaft war also keine Einbildung, und ich hätte gerne von Doris gewußt, wie sie mir an jenem Nachmittag im Gebäude GA Ebene 04 geholfen hätte. Aber es ging nicht, ich traute mich auch so, jenseits der Schulden, nicht in mein geliebtes Rotthaus, in dem immer noch die vergrößerten Fahndungsfotos von Baader und Meinhof über den Klos prangten. Hatte ich Doris für immer verloren, ohne einmal mit ihr gefickt zu haben? Die anderen Frauen, die da bedienten, waren auch nicht schlecht, Sheila und Claudia, die ich zuerst als Sängerin von der tollen Gruppe Ein Jahr Garantie gesehen hatte, die sich nach einem Jahr aufgelöst hatte, aber sie waren vergeben. Elke liebte Harald Thon. An die wollte ich sowieso nicht dran. So kurbelte ich mir einen mit Hilfe eines alten *Playboy* und guckte abends fern. Derrick oder was freitags kam.

Am nächsten Morgen machte mir meine Mutter zehn Schnitten und ich 'ne Kanne Kaffee. Ich mußte um acht Uhr auf der Arbeit sein, um Jens, den Neuen, abzulösen. Ich bekam Vaters Auto, das er mich trotz des Wahns fahren ließ. Anders war es zu umständlich, aber manchmal, wenn er noch selbst arbeitete, auch als Wachmann in Hattingen, fuhr ich mit dem Zug und mit der Straßenbahn. Im Sommer erfolgte die Einweihung der S-Bahn-Strecke

27

von Dortmund nach Bochum und weiter nach Düsseldorf. Sie fuhr im Zwanzigminutentakt, an den Wochenenden alle halbe Stunde. Jetzt aber nahm ich den Fiat und war in ein paar Minuten da. Jens war unfreundlich, weil er am liebsten meine Schicht auch noch mitgemacht hätte. Die Termine aber hatte Bürder vorgegeben. Ich sagte ihm, daß ich gerne mehr machen würde, da ich in diesem Semester nicht viel zu tun hatte. Er aber kloppte seine sechzig Stunden runter, ein junger Spund, noch jünger als ich. Er haute ab und würde mich abends wieder ablösen. Mein Bruder arbeitete nur noch sporadisch. Aber er hatte ja eine Frau, die Geld ranschaffte. Während er studierte. Ob er das Studium fertig bekommen würde, stand noch nicht fest. Er war ein unsicherer Kantonist.

Ich hatte mir drei Schachteln Benson&Hedges mitgenommen, das müßte für zwölf Stunden reichen, zur Not waren auch noch zwei Zigarettenautomaten da, die ich aber während meiner gesamten Zeit nie benutzt habe. Ich schaltete den BFBS ein, mittags kamen die *Top Twenty*, ich hörte nicht richtig hin. Als Kind waren die Charts mein Evangelium gewesen. Ich lernte sie auswendig, und die Nummer eins trug ich an der Stelle in mein Englischbuch ein, die wir gerade lasen. Ich hatte das Buch von der Blumenberg bei. Normalerweise war samstags in der Ruhrlandhalle nichts los, aber manchmal waren auch Veranstaltungen. Die Halle war aber nicht so ausgebucht, wie die Stadtväter das wünschten, und drüben die Leute vom Novotel hätten auch gerne mehr Übernachtungsgäste von Hallenbesuchern gehabt. Na ja, ich kann ja mal wieder rübergehen. Lieber nicht. Ich wußte auch gar nicht, ob ich da Lokalverbot hatte, weil ich zuletzt die Zeche geprellt hatte. Ich hatte dann aber doch nach Aufforderung bezahlt, oder meine Eltern. Ich blätterte das Buch in der neuen Reihe Edition Akzente durch. Bei Suhrkamp hatte sie ja nicht landen können. Hätte gerne gewußt, mit wem

Bettina gefickt hatte, damit sie diesen Deal kriegte. Ich las nicht das ganze Buch, sondern suchte nur die Stelle, an der ich vorkam, »Jim, der Universaldilettant«. Viel mehr stand nicht drin. Wenn ich mal mehr Ruhe hatte, würde ich den ganzen Band lesen.

Und was macht deine eigene Schreiberei, Wolfgang? Erst mal schrieb ich ja wieder fürs *Marabo*. Das war ja schon mal was. Aber wie war der Stand bei Suhrkamp? Müller-Schwefe schrieb, daß sie einen Dr. Punk an der Hand hätten, der einen Psychiatrie-Roman geschrieben hätte, und sie brauchten keinen weiteren von mir. Den aber hatten die Ärzte im Krankenhaus von mir erbeten. Ich schrieb ihn nicht, jedenfalls vorläufig nicht, und was anderes wollte ich im Moment nicht schreiben. Ich sah keine Chancen bei Suhrkamp mehr. Für mich war der Roman erst mal erledigt. Ich hatte ja auch noch nichts dran getan. Ich legte die Beine auf den Tisch und trank Tchibo, aß 'ne Schnitte und rauchte eine. Die *Top Twenty* waren zu Ende, und ich sah irgendeinen Scheiß im Fernsehen. Dienstag würde mein Freund Phillip in *Bananas* auftreten. Er hatte mich zu den Aufnahmen eingeladen, aber ich war noch im Krankenhaus, und die Ärzte wollten mich nicht rauslassen, ausgerechnet nach Köln.

Abends war ich wieder zu Hause und ging nicht raus, auch nicht zum Frikadellmann. Ich hatte keinen Bierdurst. Ich hörte stattdessen *Night Flight*, und auf einmal sagte Alan Bangs, diese Platte ist für Wolfgang Welt, »on the offchance that he might be listening«, und spielte eine Platte von meinem Liebling T-Bone Burnett, *Madison Avenue* von der LP *Truth Decay*, die ich so hoch gelobt hatte. Vielleicht vermutete mich Bangs in der Klinik. Sollte ich ihn anrufen? Ich ließ es sein. Hatte Jane Smith das auch gehört? Was hielt die noch von mir? Was hielt ich von ihr? Liebte ich sie noch? Wir hatten uns ja noch nicht einmal geküßt, und dann war ich ihr in jener Aschermittwochnacht auf die Nerven gefallen. Ihre Freundin Esther hatte mein Taxi bezahlt, und ich bin ein paar Tage später noch mal hingefahren. Ich sollte sie besser in Ruhe lassen. Vielleicht ergab sich die Gelegenheit zu einer unverfänglichen Begegnung, daß wir wieder wie vernünftige Menschen miteinander verkehrten. Ich hörte den Nachtflug zu Ende und fragte mich, warum Alan Bangs nie den Song *Night Flight* von Justin Hayward gespielt hatte. Vielleicht hatte ich ihn auch verpaßt. Ich hatte die Platte auch besprochen, und besonders gefiel mir der Song *It's Not On*, in dem es heißt, »it's funny how as time goes by some feelings grow while others die«. Das hörte ich gerne. Sonntags hatte ich frei und ging mit meinem Vater zum Fußball. Er war ja nicht mehr im Vorstand, ging aber jeden Sonntag noch hin, fuhr auch nach auswärts. Die Saison ging dem Ende entgegen, und der SuS landete in der Kreisliga im Mittelfeld. Abends Sportschau und ein Tatort mit Götz George, der auf seine alten Tage noch sehr populär wurde. Ich hatte meinen Eltern das von Bangs erzählt, und sie freuten sich, er war ja mal in unserer Küche gewesen, damals noch mit Harald Inhülsen. Er war wirklich ein netter, zuvorkommender Mensch, und ich wußte nicht, was manche Leute gegen ihn hatten. Mir jedenfalls hat er nie etwas getan. Über seinen Musikgeschmack ließ sich streiten, aber ich war immer Feuer und Flamme.

Dienstags auf der Arbeit, die um sechzehn Uhr begann, weil wieder keine Veranstaltung war, sah ich Phillip auf dem Bildschirm. Irgendwann in *Bananas* wurde er eingespielt, wie er am Flügel saß, der von Trockeneisnebel überwabert war, und *Heartbeat* sang. Ich hatte ihm ja geraten, sich mit dem Tape an Uwe Tessnow zu wenden, der ihm prompt einen Vertrag bei Line Records gab, die von RCA vertrieben wurden, und ein paar Tage später tauchten zwei Frauen aus der Promotionfirma dieser Company bei *Marabo* auf. Claus hatte gemeint, ich würde die beiden kennen, und mich gebeten, vorbeizukommen. Es war die Pressetante aus dem Hauptquartier, Monika, und eine Frau aus Köln, die ich noch nicht kannte. Es war warm, und wir entschlossen uns, gemeinsam an die Ruhr in ein Lokal zu fahren, open air. Die Frauen gaben einen aus. Claus bestellte sich eine Schinkenplatte. Ich war nicht so verfressen und blieb beim Bier. Peter Krauskopf war mitgekommen, und Christoph Biermann kam nach seinem Zivildienst auch vorbei. Die Frauen erzählten, was sie gerade an neuen Produkten raushätten, und wenn wir was machen würden über die, würden sie sich freuen. Sie versuchten nicht etwa, uns zu bestechen, aber das Freibier war schon okay. Wir kamen auch auf Phillip zu sprechen, und Petra erzählte, wie sie ihn in Köln bei *Bananas* betreut hatte. Sie seien in eine Diskothek gegangen, aber Phillip konnte, wie so viele Musiker, nicht tanzen, das hatte was mit dem Taktgefühl zu tun. Ich fragte sie, ob vielleicht eine LP geplant sei, und sie meinte, soweit sie wüßte, ja. Nach 'ner Stunde fuhren sie weiter zum *Guckloch*, unserer Konkurrenz.

Das Semester ging zu Ende, und meine Eltern fragten nicht, wie war's oder hast du endlich deine Zwischenprüfung abgelegt. Ich schwieg weiter in mich hinein und konnte auch mit meinem Psychiater, zu dem ich alle sechs Wochen ging, nicht über diese Problematik sprechen.

Es fiel mir jetzt auch schwer, Kontakt zu Frauen zu schließen. Wenn die mich nach meinem Studium gefragt hätten, womöglich wenn sie selbst noch Studentinnen waren, was hätte ich sagen sollen?

Im Sommer las ich in der *WAZ*, daß sich beim Ingeborg-Bachmann-Preis ein Autor in die Stirne geritzt hatte. Obwohl mir der Name nicht bekannt war, wußte ich sofort, daß es sich um Müller-Schwefes Dr. Punk handelte. In Wirklichkeit hieß er Rainald Goetz. Das war sein Durchbruch in den Medien, wenn auch noch nicht beim Leser.

Ich hatte in der Zeit keinen Kontakt zu dem Lektor und fragte auch nicht nach Details. Man würde das Buch abwarten müssen, *Irre* sollte es, glaube ich, heißen. Vielleicht würde es mir Müller-Schwefe schicken. Einen Preis hatte der Aufschneider nicht gewonnen. Damals wurde das hier auch noch nicht wie heute zwanzig Stunden lang übertragen. Und ich fragte mich, ob ich da auch eines Tages landen würde. Ob ich überhaupt hingehen würde. Aber erst mal mußte ich ein Buch schreiben, und dazu hatte ich jetzt keine Lust. Soll mal der Goetz absahnen, dann kann ich immer noch nachlegen.

Dann war eines Abend eine Veranstaltung in der Ruhrlandhalle; wir mußten aber erst kommen, wenn sie dem Ende zuging. Irgendeine Volksbank in Bochum feierte ihr fünfzigjähriges Bestehen. Die Big Band der Bundeswehr war da, und Marie-Luise Marjan, die damals noch nicht durch die *Lindenstraße* bekannt war, und Diether Krebs moderierten.

Fünfzig Jahre. Das hieß, daß die Bank beim Adolf gegründet worden war. Darauf gingen aber die Redner natürlich nicht ein, und die Big Band spielte zu meinem Erstaunen *Free Nelson Mandela*. Die Feier ging bis zwölf, und ich bekam ein Bier ab. Wenig später war der Ball der Tanzschule Bobby Linden in der Ruhrlandhalle, und der Veranstalter hatte Hugo Strasser aufgeboten. Außerdem hatte er einen Parkettboden legen lassen. Ich hatte keinen Draht zum Tanz, seit in meiner eigenen Tanzschule sich meine Partnerin nach der Hälfte der Zeit getrennt hatte und zu Diethelm Weritz übergelaufen war, der zugegebenermaßen besser aussah als ich. Ich ging dann nicht mehr hin und lernte nie zu tanzen, bis auf Rock 'n' Roll.

Claus und ich erhielten kurz darauf eine Einladung der RCA nach Köln. Irgendwo sollte ein neues Duo vorgestellt werden mit seiner neuen LP. Wir fuhren hin, mein erster Trip nach Köln, und meine Eltern hatten leichte Bedenken, ich nicht. Ich war zwar nicht als geheilt entlassen, fühlte mich aber wieder recht normal. Wir fuhren die lange Aachener Straße hoch zu einem Tonstudio. In einem Nebenraum sollte die Präsentation stattfinden. Es handelte sich um ein männliches Duo. Beide hatten lange Haare. Gerald Hündgen von *Spex* war auch da. Petra begrüßte uns. Zu meiner Überraschung kam auch Jane Smith. Sie fragte, wie es mir ging, und ich antwortete, gut. Viel mehr sprachen wir an diesem Abend nicht. Und ich schämte mich noch ein bißchen, dann kam Mal Sondock, der legendäre Discjockey (*Diskothek* im WDR).

Ich sprach kurz mit Hündgen, den ich mal bei Rick James getroffen hatte. Ob das hier für den Soul-Experten die richtige Musik war? Teddy Hoersch lief auch rum. Er war jetzt beim *Musikexpress/Sounds*. Sie hatten meine Wiederbelebungskarte bekommen. Er sagte aber nicht, daß ich was für ihn tun sollte. Dann wurde die Platte aufgelegt. Mainstream-Pop. Alle ließen ihn geduldig über sich ergehen. Nach der ersten Seite standen alle auf und gingen erst mal raus. Da kam auch Alan Bangs. Ich bedankte mich für *Madison Avenue*. Keine Ursache. Als alle anderen wieder reingingen, blieben Claus und ich mit Alan vor der Tür und unterhielten uns. Erst als die Platte zu Ende war, gingen wir wieder rein und aßen was von dem kalten Büfett, das die RCA spendiert hatte. Als sich die Gesellschaft auflöste, ging ich noch mal zu Jane rüber, wir verabredeten aber nichts, auch nicht, daß sie mir Platten schickte. Ich schrieb ja auch nur noch fürs *Marabo*. Ich konnte nicht sagen, ob ich noch verliebt in sie war. Dafür war sie mir gegenüber zu kühl. Wir fuhren ohne Jane noch in die Innenstadt und setzten uns mit Bangs und Gerald in ein Café. Hündgen bot uns an, für *Spex* zu schreiben, aber mir fiel so spontan nichts ein, höchstens was Literarisches. Aber nicht Arno Schmidt. Von dem hatte ich die Schnauze voll. Wir gingen mit Bangs noch in ein Lokal, das ziemlich leer war, und verabschiedeten uns.

Gerald und ich hatten verabredet, daß wir wenig später zu Waylon Jennings gehen wollten, der bei derselben Plattenfirma unter Vertrag war. Und ich bekam dann auch Post von der RCA mit einer Biografie des Country-sängers. Anläßlich seines Auftritts in Essen sollte eine Pressekonferenz stattfinden. Zu der sollte ich hinkommen. Wir verabredeten uns dann in der Gruga-Halle, und ich traf im Foyer Petra und Hündgen. Er würde nicht zu der Konferenz mitkommen. Ich ging aber hin, denn Waylon Jennings war 1958 von Buddy Holly entdeckt worden, der auch seine erste Single produziert hatte. Jetzt war Hollys Drummer Jerry Allison der Schlagzeuger von Jennings, und als ich in die Pressekonferenz ging, sagte ich einem von der Entourage, daß ich gerne mit Allison sprechen würde. Man wollte einen Kontakt herstellen. Schwer atmend kam Waylon Jennings die Treppe hoch. Das kam vom Koks. Es war bekannt, daß er Kokain schnupfte. Es waren so an die zehn Journalisten dabei, darunter auch welche vom AFN, die den Country-Star animierten, ihnen einen Jingle zu besprechen. Wir wurden aufgefordert, Fragen zu stellen, und erst kam einer aus Wuppertal dran, der auf Englisch zu erklären versuchte, was eine Schwebebahn ist. Upside down. Es wurden mehr oder weniger intelligente Fragen gestellt.

Ich fragte ihn, wessen Idee es war, ausgerechnet den Cajun-Klassiker *Jole Blon* als erste Single aufzunehmen. Und er sagte, Buddys. Dann fragte ich noch, warum er sich nicht für die Buddy-Holly-Biografie von John Goldrosen hatte interviewen lassen. Ein großes Manko. Er meinte aber, er kenne das Buch nicht, und ich hatte den Eindruck, daß er immer noch nicht gerne über Buddy Holly sprach, mit dem er ja auf der letzten Tour als Bassist zusammengewesen war. Und ich fragte ihn auch nicht, ob er tatsächlich mit dem Big Bopper um den letzten freien Platz im Flugzeug eine Münze geworfen hatte. Dann war's zu Ende. Im Rausgehen traf ich auf der Treppe Jerry Allison, den Mann, der mit Peggy Sue verheiratet gewesen war. Ich fragte ihn nicht nach ihr, denn sie waren geschieden. Ich wußte auch noch nicht, daß mein erstes Buch so heißen würde. Er hatte wenig Zeit, der Auftritt stand bevor, und ich sagte ihm noch, wie gut mir die Crickets-Single *Cruise In It* gefallen hatte, und er antwortete, I appreciate this.

Auf los geht's los sollte mit Joachim Fuchsberger in der Ruhrlandhalle stattfinden. Dienstags brauchte ich nicht schon um vier zu kommen, weil bereits aufgebaut wurde. Interessant war der Samstag, die eigentliche Sendung. Im Grunde hatte ich erst danach zu erscheinen, ich wollte aber David Bowie sehen, der jedoch, als ich kam, abgesagt hatte. Stattdessen war Malcolm McLaren da, der ehemalige Sex-Pistols-Manager. Sein neuester Schrei war eine Truppe von seilchenspringenden Mädchen. Die hatte ich aber verpaßt, weil ich keinen günstigen Parkplatz erwischt hatte, man brauchte dazu eine Bescheinigung. Sonst hatte ich immer direkt hinter der Halle gestanden. Als ich kam, ließ man mich rein, denn Ortwein lief rum. Sie hatten heute einen eigenen Wachdienst. Gerade wollte Riesenhuber mit einem deutschen Astronauten telefonieren, der oben rumkreiste. Es kam aber keine Verbindung zustande.

Gewinnerin war eine junge Dame, die bei der Stadt Bochum beschäftigt war. Ausgerechnet. Hatte die die Lösungen nicht schon vorher gewußt? Aber dann, auf der letzten Stufe, schaffte sie es doch nicht bis oben hin. Anschließend feierten sie in einem Nebenraum, und ich begann meinen Dienst. Jemand von auswärts rief an und wollte die Gewinnerin sprechen. Ich ging zu ihr hin, aber sie wollte nicht. Später würde ich ihr wieder begegnen.

Urlaub kam für mich nicht in Frage, weil ich kein Geld hatte. Wann war ich zuletzt verreist? Das war mit Motörhead, keinesfalls eine Erholungsreise. Davor war ich mit meinen Eltern an der Nordsee gewesen, bei Cuxhaven, war ganz nett, aber ich hab ein Buch von Günter Herburger gelesen, das ich besprechen wollte. Meine Eltern hielten mich für verrückt. Die ganze Zeit saß ich auf der Terrasse und las *Die Augen der Kämpfer*. Das war, kurz nachdem ich Hermann Lenz in Bochum getroffen hatte. Von dem hörte ich jetzt auch nichts. Hatte ich ihn zu sehr belästigt, als ich ihn in München besucht hatte? Ich hatte ihm noch ein-, zweimal geschrieben, aber keine Antwort erhalten.

Der Lenz war da
Begegnung mit einem Schriftsteller
von Wolfgang Welt

Es gab eine Zeit, in der ich Peter Handke vorbehaltlos anhimmelte. Seine Bücher waren mein Katechismus. In dem Band *Als das Wünschen noch geholfen hat* zeichnete er vor einigen Jahren ein Porträt des damals 60jährigen Schriftstellers Hermann Lenz, der bis dahin so gut wie unbekannt gewesen war, und zu den »Stillen im Lande« gezählt wurde. Handke forderte uns (mich?) auf, die Bücher des Stuttgarter Erzählers zu lesen.

Ich lieh mir in einer Bibliothek *Der Kutscher und der Wappenmaler* aus und war von der Lektüre begeistert. Ich besorgte mir die Adresse von Hermann Lenz und schrieb ihm einen etwas unbeholfenen Brief, der von ihm freundlich beantwortet wurde. Eine jahrelange Korrespondenz entwickelte sich. Wie ein Besessener sog ich die Prosa von Lenz ein. Wer sich einmal eingelesen hat, wird sich dem kaum beschreibbaren Reiz der Lenzschen Werke schwer entziehen können. Sie machten mich süchtig. Ich durchkämmte zahllose Anthologien nach Beiträgen des Romanciers. Nur selten wurde ich fündig. Ein Hörspiel fand ich, kurze Geschichten, Romanauszüge. Ich fotokopierte sie. (Heute, nach zwei Umzügen, ist das alles verschollen.)

Einmal fuhr ich nach München, wohin der gebürtige Schwabe nach Erbstreitigkeiten gezogen war. In einer Seitenstraße sah ich das alte Türschild, das schon sein Vater benutzt hatte. Lenz war wie üblich im September im Urlaub in einem Dorf unweit der Grenze zu Böhmen. Ich ließ mich fotografieren und schickte ihm später das Bild.

1978 wurde ihm der bedeutende Büchner-Preis verliehen. Lenz lud mich zu der Feier nach Bonn ein, aber ich war verhindert. Da brach der Briefwechsel ab.

Vor wenigen Wochen kündigte die Literarische Gesellschaft Bochum eine Lesung des Autors an. Ich schrieb Lenz stehenden Fußes und bat ihn um ein Interview für *Marabo*. Er sagte sofort zu.

Vor dem Museum in der Kortumstraße erwartete ich ihn. Kaffeesucht, Appetitlosigkeit und Lungenschmacht waren Anzeichen meiner inneren Unruhe. Plötzlich wurde er vorgefahren und erkannte mich gleich, obwohl ich seit jener Fotografie zwanzig Pfund zugenommen hatte. Ich wurde gelassen. Wir vereinbarten ein Gespräch für den darauffolgenden Morgen. Dann las Hermann Lenz aus zwei älteren autobiografischen Romanen. *Neue Zeit* und *Verlassene Zimmer*. Die Zuhörer im gut gefüllten Saal lauschten konzentriert den nicht leicht zugänglichen Texten. Anschließend beantwortete der Autor höflich Fragen aus dem Publikum.

Am nächsten Tag trafen wir uns im Frühstücksraum des Savoy-Hotels. Herr Lenz war »korrekt« gekleidet, graue Hose, blaue Jacke, weißes Hemd und Krawatte. Zu Hause bevorzugt er das Saloppe, erklärte er fast entschuldigend. Angesichts des schönen Wetters bliesen wir das Interview ab und gingen stattdessen spazieren.

Ich zeigte ihm aus nächster Nähe Serras »Terminal«, von dem er beeindruckt war. Dann führte ich den Mann, der die Patina liebt, zu den winzigen Resten der Bochumer Altstadt, genaugenommen: ein Haus, die *Jobsiade* war ihm bekannt, nicht die Kneipe, sondern das Werk von Kortum. Wir gingen weiter und unterhielten uns über dies und das, Privates nicht aussparend. Wenn ich ihn richtig verstanden habe, begrüßte er Raddatz' Polemik gegen die Schriftsteller, die im Dritten Reich weiterschrieben.

In einer renommierten Buchhandlung in der Brüderstraße sprachen wir mit dem Inhaber, der sich über den Ladendiebstahl beklagte. Lenz war erstaunt, daß auch Hochschullehrer zu den Tätern zählten. (»Hochschullehrer!«).

Zurück im Hotel setzten wir uns noch einmal zusammen und plauderten. Lenz erzählte, daß er keinen Fernseher habe und nur im Urlaub in Bischofsreuth Rudi Carrell und *Dalli Dalli* sehe. Er geht aber ab und zu ins Kino. Zuletzt sah er *Der letzte Tango in Paris*. Auch kennt er die Filme von Wim Wenders.

Obwohl ihn sein Verlag nicht dazu drängt, liest er jetzt öfter vor Publikum. Wenn er »scheußlich« sagt, hört sich das an wie »scheißlich«. Früher hatte er beim Vortrag Lampenfieber, »ganz scheißlich«. Und heute? »Man lädt mich ja ein. Ich dränge mich nicht auf.« Vom Katholikentag wurde er gebeten, wie vorher von den Protestanten. Dabei steht er den Kirchen skeptisch gegenüber: »Liebe? Kreuzzüge! Inquisition!« Religion im engen Sinne kommt in seinen Romanen kaum vor.

Zum Ungeziefer würde ihn nicht einmal Stoiber rechnen, doch seine Sympathien sind klar: »Grass und Böll sind prächtige Kerle.« Mit Handke ist er nach wie vor befreundet und besucht ihn gelegentlich in dessen Schlößchen in Salzburg.

Natürlich kamen wir auch auf seine Bücher zu sprechen, die nunmehr fast vollständig und mitunter recht billig im Suhrkamp/Insel Verlag vorliegen. Seit dem Krieg hat er beharrlich geschrieben, obwohl die Ergebnisse seiner Arbeit bis vor einigen Jahren kaum gelesen wurden. Sein autobiografisches Œuvre ist auf vier Bände angewachsen, neben den beiden erwähnten sind da noch *Andere Tage* und *Das Tagebuch vom Überleben und Leben*, in denen er einen poetischen Geschichtsunterricht erteilt von der Jahrhundertwende bis zur Währungsreform. (Diese Reihe wird er wahrscheinlich fortsetzen und dabei auch auf sein Gastspiel bei der Gruppe 47 eingehen.) Sich selbst nennt der Autor darin »Eugen Rapp«, der auf die Ungemütlichkeit der Außenwelt mit einem Rückzug ins Innere antwortet.

So heißt denn auch eine Trilogie, die jüngst von ihm erschienen ist, *Der innere Bezirk*, in der er sehr einfühlsam ein Vater-Tochter-Verhältnis vor dem Hintergrund der Naziherrschaft und der Nachkriegszeit beschreibt. Auch in seinen übrigen Werken (*Der Kutscher und der Wappenmaler, Die Augen eines Dieners, Dame und Scharfrichter, Die Begegnung*) zieht sich Lenz ins Vergangene zurück. Ihn faszinieren die untergehenden Epochen, 1848 und das Ende der österreichischen Monarchie. Auf meine Frage hin, warum er nichts in der Gegenwart spielen läßt, antwortet er, daß er sie nicht mehr so erlebt.

Unsere Zeit war um. Lange überlegte er, bevor er mir eine Widmung in seinen Gedichtband *Wie die Zeit vergeht* schrieb. Er hofft, mich wiederzusehen, worüber ich erfreut bin. Ein »Interview« hatten wir nicht gemacht. Wir waren uns begegnet, nähergekommen.

Ich begleitete Hermann Lenz zum Zugschalter, wo er einen IC-Zuschlag löste. Er steckte ein *Marabo* ein. Wir verabschiedeten uns. Als ich anschließend in ein Schallplattengeschäft ging, lief dort gerade eine der letzten Beatles-Nummern: *The Long and Winding Road.*

Vielleicht sollte ich Günter Herburger schreiben, der wird sich bestimmt freuen. Nein, Urlaub war nicht drin, aber ich fuhr wenigstens einen Abend raus in die Zeche, wo ich keine Schulden hatte. Hans-Jürgen Klitsch war da, der Herausgeber der verdienstvollen Musikzeitschrift *Gorilla Beat*, die jetzt *H'art Beat* hieß. Sie beschäftigte sich weitgehend mit Musik der sechziger Jahre, aber auch mit modernem Punk. Am liebsten war ihm Garagen-Musik. Ich fragte ihn, ob er zu Bo Diddley ginge, das wußte er noch nicht. War wohl nicht so ganz seine Musik, obwohl Diddley ja viele Musiker beeinflußt hatte. Ich ging rüber in die Disko. Ich sah Christiane, die Omo »die de Gaulle« genannt hatte, wegen ihrer Nase. Mir waren mehr ihre Titten in Erinnerung geblieben, und ich fragte sie, ob sie mitkäm, einen trinken. Sie war gerade am Tanzen. Sie sagte nein, sie sei mit einem Achtzehnjährigen da, der sie unbedingt ficken wolle. Da zog ich den Schwanz ein und fuhr nach Hause, nicht ohne noch beim Norbert im Appel vorbeizugucken. Dann aber holte ich mir auf der Mansarde einen runter und stellte mir Christiane mit ihren hundertzwanzig ausgeatmet vor.

Dann wieder die normale Dienstagsschicht in der Ruhrlandhalle. Harald Thon kam. Noch immer hier?, fragte er. Und ich dachte zurück an jenen Sonntag, als ich mich verrückt geschrieben hatte und mit Peter Wasielewski in den Keller gegangen war und Harald alleine oben war, daß er damals was ausspioniert hat. Jetzt war er da, um Plakate von Geier Sturzflug zu bringen, die bei einer Veranstaltung von Coca Cola Musik in der Ruhrlandhalle machen würden. Hoffentlich hatte ich an diesem Tag keinen Dienst. Harald sagte auch nichts zu meiner Kritik, die im *Marabo* erschienen war, und haute schnell wieder ab.

In der städtischen Halle waren neben den genannten Büroleuten etwa zehn Techniker beschäftigt. Kurt Kopetzsch war der Vorarbeiter. Daneben gab es noch einen Elektriker, Michael Engelberg, und andere Leute, die aus anderen Bereichen kamen. Sie waren alle freundlich zu mir, denn wenn ich kam, hatten sie Feierabend. Wenn sie Überstunden machten, trug ich das ins Wachbuch ein. An diesem Dienstag fing ich wieder um vier Uhr an. Das machte bis zum nächsten Morgen um sechs vierzehn Stunden. Von der Sorte hatte ich diesen Monat ein paar Schichten und würde mehr als die üblichen vierhundert Mark verdienen. Abends sah ich nach der Jugendsendung *Formel Eins* wieder *Dallas*. Bei Pamela Ewing (Victoria Principal) kriegte ich einen Steifen, zum ersten Mal bei ihr, obwohl sie ja schon immer dicke Titten gehabt hatte. Ich schlug ihn im Urinal ab und hatte, obwohl ich erleichtert war, anschließend ein übles Gefühl. Es war das erste Mal, daß ich mir auf der Arbeit einen runtergeholt hatte. Das sollte so schnell nicht wieder vorkommen. Noch waren Sat.1 und RTL nicht verbreitet und zeigten keine Softpornos.

Am nächsten Tag erhielt ich Post von Janssen, eine freundliche Aufstellung der ausstehenden Beträge, fünfhundert Mark. Die sollte ich demnächst bezahlen. Woher nehmen, wenn nicht stehlen? Meine Eltern konnte ich nicht mehr anpumpen, die hatten genug für mich bezahlt und überwiesen der BfG jeden Monat noch einen Hunderter, damit mein Kredit, den ich mir einst für mein Auto geholt hatte, das längst verschrottet war, getilgt wurde. Meine Geschwister hatten auch kein Moos. Blieb nur der Körner. Der aber war in den Staaten. Weiß der Deibel, was der da immer machte, außer seine Honorare für *Büro Büro* zu verprassen. Mir fiel noch die Frau Raphael ein. Vielleicht war sie guter Stimmung, jetzt, da die Bücher ihres Mannes bei Qumran rauskamen. Ich meldete mich bei ihr an und fuhr ein paar Tage später nach Dortmund in die Löwenstraße. Sie machte Kaffee und stellte Asbach auf den Tisch. Sie wollte wissen, was mein Studium machte, und ich erzählte ihr einen. Dann druckste ich rum. Ich hab nur ein Problem. Ich hab mir so viele Bücher auf Rechnung gekauft, daß ich sie nicht zahlen kann. Ich holte tief Luft. Und da wollte ich Sie fragen, ob sie mir nicht was leihen könnten?

Einmal hatte sie mir ja schon per Lotto eine größere Summe verschafft, und jetzt wollte sie wissen, wie viel ich brauchte. Ich sagte, fünfhundert, und sie meinte, 'ne ganze Menge. Sie wissen ja, daß ich 'ne Zeitlang nicht ganz bei mir war. Zum Glück hatte ich sie damals nicht belästigt. Sie ging an ihren Schrank. Sie hatte ein Einzimmerappartement, das sie sich von ihrer Knappschaftsrente gut leisten konnte. Sie hatte ja einige Zeit bei der Knappschaft in der Zentrale als Sekretärin gearbeitet, und dann ist ihr die Emigration mitangerechnet worden. So bekam sie eine schöne Pension und konnte es verschmerzen, wenn sie mir nun fünfhundert Mark nicht lieh, sondern schenkte. Ich gab ihr einen Kuß. Dann erzählte sie von der Edition, die ja lange überfällig war und für die sich auch der Bochumer Professor Max Imdahl eingesetzt hatte.

Ich traute mich aber nicht, zu Janssen hinzugehen, sondern überwies die Kohle. Einen Fünfziger bekam die Politische Buchhandlung, die immer noch unter diesem Namen firmierte, bis Wolfgang Joest einige Jahre später Ubu draus machte. Ich hatte jetzt noch ein paar Mark, und als ich bei Schaten im Fenster *Irre* von Rainald Goetz sah, kaufte ich es mir, sonst ging ich ja nicht bei Schaten rein. Ein paar Tage später traf ich auf der Kortumstraße den alten Herrn Janssen. Er hatte wohl mitgekriegt, daß ich gezahlt hatte, und sagte, kommen Sie doch mal wieder vorbei. Und ich ging hin. Massenweise Zeitschriften hatten sich angesammelt, und sie gaben sie mir in einer großen Tüte mit nach Hause. Von da an ging ich wieder regelmäßig hin, kaufte mir aber keine Bücher, sondern holte nur den *Merkur*, die *Akzente* und die *Manuskripte* ab. Ich las kein einziges Buch in der Zeit, auch *Irre* nicht.

Doch dann rief Körner an, demnächst liefe die erste Staffel von *Büro Büro*, die er zum größten Teil geschrieben hatte, gleichzeitig käme von ihm das tie-in raus, das Buch zur Serie. Ob ich es nicht im *Marabo* besprechen könnte. Ich sagte, kein Problem, kannst du es mir besorgen? Komm morgen vorbei, wir treffen uns im Café Knüppel. Ich fuhr hin. Er spendierte Kaffee und Käsebrötchen und gab mir einen Hunderter, wie meistens, wenn wir uns trafen. Und mir fiel ein, wie wir hier gesessen hatten und er mir das Interview mit sich selbst gegeben hatte. Ich hatte behauptet, ich hätte wenig Zeit, obwohl ich genug in der Ruhrlandhalle hatte, ich wollte aber nicht über einen Freund urteilen und fragte ihn, ob er nicht das Buch selbst besprechen könnte. Er überlegte einen Moment und sagte, ja, das ginge. Eine Woche später hatte ich seine Besprechung seiner selbst und gab sie bei der nächsten Redaktionssitzung dem Literaturredakteur Reinhard Jahn als meine aus.

Die Redaktionssitzungen waren so'n Thema für sich. Meist kam nichts dabei raus, besonders seitdem diese Drogensüchtigen aus Essen mit dabei waren, die am liebsten das ganze Heft allein gemacht hätten. Alle hatten was zu sagen und redeten durcheinander, und es war ein Wunder, daß an jedem Monatsende ein Heft rauskam.

Silvester, mein Geburtstag, wurde als eine Art Wiedergeburt gefeiert. Immer noch oder wieder da. Robert war mit seinen kleinen Kindern gekommen, und Rolf Hiby, der noch fünfzehnhundert Mark von mir kriegte, aber nichts sagte, war mit seiner Freundin da, die mich immer an eine Indianerin erinnerte. Renate Kästner von Janssen hatte ich nicht eingeladen dieses Jahr, und mit Susanne hatte ich auch nicht telefoniert, jetzt schon anderthalb Jahre nicht, und sie hatte auch keine Karte geschickt. Wie gerne hätte ich mal mit ihr gevögelt, die ich jetzt schon zwanzig Jahre kannte, aber es hat nicht sollen sein. Nicht mal einen Kuß hatte sie mir gewährt, und ich wußte auch nicht, ob sie gerade einen Freund hatte. Jedenfalls war sie nicht da. Meine Geschwister mit ihren Partnern waren natürlich auch gekommen, und als ich abends schon nicht mehr mit Besuch gerechnet hatte, kam Flora Soft mit Thomas vorbei und schenkte mir ein Comic-Buch. Ich war zwar kein Freund von Comics, aber die Aufmerksamkeit gefiel mir. Wir sprachen über das neue *Marabo*, das Flora gesetzt hatte, auch über »meine« Besprechung, und sie sagte, daß sie schon ganz gespannt auf die neue Serie sei, die auch bald anlief, und sie gefiel mir, eine frühe Comedy, aber mit Tiefgang, zivilisationskritisch, anfangs mit Iris Berben, bis Elfi Eschke als eine der Sekretärinnen die Hauptfigur wurde, weil sie die Freundin des Regisseurs war. Wir tranken Sekt und ließen um zwölf die Kracher los.

Ich hatte mit Claus Bredenbrock ausgemacht, daß ich zum fünfundzwanzigsten Todestag wieder eine Story über Buddy Holly schreibe. Und ich las noch mal die beiden Biografien, die ich besaß. Noch im Januar fuhren wir nach Köln. Jane Smith, die mittlerweile bei der Ariola war, hatte uns in ein Café eingeladen, wo Manfred Mann die neueste Platte seiner Earthband vorstellen wollte. Die Aussicht, Jane wiederzusehen, ermunterte mich dazu, wieder den Weg dorthin zu suchen. Vorher spielte T-Bone Burnett in Hamburg, und ich beantragte bei Peter Rüchel Karten. Da die Veranstaltung freitags war, konnte ich aber nicht hin. Uns hatte nämlich eine andere Firma übernommen, und ich mußte statt dienstags nun freitags arbeiten. Mehr Geld bekam ich nicht. Ich war bei denen auch nicht erschienen, das hatte alles mein Bruder geregelt. Jetzt also T-Bone. Was sollte ich mit den Karten machen? Peter Wasielewski, der auch Burnett-Fan war, hatte keine Zeit. Da rief ich Ingrid Klein von Konkret an, die ja in Hamburg saß. Ob sie die Karten gebrauchen könnte? Sie wollte mal rumhören und rief zurück.

Die Leute, die da hinwollten, besorgten sich selbst die Karten. So ließ ich sie verfallen. Das Rockpalast-Konzert wurde live aus der Markthalle übertragen. Burnett spielte hauptsächlich Songs von seiner letzten LP, die ja auch bei Line erschienen war, und mir fällt ein, daß ich Phillip Goodhand-Tait im Musikladen gesehen habe, wie er *He'll Have To Go* sang, das ebenfalls bei Line rauskam. Auch Wolfgang Neumann stellte in seiner Radioshow den Song vor, der ursprünglich von Jim Reeves stammte, der 1964 mit dem Flugzeug abgestürzt war. Neumann machte aber den Fehler zu sagen, daß es im Original »Radio« hieß statt »Video«, wie Phillip sang. Dreh das Video leiser, wenn du mit mir sprichst. Jim Reeves aber hatte »juke-box« gesungen. So viel Korinthenkackerei. Burnett sang *Truth Decay* rauf und runter und einige Klassiker, unter anderem *Not Fade Away* von Buddy Holly und *La Bamba* von Ritchie Valens. Fehlte nur noch *Chantilly Lace* von dem Big Bopper, dann wären die drei Unfallopfer komplett gewesen. Bei den beiden anderen Songs spielte Richard Thompson mit, der am darauffolgenden Tag ein eigenes Konzert gab, das ich aber nicht sehen konnte. Burnett hatte ich mir in der Ruhrlandhalle reingetan. Es war der letzte Rockpalast von Albrecht Metzger. Von manchen war er belächelt worden, mir war er gleichgültig, Alan Bangs mochte ihn, und ich fragte jetzt den Engländer in dem Café, in dem wir auf Manfred Mann warteten, warum er nicht in Hamburg bei dem Konzert gewesen sei, und er antwortete, er hätte an dem Abend ein Interview mit David Knopfler im Radio gemacht und dafür Geld gesehen. Im Rockpalast sollte er ja nicht moderieren. Jane Smith war auch schon da, und ich liebte sie wieder, aber es war mehr kumpelhaft, keine Erotik, eine Freundin wie ein Freund. Manfred Mann kam rein mit einer Frau von Bronze Records, und mir fiel ein, daß ich in London in den Räumen der Plattenfirma Goldene Schallplatten von der Earthband gesehen hatte,

als ich mit Motörhead auf Tournee war. Ich dachte mit
Schaudern zurück. Ich fragte die englische Promotionfrau,
ob Joan Marindin noch bei der Firma sei, die mich damals
betreut hatte, und sie sagte, ja, Joan hätte sogar gesagt,
sie sollte Ausschau nach mir halten. Es waren die üblichen
Verdächtigen von der Musik- und Stadtzeitungspresse da,
diesmal aber keiner von *Spex*, jedenfalls niemand, den ich
kannte. Dafür war Karl Lippegaus da, der in erster Linie
Radiosendungen moderierte, vor allem Jazz-Sachen und
avantgardistische Musik. Er paßte nicht ganz hierher,
auch Holger Czukay nicht, der Can-Musiker, den ich auch
kannte. Er hatte mir mal im Café Fleur zwanzig Mark
geschenkt. Erst gab's was zu essen, dann wurde der Engländer von den verschiedenen Leuten interviewt, während im Video die Aufzeichnung seines Konzertes in Bu-
dapest lief, das jetzt als Platte rauskam. Claus und ich
sollten ihn auch was fragen. Wir redeten ein bißchen
rum. Ich hatte ja von der Earthband kaum Ahnung, kannte
nur die Hits, *Blinded By The Light* und so. Ich hatte etliche
seiner Platten bei Elpi verkauft, aber nie 'ne Rille aufgelegt, und so fragten wir, ob es vielleicht eine Reunion der
alten Formation, die ja schlicht Manfred Mann hieß, gebe,
und er sagte, er glaube, eher nicht. Wir verabschiedeten
uns. Ich verabredete aber nichts mit Jane Smith, die ich
gerne mal unter vier Augen gesprochen hätte.

Ich setzte mich an die Buddy-Holly-Story, schrieb aber
was anderes als letztes Mal, vor fünf Jahren, als ja meine
Karriere als Schreiber begann. Außerdem schickte ich
einen Brief an den Berliner *Tip*, der damals viel auch außerhalb der Hauptstadt gelesen wurde. Es hatten sich Leute
über kid P. beschwert, weil er Nina Hagen beschimpft
hatte. Ich hatte zwar den Artikel nicht gelesen, schlug
mich aber auf P.s Seite. Außerdem teilte ich dem Musikredakteur mit, daß ich bereit sei, für ihn zu arbeiten, zum
Beispiel über T-Bone Burnett. Was anderes fiel mir nicht

ein. Buddy Holly war ja schon im *Marabo*. Im Grunde hatte ich keine Ahnung von Musik, vielleicht noch von Suicide. Ein Wunder, daß ich mich so lange in der Branche halten konnte.

Dann kam an einem Samstagnachmittag der Friedhelm Plewka vorbei. Er meinte, ich hätte jetzt das Alter für die Alten Herren. (Man mußte in dem betreffenden Jahr zweiunddreißig werden.) Ob ich nicht Lust hätte, bei ihnen zu spielen? Ich überlegte kurz. Bock hatte ich schon, aber drei Jahre nicht mehr gespielt. Du brauchst auch nicht ein ganzes Spiel machen. Ab wann soll ich denn spielen? Am besten heute schon. Mal sehen, ob ich meine Pöhler noch finde. Ich ging in den Keller und fand sie. Muß ich die putzen? Brauchst du nich'. Dann komm ich gleich. Es war bei meinem neuen Arbeitgeber so, daß ich samstags erst abends arbeiten sollte, und dann konnte ich ja nachmittags spielen. Beim Dellmann wurde ich herzlich begrüßt. Es waren ja fast alles Leute, mit denen ich früher in der Kreis- und Bezirksliga gekloppt hatte. Die Mannschaftsaufstellung:

Alfred Schmalz
Alfred Christofzick
Rainer Schoob
Bernd Manske
Herbert Bergmann
Rainer Martin
Roger Lange
Erich Kaiser
Jürgen Waßmann
Friedhelm Plewka
Willi Schmalz
Wolfgang Oberlies
Und jetzt ich.

Wir fuhren raus nach Concordia, und ich guckte erst mal zu. Ich kam die zweite Halbzeit drauf für den Linksaußen

Willi Schmalz, der nicht mehr der Jüngste war. Da konnte ich nicht viel verkehrt machen. Auf dem linken Flügel ist man ja immer Außenseiter. Ich bekam mehr aus Höflichkeit einige Bälle zugespielt und spielte sie, auf Nummer sicher gehend, wieder zurück. Ich schlug auch die eine oder andere Flanke. Ich lief nicht viel, weil ich die Kondition nicht hatte. Wir verloren zwei zu eins. Wir tranken in der Kabine einen Kasten Bier, den Alfred Christofzick jeden Samstag mitbringen sollte. Das kostete für jeden eine Mark, dazu noch einen Beitrag für die Trikotwäsche und dann noch mal fünf Mark Beitrag jeden Monat. Ich konnte das alles so eben aufbringen. Ich trank aber nur eine Flasche, weil ich abends noch in die Halle mußte. Ich spielte von da an jeden Samstag, auch schon mal von Anfang an, wenn Wolfgang Oberlies von Bernd Manske, der die Mannschaft aufstellte, nicht nominiert wurde. Wolfgang Oberlies spielte für sein Leben gern Fußball. Und er litt darunter, wenn er nicht spielen durfte. Das war in der Ersten so und bei den Alten Herren nicht anders. Er war ja ein guter Bekannter meines Bruders und jetzt selbständig. Schon früh, mit dreiundzwanzig, hatte er am Alten Bahnhof eine Gaststätte aufgemacht, das Top Twen, in das ich auch oft reinging. Auch ich verstand mich prima mit ihm, und er war der Einzige, mit dem ich über meine psychische Erkrankung sprach.

Dann kam Rudi Carrell. Ich spielte wieder und sah danach am Fernseher, wie der Kandidat in der Ruhrlandhalle eine Niete zog. Statt eines Mittelklassewagens gewann er in *Die verflixte Sieben* nur fünfhundert kleine Eiffeltürme. Ich fuhr nach Sendungsende hin und sah den Verzweifelten. Was sollte er nur mit den Dingern machen? Er wollte sie auf einem Flohmarkt am nächsten Tag verkaufen. Was würde er dafür schon bekommen? Ich sah noch Rudi Carrell im Rausgehen und Rolf Schafstall, den Trainer vom VfL. Was ich erst später mitbekam, war, daß er hinter

48

der Halle mit seinem Porsche dem Kurt Kopetzsch die Stoßstange abgefahren hatte. Der hatte die Polizei geholt, und Schafstall, der getrunken hatte, war den Führerschein los. Trotzdem hatte er noch mitgewirkt und sich hinter eine Tür gestellt, auf der stand Salle de mouton. Die Kandidaten mußten raten, ob das was Positives oder Negatives war. Die ganze Sendung spielte in Paris. Am nächsten Abend, als ich wieder Dienst hatte, kam mein Bruder mit meinem Neffen, und sie nahmen das Schild von Schafstall mit nach Hause, wo es einige Zeit im Kinderzimmer hing.

Mein Neffe hatte Konfirmation, und wir feierten mittags bei Abel, einem alteingesessenen Restaurant. Danach ging's nach Hause, und ich schenkte meinem Patenkind hundert Mark, die ich noch abzweigen konnte, weil ich wieder mehr Stunden gemacht hatte. Wir hatten jetzt eine neue Vollzeitkraft, die nicht ganz so geil auf Stunden war. Bei der Feier waren auch die Eltern meiner Schwägerin dabei und die Familie ihrer Schwester. Es gab ein wenig Streit zwischen den Geschwistern, der legte sich aber wieder. Marcus, mein Neffe, hatte schon einen Computer, und ich spielte an ihm ein Game, bei dem man vermeiden mußte, daß eine Schlange in einem Labyrinth sich in den eigenen Schwanz biß. Es gelang mir nicht so gut, und ich wurde ja auch nie ein Freund von Computern. Opa Franz aus Wanne-Eickel erzählte einige schmutzige Witze, und gegen zehn gingen alle nach Hause. Am nächsten Tag waren die Bekannten von meinem Bruder alle eingeladen, hauptsächlich Frauen von ehemaligen Spielern kamen nachmittags und wurden abends von ihren Männern abgeholt. Roger Lange, Rainer Kaufmann, der übrigens auch in den Alten Herren spielte, und Gottfried Heinemann kamen. Da floß noch mal das Bier.

Ich hatte nach dem achtundzwanzigsten Februar, ihrem fünfundachtzigsten Geburtstag, vergeblich versucht,

Emma Raphael anzurufen, nicht weil ich wieder Geld brauchte, sondern um zu hören, was ich für die Edition tun könnte. Es hob aber niemand ab, bis eines Tages die Leitung tot war. Ein paar Wochen später bekam ich einen Totenbrief, in dem stand, daß sie genau an dem Tag gestorben war, an dem Marcus Konfirmation hatte. Sie hatte sich anonym beerdigen lassen. Als ich die Nachricht erhielt, mußte ich weinen. Sie hatte mir so viel gegeben, nicht nur Geld, sondern Vertrauen, und mir tat es leid, daß ich auch ihr kein Examen präsentieren konnte. Sie hätte sich so gefreut. Stattdessen ging ich weiter zur Uni, ohne was zu tun. Ich fuhr um neun Uhr hin und hörte mir germanistische und philosophische Vorlesungen an, meist ohne viel zu verstehen. Um ein Uhr kam ich dann nach Hause, aß und legte mich hin, ohne was zu erzählen. Ich dachte, ich bekäme von der Schweigerei Magengeschwüre, aber meine Eltern fragten auch nie was oder sagten, du bringst ja nie Studienkollegen mit, während mein bester Freund Robert bereits dabei war, eine eigene HNO-Praxis aufzubauen. Er hatte ja auch schon eine Familie gegründet, und ich fragte mich, ob ich ihn bewundern sollte. Immerhin hatte er das reichste Mädchen von Langendreer geheiratet.

Ich bekam einen Anruf aus Berlin, vom Musikredakteur des *Tip*. Stevie Wonder käme in die Waldbühne, und ich sollte eine Story über ihn schreiben. Das stand für ihn schon fest, während ich noch zweifelte. Ich besaß nur die *Songs In The Key Of Life*. Ich überlegte mir aber, daß ich auf die dreihundert Mark nicht verzichten konnte, und sagte zu. Ich hatte ihn ja auch mal in der Westfalenhalle gesehen und einen Bericht darüber geschrieben. Ich hatte Zeit bis Dienstag, da lag ein ganzes Wochenende dazwischen. Ich fuhr in den Alro und kaufte mir seine *Greatest Hits*. Zum Glück hatten die auch ein *Stevie Wonder Scrap Book* im Angebot, eine Art Biografie. Zu Hause hatte ich

einige Bücher über schwarze Kultur, die ich mal billig erstanden hatte, *Burn Baby Burn* zum Beispiel. Dieser Artikel würde entscheiden, ob ich weiter als Musikjournalist
im Geschäft blieb oder nicht. Ich nahm die gesamten Klamotten am Sonntagmorgen mit in die Ruhrlandhalle, wo
ich Tagesdienst hatte. Ich hatte auch meinen Plattenspieler dabei. Morgens kamen Leute von irgendeiner Gesellschaft und holten Pflanzen ab, die von der Veranstaltung
am Vorabend übriggeblieben waren, Doktoren. Sie stör-
ten mich, während ich Stevie Wonder studierte. Warum
gab es keinen Studiengang Musikjournalismus, auch wenn
ich wenig Ahnung hatte. Aber das hätte mir wenigstens
Spaß gemacht, mehr als dieses ewige Als-ob. Ich las also
intensiv und hörte laut den frühen und späten Blinden,
der mich eigentlich mein ganzes Pop-Leben begleitet hatte.
Ich nahm die mitgebrachte Schreibmaschine und tippte
fünf wirre Seiten, in denen ich besonders auf die sexuelle
Überlegenheit der »Neger« einging. Und abends holte ich
mir dann auch einen auf meiner Mansarde runter, als ich
My cherie amour hörte. Montags kopierte ich den Text
in der Innenstadt und schickte ihn nach Berlin. Ich hörte
nichts, ob die die Geschichte nahmen oder nicht. Sie kam
in der Woche darauf tatsächlich raus, aber mein Name
stand weder drüber noch drunter. Das fand ich seltsam.
Vielleicht wollte man mich schützen?

Am nächsten Tag saß ich mal wieder in dem Gebäude
GA in der Cafeteria rum und wollte nach dem dritten Kaffee gerade mit der Bahn nach Hause fahren, als eine junge
Dame stracks auf mich zukam und mich fragte, ob ich
'ne Stunde Zeit hätte, einen psychologischen Test zu machen. Ohne Widerspruch folgte ich ihr und setzte mich
in einen abgedunkelten Hörsaal. Was hatte ich getan? Es
sollte um Aggression gehen, aber mir war sofort klar, daß
es um mich persönlich ging, und ich hatte den Eindruck,
das man mir auf den Zahn fühlen wollte. An Einzelheiten

konnte ich mich nicht mehr erinnern, als ich rausging. Ich wollte zum *Marabo*.

Ich fuhr zum Hauptbahnhof, um umzusteigen. Als ich am Bahnsteig stand, hatte ich das Gefühl, daß mich alle Leute ansahen, das war auch auf der Fahrt so. »What have I done to deserve this?«, Randy Newman. Ich sah mich verfolgt, wahrscheinlich wegen Stevie Wonder. Alle Welt hatte meinen Artikel gelesen, den ich auch Müller-Schwefe geschickt hatte. Hatte er ihn verbreitet? Ich wußte nicht ein noch aus, sollte ich den Druck stoppen, damit auch der Druck auf mich nachließ? Sollte ich aussteigen und mich vor die nächste Bahn werfen? Zum Glück lag die Praxis meines Psychiaters an der Bahnlinie zum *Marabo*. Ich stieg an der Knoopstraße aus und ließ mich bei Dr. Hummel anmelden. Er ließ mich vor. Ich erklärte ihm den Fall, und er verstand sofort. Er schrieb mir Tesoprel-Tropfen auf, die ich mir unten in der Kosmos-Apotheke holen wollte. Hatten die auch tatsächlich vorrätig, als hätten sie schon auf mich gewartet. Ich fuhr nicht mehr zum *Marabo*, sondern nach Hause. Ich hätte mir am liebsten schon unterwegs ein paar Tropfen genehmigt, aber ich wollte nicht das Fläschchen an den Mund halten. Ich erzählte meinen Eltern nichts. Auch sie schienen mich intensiver als sonst anzusehen. Ich nahm endlich das Medikament ein, und nach zwei Einnahmen war der Verfolgungswahn weg.

Am nächsten Tag kam ein Brief von Müller-Schwefe. Er sprach vom Wonder-Wunder. Wie hatte er das gemeint? Hatte er mitbekommen, wie ich unter dem Artikel gelitten hatte, daß ich mich beinah vor den Zug geschmissen hätte? Claus rief an, die EMI-Electrola wollte Herbert Grönemeyer groß rausbringen, der bis jetzt bei der Intercord war. Sie hatten gerade eine neue Platte von ihm veröffentlicht, *4630 Bochum*, und die wollte er in der Zeche vorstellen. Er hätte eine Einladung bekommen, auch zu einem Essen für Presseleute im Restaurant. Ob ich nicht mitkommen wollte? Er kam vorbei, und gerade da rief Hans-Georg Sausse vom *Tip* an. Ich fragte ihn, ob ich nicht was für ihn über Grönemeyer machen sollte, jetzt da der Wonder-Artikel rauskam. Er schien ja zu sagen, aber die Leitung nach Berlin wurde so schlecht, daß ich ihn nicht mehr verstehen konnte. Ich dachte, das sei Sabotage, und nahm wieder Tesoprel ein.

Claus und ich fuhren in die Zeche. Wir gingen die Treppe zum Restaurant hoch. Auf den Stufen mußte er die Einladung vorweisen. Die Plattenfirma schien einen Ausflug gemacht zu haben. Viele Leute kannte ich aus der Kölner Zentrale. Auch Johanna Schenkel war da, auf die ich schon länger ein Auge geworfen hatte, wenn auch nicht als Einziger. Holger vom *Guckloch* war auch da, und er fragte Claus und mich, ob wir nicht lieber für seine Zeitschrift schreiben wollten. Wir lehnten das Scheißblatt ab. Wir aßen was vom Spieß, bis das Konzert anfing. Charly vom Alro war auch da, der noch nicht ahnen konnte, welche Geschäfte er mit der LP machen würde. Wir gingen oben, am Hintereingang, rein, also nicht durch den Haupteingang. Das Grönemeyer-Konzert hatte begonnen. Ich horchte rein. Ich kannte ja seine Sachen nicht so richtig. Ich hatte Ende der siebziger Jahre seine ersten beiden Alben verrissen und dann der Carmen Talent geschenkt, die mich aber trotzdem oder gerade deshalb nicht rangelassen hat. Mittlerweile hatte sie ja Siggi Kiontke verlassen und sich einem Dozenten zugewandt. Ich hab nie wieder was von ihr gehört. Ich las Jahre später ihren Doppelnamen in der Todesanzeige für ihre Mutter. Sie hatte inzwischen drei Kinder bekommen. Ich dachte erst noch, daß ich sie bei ihrem Vater in den Tagen der Beerdigung anrufen könnte, ließ es dann aber sein. Ich hatte von Herbert Grönemeyer nur die *Currywurst* gehört, und er hatte mich eines Morgens angerufen und gefragt, ob ich was für ihn tun könnte, was ich nicht gemacht habe. Jetzt hatte er mich nicht mehr nötig, denn die Post ging ab bei dem Konzert. Er spielte wohl nur die Lieder von seinem neuen Album mit dem lokalpatriotischen Titel. Ich stand oben an der Tür und hatte keine Zigaretten mehr, also ging ich durch das Restaurant die Treppe runter und zog mir am Automaten 'ne Schachtel Marlboro, da die keine Benson hatten. Bei der Gelegenheit trank ich unten ein Bier am leeren Tresen. Ich wollte zurück ins Konzert, aber der Typ an der Treppe wollte die Einladung sehen. Die hatte aber Claus. Ich war ja nur mitgekommen. Ich redete mit Engelszungen, doch der Typ von der EMI ließ mich nicht rein. Ich dachte, ich brauchte wieder Tesoprel, so verfolgt fühlte ich mich. Ich haute ab, versuchte es auch nicht am Haupteingang oder hintenrum. So interessant fand ich Herbert Grönemeyer auch nicht. Und mit dem *Tip* wurde sowieso nichts.

Ich lief die Königsallee runter, wie damals zu Fuß. Es gelang mir diesmal aber, den Bahnhof zu erreichen und nicht zum Novotel zu gehen. Ich wagte es, nach einem Jahr, ins Rotthaus zu gehen, um meine Schulden zu begleichen, und in der stillen Hoffnung, Doris wiederzusehen. Sie war aber nicht da, und ich fragte Werner, ob sie noch da arbeitete. Erst mal wunderte er sich, daß ich so lange nicht da gewesen war, dann erzählte er, sie sei nach Hamburg gezogen. Außerdem würde das Rotthaus bald zugemacht werden, der Mietvertrag würde auslaufen und nicht verlängert, man wolle aber im stillgelegten Bahnhof endlich das lang geplante Kulturzentrum einrichten. Zu Hause nahm ich zwanzig Tropfen Tesoprel ein und hatte den neuen Anflug von Paranoia verwunden.

Ich ging zum Rodi in die Schopenhauer-Vorlesung, wovon ich ausnahmsweise mal was verstand. Anschließend sah ich draußen im Gang ein hübsches, junges Ding mit wuscheligen Haaren und einer Feuerwehrjacke. Darunter vermutete ich dicke Titten. Sie trug einen Button. Ich ging näher, um zu lesen, was draufstand. Sie saß auf der Heizung. Ich beugte mich runter. Wer lang hat, läßt lang hängen, stand drauf. Ich fragte sie, ob sie was gegen Männer hätte. Nein, sie hätte nur was gegen Machos. War ich einer? Warum lud ich sie nicht zum Kaffee ein? Sie hätte sowieso abgelehnt. Aber die Uni ist klein, vielleicht sehen wir uns noch mal. Es war die letzte Vorlesung im Semester. Ich wußte noch nicht mal ihren Namen.

Ingrid Klein rief an, für die ich ja *Kalter Bauer in Bochum* geschrieben hatte. Sie war auch verantwortlich für *Konkret Literatur*, und sie wollte, daß ich was über alternative Romane schrieb. Ich hatte aber keine Lust zu lesen und lehnte ab. Vielleicht kann ich wieder so eine Geschichte wie *Kalter Bauer* tippen? Von mir aus, schick sie mir zu. Und ich schrieb an einem Nachmittag *Einmal Tchibo und zurück*, nachdem ich einmal durch die Stadt gegangen war, die ich immer noch nicht attraktiv fand im Vergleich zu den Großstädten, die ich kannte, wie Hamburg, Köln, München, Frankfurt. Aber es ließ sich hier leben, und ich wollte auch nicht weg. Ich war ja nie länger als sechs Wochen fort, damals in London. Selbst als ich einige Monate im benachbarten Witten gewohnt hatte, war ich fast jeden Tag in Bochum beim *Marabo* und um mich bei meinen Eltern durchzufressen. Als Ingrid die Story hatte, rief sie zurück, daß es ja eigentlich kein literarisches Thema sei, daß sie aber die Geschichte ganz oben in die Schublade legen und eventuell abdrucken würde.

Dann rief Bernd Gockel vom *Musikexpress/Sounds* an. Ich war aufgeregt. Ich kannte ihn ja jetzt schon ein paar Jahre, hatte aber nichts mehr von ihm gehört, seit er die Doppelzeitschrift unter sich hatte. Du sollst ja wieder ziemlich normal sein, und ich hab auch die Story im *Tip* gelesen, die von dir sein soll, ja, und ich hätte gerne, daß du einen Abgesang auf den Rap schreibst. Ich bin ihn leid.

Kannst du ihn allemachen? Biste schon wieder so drauf wie damals bei dem Kunze? Nicht ganz so, aber ich werde mich bemühen. Freitags nahm ich meine Schreibmaschine zur Arbeit mit und schrieb eine Seite HipHopFlop in einer lustigen Art. Die Story wurde genommen und erschien im September. War ich schuld, daß der Rap nun erst richtig Erfolg hatte, der noch bis heute anhält? Und was denkt Gockel heute? Er mußte ja mit der Zeit gehen. Ich ruf dich wieder an.

Und in *Konkret* erschien die Story über Tchibo. So hatte ich ein paar hundert Mark verdient. Ich kaufte mir bei Janssen einige Neuerscheinungen, die ich aber auch nicht las. Ich legte mich weiterhin nachts auf meine Decke in der Ruhrlandhalle und döste rum.

Ich ging wieder öfter ins Rotthaus, bis es zugemacht wurde. Am letzten Abend spielte die Dschungelband, Tortur genug. Ich besoff mich dann auch noch. Meine Schwester war auch da. Sie hatte sich von ihrem Mann getrennt, nachdem er erzählt hatte, daß er fremdgegangen sei. Sie wohnte jetzt bei Klingelberg im Haus, wo sie eine kleine Wohnung gemietet hatte. Ich brachte sie zur Tür und hatte mehr als brüderliche Gefühle.

Ich spielte auch weiter Fußball und war mittlerweile wieder linker Verteidiger, wie früher in der Bezirksliga. Das Spielen machte mir nach wie vor Spaß, wenn es mir auch leid tat, daß ich nur selten abends mitsaufen konnte, weil ich ja arbeiten mußte. Wenn ich dann sonntags ausgeschlafen und gegessen hatte, ging ich nach wie vor mit meinem Vater zum Sportplatz, der immer zusammen mit Helmut Schmalz stand. Was wohl seine Töchter machten? Er hatte mir mal erzählt, daß jetzt auch Heidi, die zweite, verheiratet sei und ein Kind hätte. Das hätte der Omo nicht gerne gehört, der ja unsterblich in sie verliebt gewesen war. Was der wohl jetzt machte? Der arbeitete jetzt bei Rough Trade Deutschland, wo ich auch schon lange nicht mehr gewesen war. Die hatten ja einen Hit mit *Blue Monday* von New Order landen können.

Ab und zu traf ich mich mit Ludger, und einmal schenkte er mir die neue LP von Peter Hammill, *The Love Songs*, die ich dankbar entgegennahm. Ich mochte solche Einzelgänger, die jenseits des Mainstreams agierten, wie eben ihn, Phillip oder T-Bone. Ludger und ich fuhren öfter ins Appel, wo er aber wenig trank, weil er nachts noch zurück nach Oer-Erkenschwick fuhr. Er war ja der größte Peter-Hammill-Fan und -Experte in Deutschland, und wenn Hammill irgendwo auftrat, durfte er hinter die Bühne wie damals in der Zeche oder letztes Jahr bei den Leverkusener Jazztagen, ja letztes Jahr noch, so lange hat sich die Beziehung gehalten. Ludger war ein echter Freund, und wir würden auch zusammen zur Buchmesse fahren.

Später fuhren wir auch ins Café Ferdinand, wie jetzt das Granny's hieß, und ich erinnere mich, daß ich einmal sonntags nach einer Tagschicht mir im Bahnhof die *Sunday Times* gekauft und mich damit in dieses Café an der Hauptpost gesetzt hatte und einen Artikel über den ersten Wimbledon-Auftritt von Boris Becker und Steffi Graf gelesen hatte, in dem Brian Glanville den beiden eine große Zukunft voraussagte.

Wen ich auch noch in jener Zeit traf, war Bertram Job, der studierte und seine Examensarbeit über Konrad Bayer schreiben wollte. Nebenbei schrieb er auch fürs *Guckloch*. Trotzdem hatten wir uns angefreundet und unterhielten uns auf der Uni. Einmal verabredeten wir uns für den Adenauerplatz, wo im Sommer jetzt immer die Leute draußen saßen. Er schenkte mir die Single *I Feel Like Buddy Holly* von Alvin Stardust, die ich natürlich schon längst besaß, aber ich freute mich über die Geste. Sonst gingen wir immer ins Sachs. Der Platz war proppenvoll. Ich sah Armin Möller, den Schiri, den ich auch schon verewigt hatte. Auch diesmal gingen wir ins Sachs. Das Bermudadreieck hieß ja noch nicht so und war auch noch nicht wie heute. Da war eben dieser Adenauerplatz. Bertram erzählte, daß er einen Roman plane mit einer Krankenschwester, die zur Mörderin wird. Sicher kein neues Thema. Ich machte ihm trotzdem Mut. Als er sein Examen machte, verloren wir uns aus den Augen. Er schrieb später für den *Playboy* und *Transatlantik* und wurde auch ein angesehener Boxexperte.

Samstags fand das Loreley-Festival vom *Rockpalast* ohne Alan Bangs statt. Albrecht Metzger hatte ja aufgehört, so übernahm der Redakteur Peter Rüchel selbst die Moderation. Irgendwas konnte da doch nicht stimmen. Nachts hörte ich den *Night Flight* von Bangs, und er erzählte, daß man ihn ausgebootet hatte, weil er Miami Steve van Zandt keine Fragen über Bruce Springsteen stellen sollte, in dessen Band er spielte. Bangs spielte *Won't Get Fooled Again* von The Who und andere beziehungsreiche Titel. Er schimpfte die ganze Sendung über. Claus rief mich am nächsten Tag an und sagte mir, daß er Alan interviewen wollte, ob ich mitkäme. Ja, sicher.

Freitags ging ich noch ins Appel und besoff mich. Um halb zwei kam eine junge Dame rein, die mich in ihrem Minirock beeindruckte. Sie stellte sich neben mich, und nach einiger Zeit sprach ich sie an. Ob sie mich kenne, ich sei mal Discjockey da gewesen? Nein. Ob sie mal *Marabo* gelesen hätte? Ich schrieb darin. Nein. Wie konnte ich sie beeindrucken? Welche Musik hörte sie gerne?, und sie antwortete, Springsteen und Grönemeyer. Ich konnte ihr erzählen, daß ich ihn kannte. Er hatte sogar mal bei mir angerufen. She was impressed, und wir verabredeten uns für den kommenden Freitag.

Da erzählte sie mir, daß sie Gärtnerin bei der Stadt sei. Wir tranken Bier und gingen auch mal vor die Tür, weil es drinnen so stickig war. Wir tranken eine Zeitlang unten, bis es zu voll wurde. Wir gingen nach oben in die

Disko. Zonte war da und legte auf. Ob der noch mal auf einen grünen Zweig kam? Ihm fehlte eine vernünftige Frau. Hatte ich sie jetzt gefunden? Wir setzten uns hin und konnten uns wegen der Lautstärke nicht mehr unterhalten. Das war vielleicht auch gut so. Auf einmal legte sie ihren Arm um mich und küßte mich. Das kam für mich etwas überraschend. Ich küßte zurück, sozusagen, und wir knutschten den ganzen Abend. Aber ins Bett gehen wollte sie nicht mit mir. Wir blieben, bis die Kneipe leer war, kurz vor sechs. Sie begleitete mich zur Bahn. Ich griff ihr an den Hintern. Wie lange hatte ich nicht mehr gefickt. Aber sie sagte, sie könne noch nicht, vielleicht bald. Die Bahn kam, und ich stieg ein. Sie fuhr allerdings in die verkehrte Richtung. Ich landete nicht in Langendreer, sondern in Bochum. Die Bahnhofsbuchhandlung hatte schon auf, und ich kaufte mir, wie üblich samstags, die *Süddeutsche*, die *Frankfurter Rundschau* und die *FAZ*. Glücklich erzählte ich meiner Mutter, daß ich eine neue Freundin hätte. Ich legte mich aber dann hin, weil ich ja nach Köln wollte.

Nachmittags holte Claus mich ab, und wir fuhren in die Händelstraße. Wir fanden, wie immer mit Claus, schnell einen Parkplatz, was mir zu denken gab. Hatte er einen Trick? Wir gelangten an die Händelstraße 37, und über Bangs hing ein Türschild von Grönemeyer, über den Ruzicka gerade einen Artikel schrieb. Der wohnte also da. Daß der schon lange nicht mehr in Bochum wohnte, war mir klar. Aber er machte Reklame für die Stadt und mit ihr für sich. Wir schellten bei Bangs. Er öffnete und führte uns in sein großes Wohnzimmer, in dem ein Fernseher stand und ein paar Sitzmöbel, auch ein Plattenspieler.

Er legte was auf. Wir fragten, was war los?, und er erzählte noch mal die ganze Story von der Loreley, wie man ihn quasi erpreßt hatte, dem Künstler nur genehme Fragen zu stellen. Das lehnte er ab und nahm lieber die Kündigung in Kauf. Beinah wäre er auch noch beim BFBS rausgeflogen, weil er so einen Egotrip aus seinem *Night Flight* gemacht hatte. Als wir das alles besprochen hatten, sagte Bangs, geh doch mal hoch zum Herbert, der kennt dich doch.

Da auch Claus es wollte, ließ ich mich breitschlagen. Ich hatte ja ihm gegenüber kein schlechtes Gewissen, ich hatte ihm schließlich nichts getan. Ich ging also die Treppe hoch und schellte. Es machte eine Frau auf, ich nahm an, es war Anna Henkel. Ich sagte, daß ich zum Herbert wollte, er kenne mich aus Bochum. Als sie das Wort Bochum hörte, schien sie schon genug zu haben. Herbert sei nicht da, sondern in Nürnberg auf einem Friedensfestival. Tür zu. Ich ging wieder runter. Schade. Ich war gar nicht traurig. Hätte ich ihm sagen sollen, daß ich seine Platte noch nicht gehört hatte? Später sollte ich einen Brief von Ralph Otto bekommen, ob ich als Bochumer pikante Details über Grönemeyer wüßte. Er würde ihn für den *hiero itzo* in Göttingen interviewen, aber ich antwortete, ich wüßte nur, daß seine Frau mal in einem Porno mitgespielt hätte, *Dorotheas Rache*. Alan Bangs zeigte uns eine kleine Silberscheibe, eine CD von Palais Schaumburg. Meine erste. Ja, damals fing es an. Bei mir dauerte es noch ein paar Jahre, bis ich mir Neil Youngs *After The Gold Rush* als Compactdisc zulegte. Alan schaltete den Fernseher ein. Die *Michael Braun Talk Show* lief im dritten Programm, und ein Gast war Alan Bangs' Nachfolgerin im Rockpalast, die gar nicht so dumm zu sein schien. Aber ob sie Ahnung von Musik hatte?

Ich fragte Alan, ob ich mal telefonieren dürfte, und wählte die Nummer, die mir Conny gegeben hatte. Sie war zu Hause, wenn auch noch gerädert. Ich sagte, wo ich sei, und wir sähen uns ja nächste Woche. Ob sie nicht Lust hätte, mittwochs mit ins Basement zu kommen? Ja, sagte sie, hol mich ab. Können wir noch meine Freundin mitnehmen? Gerne. Wir gingen einen Salat essen. Anschließend kam Alans Freundin vorbei und auch die andere Frau, die hinter ihm her war, schon letztes Jahr, als Bangs in Bochum war und sie nackt bei ihm im Bett lag, wie ich mich überzeugen konnte, als ich sie mit Inhülsen da rausholen mußte. Ob Bangs sie bumste, wußte ich nicht. Seine Freundin schien sie zu tolerieren. Wir gingen zusammen in ein italienisches Café und tranken Espresso. Dann verabschiedeten wir uns und gingen noch bei McDonald's rein, weil wir Kohldampf hatten, und fraßen einen Big Mac. Abends ging ich kaputt ins Bett. Am nächsten Morgen hatte ich wieder Tagschicht.

Ich ging zu Janssen, um mir meine Zeitschriften abzuholen. Herr Janssen fragte mich, was meine Schreiberei machte, und ich sagte, nichts. Ich stünde zwar wieder mit Müller-Schwefe in Verbindung, aber an meinem Roman hätte ich noch nichts geschrieben. Ja, es wurde mal Zeit, aber ich hatte noch nicht einmal den ersten Satz. Er war mir noch nicht eingefallen. Ich wußte ungefähr, was ich schreiben wollte, einen autobiografischen Roman mit Ute im Zentrum, und mit mir natürlich. Warum setzte ich mich nicht einfach hin und tippte drauflos? Mehr als ablehnen konnte er ja nicht. Ich wollte warten, bis mir ein erster Satz einfiel. Es waren noch Semesterferien, und ich ging in die Kneipe in der Luisenstraße.

Nur nicht anfangen jetzt, schon morgens regelmäßig zu trinken. Ich trank drei Bier, ging nach Hause und blätterte auf meiner Mansarde im *Merkur*, bis ich zum *Playboy* griff, das Playmate des Monats aufschlug und meinen Penis rieb. Ich schaffte es aber nicht, zu kommen. Das kam selten genug vor; vor allem dann, wenn es heiß in meinem Zimmer war. Ich dachte mir nichts dabei und führte es auf meine Tabletten zurück.

Am Mittwochnachmittag erzählte ich meiner Schwester, daß ich abends mit Conny rausgehen würde, und sie fragte mich, ob sie mitkommen könnte. Sie lebte ja in Scheidung, und sie tat mir leid. Ob ich dann noch mit Conny ficken würde? Wollte sie überhaupt, oder nur Freundschaft? So wie sie mich geküßt hatte? Wir fuhren dann um acht zu An den Lothen, wo sie wohnte. Sie machte auf, und ein Typ war da, mit dem sie irgendwas gespielt hatte. Sie merkte, daß ich skeptisch war, und sagte, das ist ein Freund meines Bruders. Sie machte den Fernseher an. Deutschland – Argentinien, Franz Beckenbauers erstes Spiel als Bundestrainer. Er sollte es verlieren. Wir fuhren zu Claudia am Amt, Connys Freundin, und sie wäre auch mein Fall gewesen.

Claudia arbeitete als Krankenschwester und wohnte mit einem Typen zusammen. Wir sahen auch da Fußball, und ich hatte den *HipHopFlop* mitgebracht, den ich ihnen allen zeigte, und Conny las interessiert. Gegen zehn fuhren wir in die Innenstadt und landeten zuerst im Puvogel, wo meine Schwester nebenbei arbeitete, die aber heute frei hatte und mit uns unterwegs war. Hier gab es Guinness, und ich trank eins. Die anderen fühlten sich nicht so recht wohl, und wir liefen die paar Meter bis zum Basement. Vielleicht sollte ich erzählen, daß ich morgens in Dortmund gewesen war, wo der Omo mit dem DJ des heutigen Abends mittlerweile in einem Plattenladen arbeitete, und ich hatte ihm gesagt, daß ich mir gleich bei Life die neue Marshall Crenshaw holen würde, die die nicht hatten. Ob ich sie nicht abends mitbringen sollte? Nein, aber wenn du sonst was hast. Vielleicht *Not Fade Away* von Joe Ely, der wie Buddy Holly aus Lubbock, Texas stammte? Ja, bring die mal mit.

Als wir jetzt in den vollen Saal reinkamen, gab ich Odermann die Single, die er auch bald auflegte. Wir verstanden wieder nichts. Conny setzte sich auf einen Stuhl an der Tanzfläche. Auf der Toilette traf ich Thomas Bethge und fragte ihn, wo meine Kohle von den Flohmarktplatten blieb. Er hatte das Geld nicht dabei. Angeblich handelte es sich ja nur um neununddreißig Mark. Ich hatte das Gefühl, er würde mich bescheißen, und packte ihn am Schlafittchen. Als er schrie, ließ ich ihn wieder los. Conny und ich küßten uns, und meine Schwester guckte neidisch. Ich glaubte nicht, daß sie schon wieder einen Macker hatte, obwohl sich im Puvogel sicher die Gelegenheit ergab.

Dann lief *Surfin' Bird*. Ich hörte nicht raus, ob es sich um die Originalversion handelte oder um das Cover von den Cramps. Auf jeden Fall wollte ich sehen, wie die jungen Leute danach tanzten. Ich stand auf und ging an die Tanzfläche. Die Musik war ja Psychobilly, und ein Haufen kurzgeschorener Bengel mit Jeans, die sie mit Domestos gebleicht hatten, schubsten sich hin und her, bis mir einer auf meine blauen Wildlederschuhe trat. Offensichtlich wußte er nicht, was das bedeutete. Er kannte wahrscheinlich nicht den Song *Blue Suede Shoes* von Carl Perkins oder von Elvis. Jedenfalls lief ich rot an. Ohne groß zu überlegen, trat ich dem Täter in den Arsch. Er schoß über die Tanzfläche. Sofort hatte ich die Meute am Hals. Eben noch hatte Willy Thomczik neben mir gestanden, doch statt mir zu helfen, verschwand er. Er kümmerte sich ja auch mehr um kleine Mädchen. Die Burschen drohten mich zu erwürgen. Da kam mir eine letzte Idee. Ich zog meinen Pullover hoch, unter dem ich mein Buddy-Holly-T-Shirt trug, und schrie den Rock-'n'-Roll-Fans zu, ich bin doch einer von euch! Sie sahen auf das Shirt und kannten anscheinend den verstorbenen Sänger. Da ließen sie mich los und umarmten mich.

Conny hatte das alles gar nicht mitgekriegt und war überrascht, als ich ihr sagte, daß ich Ärger gekriegt hatte und abhauen wollte. Dann war sie aber doch einverstanden. Ich hatte aber so recht keine Lust mehr zum Ficken, und meine Schwester setzte sie zu Hause ab und fuhr dann hoch zur Wilhelmshöhe. Es blieb ja dabei, daß wir uns freitags sahen. Wieder brachte sie ihre Freundin mit, und als sie spätabends kamen und ich Claudia fragte, was ich für Conny tun könnte, sagte sie, du mußt es ihr richtig zeigen, dann wird sie einige Sorgen los sein. Claus kam auch, und er tanzte zu *Sexual Healing* von Marvin Gaye, der gerade von seinem eigenen Vater erschossen worden war. Conny bewunderte Claus, wie er tanzte, küßte aber mich intensiv, und mir war klar, daß es in dieser Nacht geschehen würde. Ich riß mich auch am Riemen und trank nicht viel. Wir gingen gegen zwei die paar Meter zu An den Lothen, wo in einer anderen Wohnung auch ihre Eltern und ihr älterer Bruder wohnten. Ihr Vater sei krank, sagte sie, als wir da vorbeikamen. Er lag im Krankenhaus. Wir gingen in ihre mit Sperrmüll bestückte Wohnung und legten uns auf die Liege. Wir zogen uns aus, und sofort drang ich in sie ein. Ich saß auf heißen Kohlen. Wie lange hatte ich nicht gefickt. Ich stieß und stieß, und sie pustete zwischendurch, aber ich kam nicht, dann ließ ich es sein. Sie war enttäuscht, und als ich meinen Schwanz rieb, meinte sie niederschmetternd, du kannst es wohl nur noch mit der Hand. Ich war zerschlagen. Ich sagte ihr, daß ich es lange nicht mehr gemacht hatte. Sonst sprachen wir nicht mehr miteinander. Sie setzte sich zum Pissen, und ich sah zu. Ich sagte, piß mich an, tat sie aber nicht. Sollen wir uns noch weiter treffen? fragte ich sie, und sie sagte, ja sicher. Da war ich wieder froh. Es war noch nicht alles verloren. Ich ging zur Bahn und fuhr diesmal in die richtige Richtung. Zu Hause saß wieder meine Mutter, und ich erzählte ihr, daß ich mit Conny im Bett war. Details wollte sie gar nicht wissen.

Dienstags las ich in der Zeitung, daß Connys Vater gestorben war, gerade an dem Tag, als wir gevögelt hatten. Ich wußte erst nicht, wie ich mich verhalten sollte, dann schrieb ich ihr einen Brief. Sie rief mich an, und wir verabredeten uns für Samstag, aber nicht in ihrer Wohnung oder bei Appel, wo sie nicht reinwollte, sondern an einer Straßenecke. Ich überlegte mir, daß ich sie in Ruhe lassen und sie nicht zum Ficken drängen würde. Wir trafen uns also bei Schepmann und gingen die Alte Bahnhofstraße runter. Sie heulte. Sie ging ganz in Schwarz. Mir fehlten die Worte. Wie soll man eine Trauernde trösten? Wir küßten uns, und ihre Tränen schmeckten salzig. Wir gingen die Weststraße runter. Du sollst drogensüchtig sein, sagte sie mir. Ach was, wie kommst du darauf? In irgendeiner Geschichte hast du geschrieben, daß du Lexotanil nimmst. Das war einmal, außerdem war das auf Rezept. Ich erzählte ihr aber nicht, daß ich schon mal in der Psychiatrie gewesen war. Zurück durch die Ümminger Straße. Immer wieder küßten wir uns. Sie sagte dann aber, das sie diese Nacht allein bleiben wollte. Oben bei Appel an der Ecke sagte sie, daß sie jetzt gehen wollte. Ich würde ja sicher noch ins Appel gehen. Sie kaufte sich an einer Bude ein Fläschchen Jägermeister. Ich sagte, sei vorsichtig. Ich hatte Angst, daß sie Alkoholikerin werden könnte. Bei Trauernden immer eine Gefahr. Ich brachte sie nach Hause und ließ mir noch mal den Tag durch den Kopf gehen.

Morgens war ich wieder in die Stadt gefahren und hatte mir die Zeitungen geholt, und nachmittags waren wir mit unserer Mannschaft nach Hagen-Dahl gefahren, und ich hatte mich umgezogen, aber nach dem fehlgeschlagenen Fick von der vergangenen Nacht tat mir untenrum alles weh. Den ersten Steilpaß konnte ich zwar erlaufen, aber nicht mehr schießen. Ich ließ mich auswechseln, und Willi Schmalz kam drauf.

Und ich erinnerte mich auch, daß in der vergangenen Woche BAP in der Ruhrlandhalle gespielt hatten, die voll war. Ich erkannte aber nur Werner Schmitz, den Szene-Redakteur vom Marabo, der auch Krimis schrieb. Ich kam gegen Ende des Konzerts und wollte die Runde drehen, als mich BAPs Security-Leute aufhielten, gerade als ich hinter der Bühne war. Ich sagte, wer ich sei, und sie wollten, daß ich mich auswies. Ich hatte aber keinen Ausweis, da schickten die mich tatsächlich aus meinem eigenen Reich weg, und ich brauchte die Hilfe von Herrn Ortwein, daß ich wenigstens bei den Büros sitzen konnte, da, wo ich immer saß. Als das Konzert zu Ende war, konnte ich mich wieder frei bewegen, und ich sah, wie die Roadies abbauten. Sie hatten ihre eigene Bühne mitgebracht. Ganz schön großspurig. Ich mochte die Gruppe nicht. Der Sänger schien mir zu eingebildet zu sein. Aber jetzt warteten keine Groupies auf ihn. Das wunderte mich, wo er doch so schön war. Alan Bangs hatte sich auch mal über BAP geäußert, die ja die Lieblinge aller Alternativen waren. Die Musik ginge, aber wenn der Sänger einsetzt: no way. Das stimmte. Gegen halb eins kam er aus seiner Garderobe.

Ich hätte mich als wichtigster Musikjournalist des Ruhrgebiets ausgeben können, ließ es aber sein und ihn gehen. Er nahm keine Braut mit, es hatte auch kein Mädchen gewartet, da hatte ich bei Motörhead andere Dinger erlebt. Die Leute bauten zu Ende ab, und ich schloß den Hintereingang. Vorn war schon längst zu.

Ich war froh, daß ich mit denen nichts zu tun hatte. Am nächsten Tag traf ich beim *Marabo* Werner Schmitz. Er war nicht allzu begeistert von dem Gig. Er fragte mich, ob ich mich an einer Anthologie Bochumer Autoren beteiligen wollte, die er herausgeben wollte. Ich sagte zu. Gockel rief beim *Marabo* an. Er hatte es schon bei mir zu Hause versucht. Ob ich was Lustiges zu Dieter Thomas Hecks fünfzigstem Geburtstag schreiben könnte? Er würde auch das Bundesverdienstkreuz bekommen. Ich sagte zu. Keine Frage, das waren wieder dreihundert Mark.

Dann also Sonntag. Ich würde wieder zu Conny fahren. Ich nahm eine Flasche Sekt mit. Sie schien sich nicht besonders zu freuen, sondern noch zu trauern. Sie holte ein

Fotoalbum raus und zeigte mir Bilder ihrer Familie, auch aus ihrer Schulzeit, und ich erkannte eine Klassenkameradin von ihr, die Schwester von Georg Grewe, der mit mir zur Schule gegangen war. Wir öffneten die Flasche, doch als ich ihr an die Wäsche wollte, lehnte sie ab. Ich bekam es im Kopf, stand auf und nahm die Sektflasche mit. Leck mich am Arsch, sagte ich und stürzte raus. Draußen warf ich die Flasche an die Hauswand, wo sie zerschmetterte. Ich ging die Straße weiter hoch und kam an einen Zaun, der nicht enden wollte. Ich kam auch nicht drüber.

Plötzlich fiel mir Kafka ein. Was hatte er damit zu tun? Ich kannte nur seine *Verwandlung*. War ich Gregor Samsa, hatte ich mich in ein Ungeziefer verwandelt?

Ich fühlte mich plötzlich wieder von Satellitenkameras beobachtet. Nach langem Suchen fand ich einen Weg zur Bahnstrecke, die ich entlangging. Zu Hause wollte ich zwanzig Tropfen Tesoprel einnehmen, es waren aber keine mehr da. Ich schlief unruhig und fühlte mich auch im Bett verfolgt. Morgens stand ich auf und fuhr zur Uni, immer in dem Bewußtsein, beobachtet zu werden. Ich hörte was über Barockromane und dachte, der Dozent spräche über mich und meinen Roman. Ich fuhr zum Hummel hoch, um mir Tesoprel verschreiben zu lassen, aber ein Schild verkündete, daß er gerade an dem Tag einen vierzehntägigen Urlaub angetreten hatte. Eine Vertretung war angegeben. Ich traute mich aber nicht, zu ihm hinzugehen. Sollte ich sagen, ich sei Kafka? Der würde mich für verrückt halten. War ich es nicht auch? Oder war ich tatsächlich der größte Schriftsteller aller Zeiten, der nicht mehr schreiben mußte, sondern durch sein schieres Leben Literatur erzeugte? Das Leben schrieb den Roman ohne Maschine. Ich brauchte nicht mehr zu tippen. So würde ich aber kein Geld verdienen. Es würde immer für mich gesorgt. Da war ich sicher. Warum aber gerade ich?

War ich Gott? Vielleicht. Ich ging erst mal weiter zur Uni, wo sie auch in der Philosophie über mich lehrten. Ich ging in die Beckett-Vorlesung von der Kesting, und als sie in den Hörsaal reinkam, dachte ich, sie sei Günter Grass mit ihren schwarzen Haaren. Natürlich war ich überzeugt, sie würde über mich dozieren, ich sei Beckett wie in seinen frühen Romanen. Ich war zufrieden und ging in eine Logik-Vorlesung von Menne, der über Funktoren sprach, und ich dachte an Funktürme und daß sie meiner Beobachtung dienten.

Zurück in der S-Bahn, dachte ich, ich könnte durch reine Betrachtung mit jeder Frau kommunizieren, ja, ich würde sie dabei ficken. Tele-ficken. Aber ich hatte keinen Steifen dabei, als ich eine zwanzigjährige Brünette mit Aktentasche ansah. Ich dachte, wir seien ein Paar, nur dürfte sie das nicht zugeben. Ähnlich ging es mir mit anderen. Ich hatte keinen Steifen, schien aber meinen Schwanz jeweils nach meiner vermeintlichen Partnerin auszurichten.

Zu Hause erzählte ich natürlich nichts; Hummel hatte Urlaub, und zu der Vertretung konnte ich nicht hin, der war vielleicht von der anderen Seite. Ja, die gab es auch. Ich ging in den Plus, um mir gebackene Bohnen zu kaufen. Die hatte ich bei meinem ersten Besuch in England kennengelernt. Vielleicht war ich ja auch ein englisches Projekt. Mrs. Jepsen, bei der ich meist wohnte, wenn ich auf der Insel war, hatte mir mal erzählt, daß sie im Krieg Churchill begegnet sei. Und der hatte sie wahrscheinlich instruiert. Ich war ein Versuchskaninchen. Das war vermutlich das verkehrte Wort, aber mir fiel nichts anderes ein. Eine Weltrevolution durch mich. Es war ja so gewesen, so weit waren wir schon mal, daß Major Smith mein Vater war, der mich mit meiner Mutter gezeugt hatte. Um zu zeigen, daß es nach dem Krieg auch gute Deutsche gab. Man wollte mit mir experimentieren, wie man einen guten Menschen macht. Und mein Vater Hennes war der deutsche Agent. Die Engländer hatten aus diesem ehemaligen Nazi einen Sozialdemokraten gemacht, der mich erziehen sollte.

Leider trank er viel, und ich folgte ihm nach. Erst durch die Literatur wurde ich zu einem guten Menschen, und die Literatur lebte ich jetzt. Ich war ja immer wieder nach England gefahren. Auf Befehl sozusagen, obwohl ich scheinbar freiwillig hinfuhr, um Englisch aufzutanken, und ich war sechs Wochen bei Mark und Judy, ohne sie anzurühren. Und sie führten mich ihrer Schwester zu, aber wir durften kein richtiges Paar werden, noch nicht mal richtig ficken, denn so was wie Kafka heiratet nicht. Aber er war verlobt und hatte eine Freundin.

Da kam schließlich Bärbel ins Spiel, die Frau meines Mitspielers. Sie war quasi angesetzt, mich zu entjungfern, und sie hatte es dann auch getan. Sie war außerdem Agentin, ebenso wie ihr Mann, der von unserer Affäre genau wußte. Das Kind durfte nicht geboren werden, aber man hatte den Fötus untersucht und irgendwelche Erkenntnisse über mich gewonnen. Ich wußte nicht, welche.

Und dann kam Ute, nachdem man mich hatte fünf Jahre zölibatär leben lassen. Sie öffnete wie schon Bärbel ein Ventil. Sie war auch eine Agentin, ich wußte aber nicht, ob sie vielleicht für die andere Seite arbeitete. Wer war die andere Seite? Der Russe, der Teufel? War das nicht dasselbe? Und diese Seite, das war der Pop. Die Literatur gehörte dazu. Ich war eine Popfigur, und es würde gezeigt, daß der Pop dem Sturen überlegen war. Das hatten schon die Beatles bewiesen. Warum aber sollte ich keinen Roman schreiben? Hielt man mich tatsächlich davon ab? Inwieweit konnte ich selbst bestimmen? Ich hatte immer gemacht, was ich wollte. War das so? Einen Weg, wie ich ihn gegangen war, konnte man nicht als ideal bezeichnen. Ich sollte ausprobieren.

Ich kaufte die Bohnen. An der Kasse saß nicht, wie üblich, Fräulein Matzko, sondern eine Aushilfe in einer Hose aus imitiertem Leder. Ich richtete mich auf sie aus, und wir schienen zu ficken. Hans, ein Lehrer, mit dem ich befreundet war, wurde Vater, und er hatte mir erzählt, daß er nicht wußte, wie es dazu gekommen war. Mir fiel ein, daß ich in jener Zeugungszeit mal einen Moment mit seiner Frau allein im Wohnzimmer gewesen war, als ich meine erste Psychose hatte, und wir schienen solch einen intensiven, vollkommen körperlosen Kontakt zu haben, daß es zu einem Fick kam, bei dem das Kind entstand. Das war natürlich irre und nie im Leben wahr, aber als das Kind zwölf Jahre später mal bei uns war, interessierte es sich sehr für meine Buddy-Holly-Magazine.

Freitags würden Ludger und ich zur Buchmesse fahren. Ich war mit Müller-Schwefe und Ingrid Klein verabredet, aber die ganze Buchmesse drehte sich nur um mich. Schon tags zuvor sollte gegen zwölf der neue Nobelpreisträger für Literatur verkündet werden. Ich war auf dem Weg von der Uni. Zu Hause schaltete ich das Radio ein. Ich war sicher, ich würde die Auszeichnung erhalten, als erster für einen ungeschriebenen Roman, in Vertretung für Kafka, Joyce, Musil, die sich noch mit Schreiben abplacken mußten und den Nobelpreis doch nicht bekamen.

Natürlich erhielt ich ihn erst mal nicht. Das Projekt war noch zu frisch. Ein unbekannter tschechischer Lyriker bekam den Preis, und mir fiel keine Parallele zu ihm ein. Ich würde mir was von ihm besorgen, wenn's was gab.

Wir fuhren am nächsten Tag mit Ludgers Wagen los, und er erzählte mir, was es Neues von Peter Hammill gab. Wir fuhren die Sauerlandlinie entlang. Je höher wir kamen, umso nebliger wurde es. Ich mochte die Wälder. Ich war schon lange in keinem mehr gewesen. Zuletzt in Witten, als ich einen Baum suchte, an dem ich mich aufhängen konnte. Das gehörte vielleicht auch zum Konzept, daß ich dem Selbstmord widerstand. Hinter Siegen machten wir eine Pause und aßen die Frikadellen, die Ludgers Mutter gemacht hatte. Ich schüttete den Kaffee, den ich beigesteuert hatte, in die mitgebrachten Tassen. Ich freute mich schon auf die Buchmesse: mit mir als Schwerpunkt.

Aber wie würde das in der Praxis aussehen? Wir hatten schon Eintrittskarten und eine Parkkarte besorgt. Wir mußten in ein bestimmtes Parkhaus und gingen dann zur Pressestelle, um uns zu akkreditieren. Damals bekam man noch einen dicken Katalog geschenkt. Darin konnte man nachlesen, wo die einzelnen Verlage ihren Stand hatten. Wir gingen dann in eine der Hallen; ich sah nach, wo Konkret und Suhrkamp waren, und schrieb die Standnummer hinten ins Buch.

Zunächst liefen Ludger und ich rum. Wieder schienen mich die Leute anzustarren oder ostentativ wegzusehen. Sie wußten also Bescheid. Deswegen gab es ja die Buchmesse. Das wichtigste Ausstellungsstück war ich. Aber niemand sprach mich an. Ich nahm manchmal ein Buch in die Hand, und es schien von mir zu handeln. Da gab es zum Beispiel eines von Botho Strauß, *Der junge Mann*. Wir liefen durch die Reihen, aber keiner grüßte mich. Es sah mich auch niemand richtig an, bis wir zu Konkret kamen. Es war nur Ingrid Klein da.

Sie begrüßte mich herzlich. Sie wußte natürlich auch Bescheid, sonst hätte sie nicht meine *Tchibo*-Geschichte reingenommen. Natürlich verkaufte sich jetzt das Heft *Konkret Literatur* wie warme Semmeln. Und sie fragte, was ich noch vorhätte, und ich antwortete, ich geh zu Suhrkamp. Und was macht dein Roman, schon angefangen? Demnächst, ich brauch erst noch Kohle, dann zieh ich mich zurück. Vielleicht zahlt mir ja Suhrkamp einen Vorschuß. Sie wollte dann was fürs nächste Sexualitätsmagazin haben, über den Kölner Karneval, der sollte ja am 11.11. um 11 Uhr 11 eröffnet werden, und ich sollte mich da umsehen, wie es mit Sex aussieht. Soll ich mir eine anlachen? Das bleibt dir überlassen. Das war ein Befehl, denn Ingrid Klein war auch eine hochrangige Agentin, eine Leitfigur. Wir tranken noch einen Kaffee und verabschiedeten uns. Den Kübler Verlag schien es nicht mehr zu geben, und Ludger und ich trennten uns. Er wollte zu den Engländern wegen der Musikbücher, während ich noch schlenderte und es genoß, im Mittelpunkt zu stehen. Da mich niemand mehr ansah, hatte ich den Gedanken, die würden mich alle doch nicht kennen, hätten aber die Vermutung, daß diese Messe was ganz Besonderes sei: Irgendeiner liefe rum, der der King sei, sie wüßten aber nicht, wer.

Wußte Müller-Schwefe Bescheid? Aber sicher. Doch als er mit mir sprach, konnte er nur um den heißen Brei drumherum reden. Natürlich durfte er nicht sagen, wer ich wirklich bin – oder doch? Als er mich fragte, was ich vorhätte, sagte ich, eine Sammlung meiner Artikel, ergänzt durch neue Stories, das zusammen ergäbe einen Roman. Welche Artikel denn? Und ich sagte, alles. Und er meinte, das sei wie bei Goethe. Ich antwortete, ich würde mein ganzes Leben aufschreiben, mir fehlte nur der erste Satz. Und Geld. Ich hatte jetzt erwartet, daß er mit mir rüberging zu Siegfried Unseld und meinen Fall erklärte. Der war sicher schon eingeweiht, denn nur Suhrkamp konnte mein Projekt verwirklichen. Die Traditionalisten hatten ja gefordert, daß auch tatsächlich ein Buch von mir erscheinen sollte, nicht nur das Leben. Aber Müller-Schwefe ging mit mir in eine Cafeteria, wo wir Bier tranken. Wir spendierten abwechselnd. Er sagte also nichts von einem Vorschuß, und ich war wirklich enttäuscht, aber es mußte wohl so sein, daß ich mich durchbiß. Kafka hat von seinen Verlegern auch nichts geerbt, doch der hatte wenigstens den Job bei der Versicherung. Aber ich hatte ja auch meinen Job, den hatten sie extra für mich ausgesucht. Ich war da aber immer eingesperrt. Vielleicht hatte ich was verbrochen, von dem ich nicht wußte, und mußte jetzt büßen. Nach einer knappen Stunde verabschiedeten wir uns bis zum nächsten Jahr. Dann hoffentlich mit einem Buch. Bestimmt. Ich war mir sicher, daß das Buch bis dahin raus sein würde, ich berühmt und reich. Und im Jahr drauf würde ich wirklich den Nobelpreis erhalten.

Ludger und ich trafen uns bei Fischer, und wir gingen noch zu Rowohlt, aber Körner war nicht da. Ich brauchte ja auch diesmal kein Spritgeld von ihm, wie noch zuletzt einundachtzig. Wir tranken noch ein Bierchen und fuhren nach Hause. Unterwegs machten wir noch eine Pinkelpause und waren nach gut zwei Stunden daheim. Was hatte mir der Tag gebracht? Eigentlich nichts – ja, den Auftrag von Ingrid Klein, aber mit Suhrkamp war ich nicht weitergekommen. Das gehörte dazu, daß ich mich quälen sollte für den Ruhm. Der eine hatte sich in die Stirn geritzt, ich mußte als Nachtwächter weiterarbeiten.

Am nächsten Morgen fuhr ich wieder in die Stadt, um die überregionalen Blätter zu kaufen. Steuererhöhungen, das war meinetwegen, weil ich so viel Kosten verursachte. Ich wußte nicht, wie das alles zusammenhing. Das ganze Leben drehte sich ja um mich. Ich ging den Opel-Berg hoch und dachte mir, das ganze Werk sei nur meinetwegen in meiner Nähe gebaut worden. All die Arbeiter heckten meinetwegen was aus. Alles wurde von da aus geregelt, aber nur in Bochum, denn Bochum war die Welt, insbesondere die Wilhelmshöhe, ein Viertel für sich, hier lebte die Elite, hier wohnten die Leute, die bei Opel alles regelten. Ich ging zu Wagner und holte mir fürs Wochenende 'ne Stange Benson.

Abends lief *Der dritte Mann* im Fernsehen, und meine Mutter und ich lagen je auf einer Couch, während mein Vater im Sessel saß. Ich hatte die Erleuchtung, daß meine

Mutter Jane Smith sei, und wir liebten uns, wir fickten auf die Ferne, und als meine Mutter die Beine ein wenig auseinander machte, dachte ich mir, jetzt fahr ich in Jane rein. Ich fuhr noch ins Appel, wo ich Conny traf. Ich fragte sie, ob sie noch böse sei wegen der Sektflasche, und sie sagte, du bist für mich gestorben. War das ernst gemeint, war ich tot? Es war sowieso eine komische Atmosphäre bei Appel, als stünde das Lokal in der DDR. Es bedienten auch lauter Leute, die ich nicht kannte. Fluchtartig verließ ich die Kneipe und habe Conny nie wiedergesehen. Vor vierzehn Tagen stand eine Todesanzeige für ihren Bruder in der Zeitung. Conny hat geheiratet und ein Kind. Ich hatte nicht vor, während der Beerdigungstage bei ihrer Mutter anzurufen. Sie wohnt auch nicht mehr in Bochum. Verstoßen aus dem Paradies, weil sie mich damals verstoßen hatte, bloß weil es beim ersten Mal nicht richtig geklappt hatte. Vielleicht hatte es ja auch an ihr gelegen. Wir werden es nie wissen.

Ich hatte Halsschmerzen und ging montags zu meinem Freund Robert in die neue HNO-Praxis. Er sagte, nicht schlimm, die Mandeln waren ja raus. Er verschrieb mir was, und ich konnte gehen. Abends kriegte ich einen Rappel. Robert hatte mir gar nicht in die Nase geguckt, die ja mal operiert werden sollte. Ich dachte, die müsse gewartet werden, weil ich eine Kamera drin hätte. Ich fuhr mit dem Bus runter zum Denkmal, wo ich den Pommeswagen von Dr. Muschnik sah, hinter dem sich in Wirklichkeit ein Filmteam verbarg, also nicht nur in meinem Wahn. Ich wollte zu Robert in die Bonifatiusstraße, aber seine Frau sagte mir, er sei nicht da, er sei bei einem Vortrag. Ich bekam das kalte Grausen. Wenn jetzt meine Nase explodierte!

Morgens wachte ich verschreckt auf. Ich wollte zum Hummel, der müßte wieder da sein. Ich hatte keinen Termin und mußte warten. Natürlich beobachteten mich die anderen Patienten. Jeder schien eine Macke zu haben. Ich erzählte dann Hummel nichts und ließ mir Lithium und Tesoprel verschreiben. Auf dem Beipackzettel stand was von Schizophrenie. Ich war stolz, ein echter Schizo zu sein, nahm zwanzig Tropfen zu Hause ein, und einen Tag später hatte ich keine Wahnvorstellungen mehr.

Ich fühlte mich wie neugeboren. Ich versuchte nicht mehr, in der Bahn oder anderswo den Telefick zu machen. Ich fühlte mich auch nicht mehr beobachtet, und ich dachte auch nicht mehr, ich sei Kafka, Brecht oder jemand anderes. Ich ging weiter zur Uni und tat nichts. Das machte mir aber nichts mehr aus, denn ich war jetzt sicher, daß ich nach dieser vierzehntägigen Tortur den Roman schreiben würde. Dann aber bekam ich Zahnschmerzen und mußte zu Roberts Bruder Wolfgang, der ein ausgezeichneter Zahnarzt war. Er fand einige behandlungsbedürftige Zähne, und ich mußte öfters hin. Donnerstags ging ich zur Kesting, und ich weiß nicht, was sie gerade über Beckett sagte und ob ich überhaupt zuhörte, als mir der erste Satz für meinen Roman einfiel: Etwa zwei Jahre nach unserer ersten Begegnung machte mir Sabine am Telefon Aussicht auf einen Fick, allerdings nicht mit ihr selber, sondern mit ihrer jüngeren Schwester. Ja, das war's. Ich rief Körner an. Ist okay. Sollen wir uns treffen?

Ich würde wieder nach Dortmund fahren. Wir trafen uns in dem besagten Café. Und Körner fragte mich, ob ich mit meinem Roman schon angefangen habe, und ich sagte, nein. Hör mal zu, meinte er, was du brauchst, ist Zeit und Geld. Ich geb dir gleich tausend Mark, und dann ziehst du dich an die Nordsee zurück. Wir aßen Käsebrötchen und fuhren zum Postscheckamt oder wohin – auf dem Weg dorthin oder erst jetzt fällt mir bei tausend Mark ein, daß ich im Wahn dachte, ich müßte Deutschland wiedervereinigen, indem ich die gerade erschienene dtv-Ausgabe des Grimmschen Wörterbuches kaufe. Ich hatte da aber natürlich keine tausend Mark, und ich ging bei Schaten an der Uni rein und las, wie es Jörg Drews in der *Süddeutschen* empfohlen hatte, das Stichwort Geist. Dann fragte ich die Verkäuferin, wie das mit Ratenkauf sei. Sie sagte, das ginge, ich könnte abbezahlen, aber die Bücher bekäme ich erst, wenn ich alles bezahlt hätte. Ich wollte sie aber sofort haben, Honecker war in China und verhandelte mit denen da. Ich fuhr runter zu Janssen, wo ich mittlerweile alles bezahlt hatte, und ich fragte auch ihn. Er sagte, ich könne die Dinger sofort mitnehmen, wenn ich jeden Monat hundert Mark bezahlen würde. Die hatte ich nicht über, aber ich konnte meine Mutter davon überzeugen, daß ich das Wörterbuch für mein Studium brauchte, und sie sicherte mir zu, das sie das Geld jeden Monat abdrücken würde. Es war so sperrig daß ich es nicht tragen konnte, und es wurde mir geliefert.

Aber als ich jetzt meiner Mutter sagte, daß ich tausend Mark von Körner bekommen hatte, verlangte sie nicht, daß ich bezahlte. Sie freute sich, daß ich diese Anerkennung erhalten hatte. Was willst du mit dem Geld machen? Ich fahre für eine gewisse Zeit nach England statt zur Nordsee. Ich schrieb der Mrs., daß ich kommen wollte, wieder für länger. Ob sie mir nicht einen Job verschaffen könnte? Oder ob ich vielleicht wieder bei Judy und Mark schlafen könnte?

Ich war in Panik. Ich dachte, ich müßte weg, ein neues Leben anfangen, als Schriftsteller. Tausend Mark gut und schön, aber damit kam man doch nicht so weit. Als Startkapital in England wäre es für die erste Zeit brauchbar gewesen, bis ich einen Job gefunden hätte. Die Mrs. antwortete umgehend. Sie könnte mich nicht aufnehmen, weil sie dauernd students hätte, und Mark und Judy hätten Kinder. Ich dachte mir, das läge an Nicola, weil die ihre Taxi-Schulden in dreistelliger Höhe bei der Mrs. Jepsen noch nicht beglichen hätte, die annahm, sie sei eine gute

Freundin von mir. Dabei hatte ich ihr nur die Adresse gegeben, und sie hatte das so ausgenutzt. Erst später war ich mit ihrer Schwester Christiane befreundet. Jedenfalls hatte ich kein Quartier in England, also mußte ich zu Hause bleiben und auf meiner Mansarde schreiben.

Den ersten Satz hatte ich auswendig gelernt, schrieb ihn und tippte weiter, aber nach zehn Seiten fand ich alles scheiße. Ich zerriß sie. Tags darauf setzte ich mich nachmittags wieder hin, und jetzt gefiel mir das Zeug. Ob's auch Müller-Schwefe gefallen würde? Ich glaubte kaum, das war keine Suhrkamp-Literatur.

Am nächsten Tag sah ich am Bahnsteig das Mädchen mit dem Button wieder, das ich im Sommer bei der Rodi-Vorlesung an der Uni angesprochen hatte. Sie las ein gelbes Bändchen der edition suhrkamp. Ich ging näher und sah, daß es *Der gute Mensch von Sezuan* war. Ich fragte, ob sie sich noch an mich erinnerte. Ich fand sie attraktiv, besonders ihre Haare. Sie war eine herbe Schönheit, vielleicht zwanzig. Ich fragte sie, was sie studierte, und sie sagte neben Philosophie Germanistik; hatte ich mir schon gedacht, sonst hätte sie nicht Brecht gelesen. Als wir uns in der Bahn gegenübersaßen, erzählte ich ihr, daß ich manisch-depressiv sei, daß ich schizophren sei, daß ich wahnsinnig sei und Rückfälle habe, ich erzählte alles, ohne Luft zu holen, und natürlich auch, daß ich schriebe, und ich fragte sie, ob ich ihr mal was schicken sollte. Ich wollte sie unbedingt beeindrucken. Ja, schick mal was. Uns blieb gerade noch die Zeit, die Adressen auszutauschen, dann war ich schon in Langendreer. Sie fuhr weiter nach Dortmund, wo sie wohnte.

Ich wußte nicht, was ich ihr schicken sollte. War sie nicht eine Emanze? Würde ihr der *Kalte Bauer in Bochum* gefallen oder die Szene aus *Buddy Holly auf der Wilhelmshöhe*, wo ich mir in Anwesenheit von Flora Soft einen runterhole? Ich wollte von Anfang an offen sein. Was heißt

»von Anfang«. Ja, ich wünschte eine Beziehung mit ihr, das stand nach fünf Minuten Begegnung für mich fest. Schon in der kurzen Zeit hatte ich mich in sie verliebt. Es war einfach etwas Besonderes an ihr, etwas, das mir auf Anhieb gefiel. Da war ihr Aussehen und daß sich ein so hübsches Wesen mit mir überhaupt unterhielt und mir zuhörte, einfach so. Vielleicht sehnte ich mich auch einfach nur, sozusagen nach dem ewig Weiblichen. Und vielleicht hatte sie ja keinen Freund. Aber was sollte sie mit mir altem Bock schon anfangen? Ich wollte offen sein und gleich sagen, daß ich nicht richtig studierte. Das hätte sie sowieso schnell rausgefunden. Aber wieso gehst du dann zur Uni? würde sie fragen, und ich würde sagen, wegen der Eltern. Aber ich habe ja eine Perspektive als Schriftsteller.

Freitags arbeitete ich wieder ab vier in der Ruhrlandhalle. Ich drehte alle zwei Stunden meine Runden, aber ein Kontrolleur kam nie, wenn ich da war. Nachts war noch kein Fernsehen, und ich legte mich hin und hörte die Charts auf der Decke. Dabei döste ich, schlief aber nie. Es hieß, uns würde wieder eine andere Firma übernehmen. Let's wait and see. Aber ob die uns auch anstellen würden oder eigene Leute nähmen? Das fehlte mir noch, daß ich den Job verliere, dann kann ich mich wirklich aufhängen. Oder ich müßte bei einer anderen Wachfirma anheuern; die meisten zahlen aber noch schlechter, und diese hier, bei der ich jetzt war, führte wenigstens Rentenversicherung ab. Ich träumte wach von Judith, so hieß das Mädchen mit den blonden Haaren, und stellte sie mir mit ihren großen Titten im Bett vor. Was bildest du dir nur ein? Die will doch gar nichts von dir. Du hast dich doch regelrecht aufgedrängt. Das wird ein Fiasko. Sie wird noch nicht mal zurückschreiben.

Am Samstag spielten wir am Ümminger Teich, weil unser eigener Platz gerade umgepflügt war und eine neue

Drainage erhielt. Ich fuhr mit Vaters Wagen. An Suntums Hof am See fuhr mir eine Frau in den Wagen, und ich ließ die Polizei kommen. Die Fahrerin war eindeutig schuld. Wir tauschten die Anschriften aus, und ich spielte nicht, für mich sprang Mummu ein, früher ein Mitglied im Buddy-Holly-Club, und ich fragte mich, ob ich ihm die Story mal zeigen sollte. Ich konnte den Wagen noch fahren, und mein Vater stand (zufällig?) mit Gerd Hess vorm Haus, dem Automechaniker, und ich zeigte ihm den Schaden. Kriegen wir schon hin, sagte Hess, der eine Autowerkstatt in Castrop betrieb. Montags fuhr ich dann zu Rolf Hiby, der am Alten Bahnhof seine Rechtsanwaltskanzlei aufgemacht hatte. Einer seiner ersten Fälle war die Scheidung meiner Schwester gewesen, die er gut über die Bühne gebracht hatte. Ich sagte ihm, auf die tausendfünfhundert Mark, die du mir geliehen hast, mußt du noch ein bißchen warten. Aber hier kannst du jetzt erst mal was verdienen, und ich erklärte ihm den Fall. Er sagte, okay, machen wir. Raus gingen wir in der Zeit zusammen nicht, vielleicht weil seine Freundin, die Indianerin, das nicht wollte.

Zu Hause war ein Brief von Judith Rosen gekommen. Aufgeregt riß ich ihn auf. Sie hatte die Stories gelesen. Sie sagte nicht gut oder schlecht oder zu versaut, sondern interessant. Ich hätte einen eigentümlichen Stil. Das war ja schon mal was. Ich schrieb ihr zurück, ohne ihr meine Liebe einzugestehen, und auch sie war zurückhaltend.

Aber sie schrieb immer wieder sofort zurück. Und wir schrieben oft, manchmal jeden Tag. Ich weiß nicht mehr, was in den Briefen im einzelnen stand. Merkwürdig, ich erinnere mich sonst an jeden kleinen Atemzug, den ich gemacht habe ... Ich weiß nur, daß sie mir immer wieder Mut machte und mich hochholte, wenn ich mal depressiv war. Trotzdem hatte ich dann doch die Schnauze voll vom Roman und hörte nach gut fünfzig Seiten auf. Ich schickte den Rotz an Müller-Schwefe. Sollte der zusehen, was das war. Judith und ich schrieben uns weiter, aber von Liebe war nicht die Rede. Auch ich hielt mich zurück, obwohl das vielleicht ein Fehler war.

Weihnachten feierte meine Familie bei meiner Schwester in der Wohnung nebenan bei Klingelberg. Es war im Grunde nur ein verbautes Zimmer. Wir aßen ein Gulasch, und ich sah *Drei Männer im Schnee*, einen meiner Lieblingsfilme. Geschenke konnte ich diesmal machen von den tausend Mark, die mir Körner geschenkt hatte. Ich mußte aufpassen, daß ich sie nicht so einfach verpraßte. Am nächsten Morgen, dem ersten Feiertag, mußte ich von morgens acht Uhr an in der Ruhrlandhalle arbeiten. Ich dachte, es käme eh niemand, und legte mich in mein Zimmer. Dann aber, gegen zehn, schellte es, und Herr Peters von der Wachfirma kam und sah meine Decke. O Schreck. Er sagte aber nicht viel, nur, lassen Sie das nicht Herrn Perner sehen. Das war der Hallenchef. Wahrscheinlich wußte Herr Peters, daß seine Firma rausflog, er sagte aber nichts. Ich wußte auch gar nicht, was er wollte. Als er weg war, rollte ich die Decke zusammen und legte sie in den Spind.

Judith schrieb mir auch in den Ferien. Ich schrieb in Anlehnung an Gene Pitney, I'm a do nothing kind of a guy who just lives and dies. Bist du nicht – und wenn schon. Ich hatte sie an der Uni oder in der S-Bahn nicht mehr getroffen, wollte sie aber wiedersehen. Ich gab ihr meine Telefonnummer. An einem Samstagnachmittag, wir hatten Winterpause, rief sie in der Ruhrlandhalle an. Mein Vater hatte ihr meine Arbeitsnummer gegeben, und sie sagte, er sei ganz aus dem Häuschen gewesen. Wahrscheinlich freute er sich, daß überhaupt mal wieder eine Frau für mich anrief. Wir machten einen klar. Am nächsten Samstag würden wir uns treffen. Ich wußte, daß sie einen Job hatte, von dem sollte ich sie gegen sechs abholen. Es war eine Creperie unterm Jara, das ja im ersten Stock lag.

80

Natürlich war ich aufgeregt vor dem Gig. Ich mußte tagsüber an dem Samstag noch arbeiten, hatte aber mit meinem Bruder abgesprochen, daß er mich um fünf Uhr ab-
löste, damit ich Judith um sechs treffen konnte. Ich kannte
mich ja in der Dortmunder Innenstadt aus.

Es war das Jahr 1984. Ich hatte Orwell am eigenen Leib
erlebt.

Als ich so tat, als würde ich an der PH studieren und
auch da gescheitert war, weil ich keinen Schimmer von
Pädagogik und sowieso die Schnauze von Kindern voll
hatte, da ich so viel Nachhilfeunterricht gab, bin ich jeden
Tag durch die Innenstadt gelaufen. Zuerst zu Tchibo und
manchmal auch zu Eduscho. Den ganzen Osten- und We-
stenhellweg lief ich jeden Tag rauf und runter. Bei Karstadt rein, bei Hertie, bei Woolworth, bei allen Läden, wo
man leicht rein und wieder raus kam. Später, im Wahn,
dachte ich, ich wäre denen aufgefallen und die hätten mich
beobachtet, weil ich scheinbar nichts kaufte. Und da ich
nichts kaufte, wurde ich gemeldet. Man behielt mich im
Auge, wenn ich den Laden betrat.

Das wußte ich damals aber nicht, die Idee hatte ich erst
später, als ich in Köln in Haft war und als ich da vernommen wurde – eigentlich fragte man nur nach meinen Per-
sonalien –, fiel mir das Kreiswehrersatzamt in Dortmund
ein, in dem ich den Idiotentest gemacht hatte, und meine
ganze Musterung stieg mir zu Kopf. Ich war ja als fit ein-
gestuft worden, hatte aber keine Lust, eingezogen zu werden. Da legte ich Widerspruch wegen meiner kaputten Nase ein. Ich war dann allerdings weiterhin tauglich, wurde
jedoch noch mal gemustert. Ein externer Arzt fragte mich,
ob ich sonst noch Beschwerden hätte, und ich sagte, im
Rücken hätte ich Schmerzen, was in Wirklichkeit nur
selten der Fall war. Er schickte mich ins Bergmannsheil,
und der Professor untersuchte mich gründlich. Ich mußte
nackt rumlaufen. Jedenfalls schrieb er mich für zwei Jahre

untauglich. Dann mußte ich wieder hin, und ich brauchte wieder zwei Jahre nicht zum Bund. Dann aber schrieb er mich nach vier Jahren doch gesund, und es sah so aus, als würde ich noch eingezogen, zumal ich ja keine Zwischenprüfung abgelegt hatte. Nun, Ende '77, mußte ich nach Dortmund zum Kreiswehrersatzamt, zum Eignungstest. Ich wußte, wo es war, denn ich hatte in die Kneipe nebenan Bier geliefert, Zur letzten Instanz. Es waren ungefähr zwanzig Leute da, die meisten, wie ich raushörte, aus dem Münsterland. Ich war der Älteste. Zunächst kam Rechtschreibung dran und dann Mathematik. Dann kam 'ne Pause, und es hieß, ich sei der Beste. Jeder Tisch hatte eine Nummer, meine nannte man. Ich hatte eingesehen, daß es keinen Zweck hatte, sich zu verstellen und absichtlich einen auf doof zu machen. Das würden die einem Abiturienten sowieso nicht abnehmen, und ich dachte, wenn ich mich anstrengte, bekäme ich einen guten Posten beim Bund. Denn daß ich eingezogen würde, stand für mich fest. Ich versuchte dann auch, die psychologischen Tests hinzukriegen. Und zum Schluß wurde Funken simuliert. Die meisten Probanden gaben auf, ich aber klotzte rein bis zum Schluß. Ich wurde nie eingezogen.

Ich dachte aber nun in Dortmund, ich sei da besonders aufgefallen und die hätten mich für besondere Zwecke ausgewählt, auch weil ich jahrelang durch die Dortmunder Innenstadt gelaufen war. Da hatten die mich beobachtet, wie ich bei Krüger und Schwalvenberg reinging und ab und zu Bücher kaufte. Wie ich mich jeden Morgen in die Stadtbücherei setzte und Zeitungen las, auf jeden Fall die *FAZ*, hier hatte ich auch den ersten Bericht über Klagenfurt gelesen. In der *WAZ* stand ja so gut wie nichts, und ich dachte mir damals schon nach dem ersten Mal, dahin kommst du auch. Ich hatte noch keine Zeile geschrieben. Und ich hab den *Ulysses* nie gelesen, aber ich weiß, daß da einer durch Dublin läuft, und ich dachte mir, daß ich eines Tages beschreiben werde, wie ich durch Dortmund laufe und nichts tue, nur so rumgeh und den lieben Gott einen guten Mann sein lasse. Aber wer würde so was schon lesen, und wer würde so was schon annehmen? Ich dachte mir auch, wenn ich mal was schreibe, liest das sowieso kein Lektor. Aber dann hab ich doch Glück gehabt.

Sollte ich das alles Judith Rosen erzählen? Ja. Ich tat es, und sie fand es gar nicht schlimm, als wir jetzt im Café Chat Noir saßen und Kaffee tranken. Sie unterbrach mich nicht. Sie meinte, du hast doch das Theater bei dem Menne gemacht, und ich sagte, ja leider. Und ich erzählte ihr, daß ich kurz darauf in die Psychiatrie gekommen war. Sie fragte wo, und ich sagte, in Kirchhörde, im Marienhospital. Da war ihre Mutter auch schon gewesen. Sie hatte eine schwere Depression. Sie stammten ja alle aus Fröndenberg, irgendwo bei Unna, von einem Bauernhof, aber da wollte Judith unbedingt weg. Sie machte ein Zweier-Abitur; was ich für einen Durchschnitt hatte, wußte ich nicht so genau, darauf kam's damals noch nicht an. Vielleicht zweikommafünf. Welchen Arzt hatte deine Mutter? Dr. Tacke. Das war mein Chefarzt. Ich hatte wenig mit ihm zu tun. Meine Ärztin war Dr. Ullrich, Ulrike Ullrich. Jahre später habe ich sie im Fernsehen gesehen, als sie sich um die Dortmunder Drogenabhängigen kümmerte, eine besonders harte Sorte.

Wir gingen rüber in den Nachrichtentreff, wo wir Bier tranken. Ich fragte sie, wann sie das erste Mal besoffen war, und sie sagte, auf irgendeinem Stadtfest mit vierzehn und dann noch mal auf der Klassenfahrt nach Paris. Sie zog eine Schachtel Marlboro. Die rauchte ich ja auch mitunter. Ich wurde mutig. Ich fragte sie, ob sie einen Freund hatte. Sie sagte nee. Sie sei auch noch Jungfrau. Hatte sich also gelohnt, daß ich offen war, so war sie es auch. Ich konnte ihr aber nicht klarmachen, daß ich sie liebte. Das wurde mir immer mehr klar. Aber da war der Altersunterschied und daß ich nicht richtig studierte. Ich wollte mich nicht aufdrängen, außerdem hatte ich noch nie eine entjungfert. Wir vertieften das Thema auch nicht und sprachen über ein paar philosophische Sachen, bei denen ich kaum mitkam. Sie brachte mich noch zum Bahnhof, an der Reinoldikirche vorbei und dann die Treppe an der Akzente-Buchhandlung runter. Sie brachte mich zum Bahnsteig hoch, und wie sie da so mit dem Rücken an einem Schaltkasten stand, gab ich ihr einen Kuß auf die Wange und tickte gleichzeitig gegen ihre dicken Titten. Sie war vollkommen perplex und sagte nichts mehr. Da kam auch schon die S-Bahn. Zu Hause holte ich mir einen runter. Dazu brauchte ich diesmal keinen *Playboy.*

Irgendetwas muß dann in sie gefahren sein – oder in mich. Ich weiß nicht mehr ganz genau, wie es war. Irgendwie schrieb sie, sie wolle nicht meine Pille sein, die ich einnahm, wenn ich sie brauchte. Sie könne mich nicht heilen. Und ich antwortete schroff, ich würde lieber meinen Roman schreiben und müßte mich jetzt ganz auf mich konzentrieren. Ich könnte mich von nun an nicht mehr mit ihr beschäftigen. Aber ich könnte ja vielleicht beim Onanieren an sie denken. Aus und vorbei. Sie schrieb nicht zurück. Als ich ihr die vierundfünfzig Seiten von meinem Roman schickte, antwortete sie nicht darauf. Als ich sie später bat, mir die Seiten zurückzuschicken, weil doch Kopien so teuer waren, kamen sie kommentarlos postwendend zurück. Ich sah sie nicht mehr, nicht mehr an der Uni und nicht mehr an der Bahn. Ich schickte ihr noch ein paar Briefe, entschuldigte mich auch, aber es war vergeblich. Ich vergaß sie aber nie und dachte fast jeden Tag an sie. Sie war vielleicht meine letzte Chance gewesen. Immerhin war ich einunddreißig. Schon erst. Wie kannst du jetzt schon aufgeben? Aber sie wär's nun mal gewesen. Wer weiß, ob ich so eine noch mal finde, als abbrechender Student und Nachtwächter.

Jetzt trat also die neue Firma auf, die uns übernehmen sollte. Ein Herr Ehmke hatte meinen Bruder angerufen, wir sollten zu ihm nach Gelsenkirchen kommen, Schalker Straße 87. Wir fuhren eines Morgens in Jürgens Auto hin. Wir standen vor der geschlossenen Tür, waren früh dran. Wir scherzten ein bißchen, während wir warteten. Unter einem Heiermann gehen wir nicht. Ehmke fuhr dann in einem Mercedes Kombi vor, und Jürgen sagte, das ist der ehemalige Spieler von Schalke. Er begrüßte uns freundlich, verlangte die Papiere und fragte, was wir verdient hätten. Wir würden jetzt 6,92 Mark bekommen. In Ordnung, das war mehr, als wir erwartet hatten. Es würde noch ein dritter Mann dazukommen, aber wir würden dennoch mehr Stunden machen können. Gott sei Dank. Der fuhr jetzt mit uns zur Ruhrlandhalle und brachte die Schlüssel für die Stechuhren an. Es hieß nicht, daß nachts kein Kontrolleur käme, aber die Streifen aus der Uhr mußten wir selbst rausnehmen und in ein Buch kleben. Das war also geregelt und der Job erst mal gesichert, vielleicht auch weil wir Ehmke gesagt hatten, daß wir Fußballspieler waren. Er selbst war ja auch nach einer Verletzung Trainer im Amateurbereich geworden, während mein Bruder noch beim ESV, dem Eisenbahn-Sportverein, war und nebenbei einem seiner Spieler beim Bau in Werne half. Doch ich wußte, mein Bruder war mit seinem Studium nicht glücklich.

Als wir nach Hause kamen, lag ein Brief von Müller-Schwefe da, aber ich hatte wenig Hoffnung. Mehr als absagen konnte er zwar auch nicht, aber wie würde er die Absage meiner vierundfünfzig Seiten formulieren? Gespannt riß ich den Umschlag auf. Was darin stand, verblüffte mich. Es hieß da: souverän wirkende Erzählweise. Dabei hatte ich mir nur einen runtergeschrieben, die Story mit Ute und ein bißchen mehr. Weiter so, schrieb er. Und ich hatte jetzt wieder Lust und setzte mich am nächsten Tag wieder hin. Ich ging ja weiter zur Uni, aber jetzt mit größerer Lust, weil ich wußte, es würde bald ein Ende haben, die Tortur, und ich konnte meinen Eltern sagen, ich bin Schriftsteller bei Suhrkamp. Aber erst mußte ich zu Ende schreiben.

Rosenmontag war die Halle nachmittags schon früh leer, und ich trat meinen Dienst um ein Uhr an. Ich hatte meine Schreibmaschine dabei, es gelang mir aber nur eine Seite, während ich sonst in der Stunde drei schrieb. Deshalb beschränkte ich mich darauf, auf meiner Mansarde zu tippen, und es klappte. Nach insgesamt zwanzig Nachmittagen, verteilt über sechs Wochen, hatte ich das Ding fertig, jedenfalls war mir die Puste ausgegangen, und ich schickte den Roman, der 1981 endete, nach Frankfurt.

Dann war Presseball, und ich fuhr abends hin, als es noch voll war, besonders die Tanzfläche. Ich sah Louis Buderus, den Architekten aus Langendreer, der auch Vorsitzender unserer Konkurrenz Langendreer 04 war und im Stadtparlament saß. Später würde er pleitegehen. Ich wußte nicht, ob er in windige Geschäfte verwickelt war. Bei ihm war Putzmann, der später den Vorsitz übernehmen sollte, als es abwärts mit dem traditionsreichen Club ging. Beide trugen, wie fast alle Gäste, Smoking, auch die Damen waren aufgemotzt. Es war das gesellschaftliche Ereignis des Jahres in Bochum, und ich hatte mal an den Organisator geschrieben, ich hätte auch gerne eine Einladung, weil ich doch auch ein Pressemensch sei. Er lehnte das aber ab. Es waren natürlich nicht nur ein paar Pressefritzen da, sondern die gesamte mickrige Bochumer Prominenz.

Es war auch schon mal Mildred Scheel da, um einen Scheck abzustauben. War ihre Tochter schon mit Hella von Sinnen zusammen? Ich hatte ja mal gesehen, wie sie im Beisein ihrer Mutter krebsfördernde Zigaretten geraucht hatte. Gilbert Bécaud war schon aufgetreten, und jetzt gab's noch die Bekanntgabe der Tombola-Gewinner, erster Preis ein Opel. Einen Preis bekam Frau Loch, und der Moderator fragte, was macht denn ihr Mann? Gynäkologe. Alles lachte. Aber es war ja nun mal so.

Ein paar Tage später hatten mein Bruder und ich gemeinsam eine Schicht, weil es eine Antikausstellung gab, angeblich mit wertvollen Sachen. Wir wechselten uns bei den Rundgängen ab, hatten aber auch Zeit zum Klönen. Er zeichnete was, und während *Boys Of Summer* von Don Henley lief, gestand er mir, daß er aufhören würde zu studieren. Er hätte einen Job gefunden, bei dem er bezahlt würde wie ein Ingenieur. Er wäre die Quälerei an der Fachhochschule leid. Du mußt es wissen. Meine Eltern waren entsetzt, während ich noch nicht wußte, wie ich ihnen beibringen sollte, daß auch ich in den Sack hauen würde. Danach war noch *Die Goldene Eins* mit Max Schautzer, aber ich bekam nicht viel mit, weil ich ja erst nach der Show kam. Ich sah Mary Roos und ihren damaligen Mann, Werner Böhm alias Gottlieb Wendehals, wie sie da rumliefen, es war aber nicht so viel los wie bei Fuchsberger oder Carrell.

Ich bekam einen Anruf von Müller-Schwefe. Mein Roman ging klar, er würde ein Taschenbuch daraus machen. Er müßte nur noch den Taschenbuchchef fragen. Ich wartete gespannt. Wie sah es aus mit Vorschuß? War nicht so dringend, ich verdiente ja jetzt bei Ehmke achthundert Mark. Ich dachte an Judith und an Ute, sollte ich sie informieren? Endlich hatte sich mein Traum erfüllt. Das mit dem Honnefelder sah ich als Formsache an, wenn Müller-Schwefe schon als Zuständiger für neue deutsche Literatur zustimmte, konnte eigentlich nichts schiefgehen.

Ich erklärte meinen Eltern, was los war, und sagte ihnen, ich geh feiern. Sei aber vorsichtig mit dem Trinken. Jaja. Das Rotthaus war ja schon lange zu, wohin also zu

Fuß? Ich würde auf der Wilhelmshöhe bleiben. Ich ging rüber zum Dellmann, wo seine Mutter, die Frau Hasenack, bediente. David Hoffmann war in ihrem Alter, und ich dachte, der alte Schmecklecker hätte mal was mit ihr gehabt. Wir tranken einen zusammen, und ich erklärte ihm, warum ich ihm einen ausgab, Literatur war ja auf der Wilhelmshöhe was vollkommen Fremdartiges. Kaum jemand dürfte je einen Buchladen betreten haben, es sei denn wegen der Schulbücher. Ich trank noch einen, und Apetz Koke kam rein. Dem gab ich keinen aus, der würde das nicht kapieren. Dann erschienen noch Heinz Schmalz und Bobby Dahlmann, da hatten sie schon eine Klammerrunde zusammen, und ich könnte jetzt all die Spiele schildern, die ich über Davids Schulter verfolgt habe. Aber ich bin kein Skatweltmeister. Karl-Heinz Sallner kam mit seinem Hund rein. Er war ein hohes Tier im Augusta-Krankenhaus, ließ es sich aber nicht nehmen, ab und zu die Wilhelmshöher Kneipe aufzusuchen. Er hatte ein Eigenheim in der Sonnigen Höhe, und er sagte jetzt, die Pannschüppe hat noch mal Glück gehabt. Damit war der Sportverein gemeint. Sonntags hatten sie in der letzten Minute gewonnen. Ich war nicht dagewesen. Und ich sagte ihm, ich werde die Wilhelmshöhe noch mal berühmt machen, im Buch. Sollen wir einen umdrehen? Warum nicht, ich ließ mir zwei Becher geben. Esau war auch da und wollte mitmachen. Wir ließen uns drei Becher geben und knallten sie auf den Tresen, während David zur Toilette ging und auf dem Weg ein Fünfmarkstück in den Glücksspielautomaten warf. Dann setzte er sich wieder an den Kartentisch und klammerte weiter, während wir schockten. Ich hatte eine Glückssträhne und verlor nur eine von sechs Runden. Nur einmal hatte ich Pech, als ich drei Einsen auf einmal warf, Schock aus aus der Hand. Das hieß zwar, daß man die Hälfte gewonnen hatte, aber gleichzeitig mußte man eine Runde Schnaps ausgeben. Ich war schon leicht angeschickert, als ich zahlte, aber noch hatte ich nicht die richtige Bettschwere. Ich fragte Karl-Heinz, kommst du noch mit zu Laupitz?, wie ich das Haus König immer noch nannte, aber er lehnte ab. Er wußte immer, wie weit er zu gehen hatte. Ich lief dann bei Wagner vorbei, die Stefanstraße runter und klingelte bei Alfred Schmalz, um auch mit ihm zu feiern, immerhin hatte er mich zum *Kalten Bauern* inspiriert. Seine Frau sagte aber, er sei nicht da. Da ging ich weiter durch die Everstalstraße, die Iserlohner Straße hoch zur Somborner Straße zu der Wirtin. Ich nenn sie mal Karin. Hier trafen wir uns auch mit den Alten Herren, und hier hatten wir unsere Weihnachtsfeier abgehalten. Karl-Horst Eisel, der Obmann, hatte auch Erwin Hüllen, Arthur Wagner und meinen Vater mit Frauen eingeladen. Meine Eltern waren aber nicht hingegangen, weil ja mein Vater nicht mehr trank, schon seit Ende der siebziger Jahre nicht mehr, und meine Mutter war sowieso nicht für Geselligkeit.

Erwin Hüllen, der ehemalige Vorsitzende und Schalke-Fan, übergab Karl-Horst einen Umschlag. Darin waren wahrscheinlich hundert Mark für die Mannschaftskasse. Die einzige Frau, die mir gefiel, war die Frau von Schobbi. Sie sollte sich später auch scheiden lassen und einen anderen Spieler heiraten. Vielleicht waren sie sich an diesem Abend nähergekommen. Jetzt war die Kneipe fast leer. Außer Klaus Waßmann und Freundin saß niemand am Tresen. Ich bestellte ein Wicküler und ging flippern. In der Musikbox war nichts Gescheites drin, und so ließ ich WDR 4 über mich ergehen. Nach drei Pils haute ich ab und ging ein Häuschen weiter zum Sputnik, das ziemlich voll war, keine Kunst bei der Größe. Otto und Christel Reichert waren schon ziemlich blau. Hubert Sperling war auch da. Er war der Jugendleiter unseres Vereins, sehr rührig, und als er anfing, bin ich noch mit den Jugendlichen in eine Jugendherberge nach Esborn gefahren, wo ich angeblich als Pädagogikstudent einen Vortrag über Politik halten sollte, in Wirklichkeit aber nicht hielt, weil es nur um die Zuschüsse ging, die vom Landessportbund gewährt wurden und die ich quittieren mußte. Ich war mal scharf auf Huberts Tochter gewesen, aber sie nahm lieber Klaus Szonneck, einen biederen Lehrer, der es als Schiedsrichter weit gebracht hat, wenn auch nicht in die Bundesliga. Ich sagte Hubert, du weißt ja, daß ich schon immer Schriftsteller werden wollte, jetzt habe ich mein Ziel erreicht. Was willst du trinken? Ich trink wie immer Ritter-Pils.

Ich fragte ihn nach der Jugendabteilung, und sie lief wie immer, auch wenn die großen sportlichen Erfolge ausblieben. Ich wandte mich den Reicherts zu. Christel sagte, sie hätte noch einen Schal von mir, von meinem Trip, als ich bei ihnen über den Balkon ins Wohnzimmer klettern wollte. Steht das nicht im *Tunnel*? Euch werde ich auch noch verewigen. Sie waren etwas jünger als meine Eltern. Er war beim Adolf auf einer Eliteschule gewesen, hatte sich aber wie alle nach dem Krieg geläutert und war Steiger geworden. Er hatte allerdings das falsche Parteibuch, sonst hätte ihn der Bergwerksdirektor Springorum mehr gefördert. Und warum, Otto, habt ihr damals nicht in der Siedlung Sonnige Höhe gebaut? Der Springorum wollte nicht, daß wir Steiger mit den normalen Püttleuten eng zusammenwohnten. Da kam Erich Abich vorbei. Seine Tochter war das schönste Mädchen von der Wilhelmshöhe. Seine Frau hatte die dicksten Titten. Er konnte ein glücklicher Mensch sein. War er vielleicht auch.

Und wie war das mit dir aufm Pütt, Erich? Als wir aus dem Osten rüberkamen, hieß es, ihr müßt doof sein und stark, um hier zu arbeiten. Ich war offensichtlich beides. Später machte er die Selterbude neben Wohlhaupt auf, da, wo früher der Schuster drin gewesen war, und mir fällt jetzt ein, daß der Rechtsanwalt Erich Eisel der Ältere ungefähr zu jener Zeit einen anderen Wilhelmshöher Schuhmacher totgefahren hatte, indem er ihm in dessen letztem Bochumer Goggo die Vorfahrt nahm. Der Ältere ist nie drüber hinweggekommen. Ich hatte genug getrunken und hätte nach Hause gehen sollen, aber mir fiel ein, daß der 55er noch fuhr, und ich stieg nach einer Wartezeit ein und erst am Alten Bahnhof wieder aus. Ich war total besoffen und lief zu An den Lothen, um Conny zu sagen, daß ich jetzt eine gute Partie sei. Die war aber nicht da. Fickt wieder irgendwo rum. Ich ging ins Appel. Norbert sah sofort, was mit mir los war. Kriegst du noch eins runter? Sicher – und einen Kurzen, weil ich kotzen wollte. Auf dem Klo steckte ich mir den Finger in den Hals, es kam aber nichts raus. Es war wochentags und nicht viel los, ein paar bekannte Gesichter, und wir schockten noch einen, bis ich die Punkte nicht mehr zählen konnte. Ich nahm mir 'ne Taxe. Meine Mutter bekam nichts mit. Aber ich stand am nächsten Morgen früh auf. Ich sagte, ich würde jetzt mehr arbeiten, da Jürgen nicht mehr mitmachte, und ich rief Karl-Horst im Laufe des Morgens an, um ihm mitzuteilen, daß ich nicht mehr in den Alten Herren spielen könnte, weil ich samstagnachmittags arbeiten müßte. Er sagte, das könnte er verstehen. So'n großer Verlust war ich ja auch nicht. Vielleicht, eines Tages, komme ich wieder.

   Ich wartete gespannt auf den Anruf oder den Brief von Müller-Schwefe, war mir aber meiner Sache ziemlich sicher. Es war an einem frühen Abend in der Ruhrlandhalle, als er anrief. Er würde Suhrkamp für ein Jahr verlassen, um ans Frankfurter Theater zu gehen und dann nach Amerika. Er könnte jetzt nichts mehr für meinen Text tun, würde ihn aber seinem Nachfolger Rainer Weiss übergeben. Der würde dann entscheiden. Leider könnte er von außerhalb nicht für mich kämpfen. Ich verfluchte ihn nicht, war aber sauer, wenn auch eher auf mich, daß ich den Roman nicht schneller auf die Reihe bekommen hatte. Ich wünschte ihm viel Glück und war total frustriert. Der Neue wollte wahrscheinlich mit den Projekten seines Vorgängers nichts zu tun haben, besonders wenn sie so eigentümlich und wenig suhrkampesk waren wie mein Roman, und nach ein paar Wochen erhielt ich dann auch eine freundliche Absage von Dr. Weiss. Sehr freundlich. Ich hatte schon sowas geahnt, aber das half auch nicht. Ich heulte und brüllte und heulte und verfluchte diesen Rainer Weiss. Irgendwann aber war ich nur noch leer.

What to do? Ich war so überzeugt von meinem Roman, daß ich sicher war, einen Verlag für mein Ding zu finden. Ich rief Körner an und erklärte ihm den Fall. Versuch's mal bei Rotbuch oder Eichborn. Mach mal 'ne Kopie, und ich schick sie an die Matthaei. Das war die Lektorin von Brinkmann. Dann März. Ich notierte mir alle und zog am nächsten Tag Kopien. In dem Buchmessenkatalog standen die Adressen. Ich schickte fünf Exemplare los. Danach begann eine harte Zeit. Zuerst antwortete Vito von Eichborn und lehnte die »Selbstfindungsarie« ab. März schickte das Manuskript kommentarlos zurück. Wochen vergingen, Monate, dann Rotbuch. Es sei ein guter Straßenroman, das Programm aber schon voll.

Meine Mutter hielt schon die Umschläge zurück. Ich lief rum wie Falschgeld. Ich verlor den Glauben an mich selbst. Da hatte ich so lange gekämpft und doch nur eine Niederlage nach der anderen erlitten. In diesen Tagen lief ich rum wie ein Knickel im Pisspott, wie man im Ruhrgebiet sagt. Jeden Tag das Warten auf die Post – wieder nichts. Ich wollte erst alle abwarten, bis ich neue Exemplare verschickte. Aber so überzeugt war ich auch nicht mehr von dem Text. Vielleicht sollte ich doch aufgeben. Kiwi stand noch aus.

Ich fuhr in die Innenstadt, zu Janssen. *Der Merkur* und die *Manuskripte* waren da. Ich sprach mit dem Inhaber,

der auch schon geglaubt hatte, ich sei bei Suhrkamp unter-
gekommen. Pustekuchen. Ich fragte ihn, ob er nicht Verlage kenne, die meinen Roman rausbringen würden. Er
kannte eine Menge, aber keine Lektoren, und die waren
die Schaltstelle. Ich ging mir ein paar Bier trinken und
paßte wieder auf, daß es nicht zu viel wurde. Mein Psychiater konnte mir auch nicht helfen. Schließlich konnte er
das Buch nicht veröffentlichen. Er machte mir aber Mut.
Im Großen und Ganzen war er als Therapeut okay. Nachmittags Dienst in der Halle. Herr Ortwein sagte mir,
daß unsere Firma da bald raus wäre, weil eine Alarmanlage eingebaut würde, die uns überflüssig machen würde.
Sie wäre zwar so teuer, daß man uns noch ein paar Jahre
von dem Geld hätte bezahlen können, aber es war nun
einmal die Entscheidung der Stadt. Ich geriet in Panik.
Ich würde meinen Job verlieren. Hatte Ehmke Ersatz für
mich? Ich rief ihn sofort an – oder doch nicht sofort. Erst
mal würde ich den letzten Bescheid abwarten.

Der kam dann auch. Frau Matthaei schrieb, mein Buch
sei genauso armselig wie das Leben, das ich führte. Ich
war k. o. So etwas sagte mir die Lektorin von Rolf Dieter
Brinkmann. Hatte der denn nicht auch ein armseliges Leben geführt? Waren seine Bücher deshalb auch armselig?
Ich war niedergeschlagen und rief Körner an. Er tröstete
mich.

Ich beschloß, vorläufig keine Manuskripte mehr zu
verschicken. Dann muß eben die deutsche Literatur auf
meinen Geniestreich verzichten. Wie aber sollte es weitergehen? Ich konnte ja nicht ewig »studieren«. Auf dem
Tiefpunkt konnte ich mit meinen Eltern nicht reden ...
obwohl sie mir geholfen hätten. Aber was hätten sie tun
können? Ich rief Ehmke an. Flieg ich raus? Aber nein,
wir haben in Bochum noch zwei Objekte, das Rathaus
und das Schauspielhaus, da werden wir Sie irgendwie unterbringen, ich weiß nur noch nicht, wie viele Stunden.

Ich atmete auf, wenigstens das war geklärt. Ich würde weiterhin Geld verdienen.

Ich hatte noch eine letzte Hoffnung: Ingrid Klein. Die kannte ja Hans und Kranz. Vielleicht kannte die auch jemanden, der solch ein Projekt machen würde. Ich schrieb ihr, und sie rief mich umgehend an. Es gäbe ja bei Konkret einen Literatur-Verlag, dessen Lektorinnen hip wären. Vielleicht sollte ich es mal bei denen probieren.

Ich schickte den Text hin und ging mit Ludger aus. Ich klagte ihm mein Leid, doch er konnte mir auch nicht helfen. Er hatte ja auch keine Beziehungen und sowieso zwei linke Hände. Angeblich studierte auch er. Womit er sein Geld verdiente, wußte ich nicht. Wir gingen ins Café Ferdinand und tranken Bier, er weniger, weil er ja fahren mußte. Das Appel war zu, weil es eine ganze Zeit umgebaut wurde. Ich ließ mich beim Dellmann absetzen, der aber gar nicht mehr drin war, sondern ein neuer Wirt, den ich noch nicht kannte. Es war wenig los im Haus Schulte, drei Mann an der Theke, die knobelten, niemand spielte Karten. Ich fragte, ob ich mitschocken könne, und ich durfte. Prompt verlor ich zwei Runden. Ich spielte, bis ich sie wieder raus hatte. Wieder hatte ich den Arsch voll und legte mich, schwer geworden, zu Hause aufs Bett. Während der ganzen Wartezeit hatte ich mir keinen runtergeholt, auch nicht wenn ich an Judith dachte, die ich gerne mit meinem Roman beeindruckt hätte, wenn er rausgekommen wäre. Vielleicht wäre dann doch noch was aus uns geworden. Eine vage Hoffnung. Eine Vagina-Hoffnung. Ich hatte ihr ja noch ein paar Mal geschrieben. Wahrscheinlich war sie mittlerweile defloriert worden und hatte einen Macker.

Ich hätte Hermann Lenz schreiben können, von dem nach wie vor Bücher erschienen, aber ich hatte jetzt schon ein paar Jahre nichts von ihm gehört. Ich wußte nicht, was da schiefgelaufen war. Ich unterrichtete meinen Freund

Phillip, was los war, und er lud mich ein. Er war jetzt Video-Produzent und nahm Konzerte in einer größeren Disko auf, die er dann an Sky Channel verkaufte. Wahrscheinlich hatte ihn das reich gemacht. Ich sollte doch mal rüberkommen. Es waren Leute aus der zweiten Liga, die da sangen, die Belle Stars und John Watts zum Beispiel.

Außerdem schrieb mir Phillip, daß er stiller Teilhaber einer Literaturagentur sei, und wenn oder falls mein Buch rauskäme, würde er versuchen, es auch in England zu veröffentlichen. Ich sah wenig Aussichten, schon in Deutschland, aber es war eine nette Geste. Ich fuhr dann aber nicht rüber nach England, denn in der Ruhrlandhalle wurde die Alarmanlage eingebaut, und ich sollte da raus. Ich hoffte, ich käme ins Schauspielhaus, unter lauter Künstler. Vielleicht könnte ich da ein Stück unterbringen und so doch noch Karriere machen. Der Peymann hatte doch Connections, doch der ging jetzt ans Burgtheater, und Steckel kam, den ich kaum kannte. Dann aber rief Peter Ehmke an und sagte, ich sollte ins Rathaus, einen riesigen Bau. Ich fürchtete mich ein wenig vor der Aufgabe, aber sie war besser, als keinen Job zu haben. Der Deal mit der Ruhrlandhalle lief aus, und ich sollte eben im Rathaus eingewiesen werden.

Dann kam mittags ein Anruf von einer Dorothee Gremliza. Sie leitete den Konkret Literatur Verlag und sagte, sie würden den Roman gerne machen. Ich war völlig aus dem Häuschen. Der war doch gar nicht kommunistisch, und ich war in der SPD. Wie sollte das zusammengehen? Außerdem war der Roman ziemlich versaut, schon im ersten Satz. Aber sie sagte, sie hätten das mit mehreren Leuten besprochen, und er wäre okay. Natürlich wäre das ein Experiment, aber sie wollten es versuchen. Ob ich nicht hochkommen könnte? Wir machten einen Termin klar.

Ich war einerseits glücklich, kannte aber einigermaßen die Verlagsszene und wußte, daß ich bei Konkret nicht reich werden würde. Also beschloß ich endlich, nach fünfzehn Jahren, mit dem Rauchen aufzuhören. Es fiel mir leichter, als ich gedacht hatte, von drei Schachteln auf null. Das machte jeden Tag immerhin zehn Mark aus.

Dann kam die letzte Schicht in der Ruhrlandhalle, und mir standen die Tränen in den Augen, als ich mich von den Leuten da verabschiedete. Eine Story sollte ich vielleicht noch erzählen: Eines Abends rief bei mir zu Hause der Zwitter Katrin Ann Kunze an. Die Ramones kämen doch in die Ruhrlandhalle. Ob ich immer noch da arbeitete? Ja. Sie wüßte den Weg nicht. Wieso meldete die sich nach all den Jahren? Wollte sie mir doch einen blasen oder was immer sie mit ihrer Fotze anstellen konnte? Ich wußte ja damals noch nicht, daß sie weder Mann noch Frau oder beides war. Sie wollte nicht den Weg wissen, hatte ich den Verdacht, immerhin lag die Halle ja direkt an der B1, sondern sie wollte umsonst ins Konzert, und ich sollte sie und ihre Kumpels hintenrum reinlassen. Ging nicht, weil ich an diesem Abend keinen Dienst hatte. Ich habe nie wieder was von ihr gehört.

Wenige Tage nach dem Finish am Stadionring mußte ich abends in das Rathaus. Ich hatte schon an einem Nachmittag davor geguckt, wo ich rein mußte: hintenrum, Eingang G. Und so fuhr ich an einem Dienstagabend so hin, daß ich um zehn Uhr da war. Zwei Mann warteten auf mich, sie machten einen eher mißtrauischen Eindruck. Einer, der ältere, etwa sechzigjährige, hieß Rudi, und der andere, der zehn Jahre älter war als ich, war Schorsch. Rudi hatte die Mittagsschicht gemacht, auf die ich noch nicht sollte, während Georg mich in die Nachtschicht einweisen würde. Rudi fragte, was ich so machte, und ich antwortete, ich studier noch. Jetzt noch? Ja, und ich würde ein Buch veröffentlichen. Was denn für ein Buch? Einen Roman. Worüber denn? Über mich. Ja, hast du denn so viel erlebt? Ich war mal Musikjournalist. Da kriegt man allerhand mit. Und warum hast du da aufgehört? Kein Bock mehr. Die Musik, die jetzt kam, interessierte mich nicht mehr, und vielleicht sollte ich heute hinzufügen, daß ich damals den Artikel über Dieter Thomas Heck im Wahn nicht auf die Reihe bekommen hatte und Gockel schrieb, komm endlich aus deinem psychischen Loch raus. Jedenfalls hatte ich von da an nichts mehr von ihm gehört. Ich würde es aber noch mal bei ihm versuchen, weil im September Buddy Hollys fünfzigster Geburtstag war. Ich konnte ja irgendwie nur über den Texaner schreiben; sogar wenn ich über andere was rausbrachte, erwähnte ich ihn mitunter. Also, du bist Schriftsteller. Kannst du davon nicht leben? Ich veröffentliche gerade mein erstes Buch, und da wollte ich euch sowieso fragen, ob ich am achtundzwanzigsten frei haben könnte, da müßte ich nach Hamburg zu meiner Verlegerin. Das mußt du mit dem Kaminsky klären. Der war inzwischen die rechte Hand des Chefs geworden. Auch er war mir sympathisch.

Dann haute Rudi ab. Ich sollte drei Tage lang angelernt werden, bevor ich allein auf die Menschheit losgelassen würde. Der Raum war eine typische Pförtnerloge mit Schreibtisch an einer Scheibe, an der alle vorbei mußten. Es war aber der Hinterausgang. Der Vordereingang wurde gegen fünf geschlossen, und wer dann noch raus oder rein wollte, mußte hierher oder eventuell durch die Tiefgarage. Auch die wurde gerade zugemacht, und es klopfte am Fenster.

Der Schwager meines Vaters, Bubi, brachte die Tageseinnahmen in einer Kassette. Schorsch stellte sie in einen Eisenschrank, in dem auch Dutzende von Schlüsseln hingen. Mein Onkel war nicht erstaunt. Auch er war bei der Firma Bürder gewesen, war davor, wie ich jetzt, Pförtner im Rathaus, bis die Firma wechselte, und ließ sich dann von der Stadt als Aufsicht in der Tiefgarage anwerben, die unter dem Rathaus lag und immer um halb elf schloß.

Ich hatte auch einen Spind, der wie alle Spinde war. Nebenan war, durch eine Tür verbunden, ein Raum, in dem tagsüber, wie Schorsch sagte, die Vorarbeiterin der Putzfrauen saß.

Jetzt können wir die Tour anfangen, und er zeigte mir, welche Schlüssel wir brauchten. Ist das Haus denn überhaupt leer? In der Regel um diese Zeit schon, aber man kann nie wissen. Wir sehen gleich, wenn wir rumgehen, ob noch irgendwo Licht brennt. Wir verließen das Rathaus und gingen zum BVZ, dem Bildungs- und Verwaltungszentrum. Es war dunkel, nur die Notbeleuchtung war an, und wir gingen zum Schaltpult des dortigen Pförtners, der schon weg war, nachdem auch er uns seinen Schlüssel gegeben hatte. Er war nicht so eingepfercht in einem Raum wie wir, sondern saß an einer regelrechten Rezeption. Hier, zeigte Schorsch, kannst du die Alarmanlage scharfmachen. Die überwacht die Außentüren, zeig ich dir gleich.

Wenn Alarm ist, geht drüben bei uns das Ding los. Er drückte vier Knöpfe. Das waren die Stränge. Wenn jetzt eine Tür aufgeht, gibt's Alarm. Er zeigte mir die anderen Knöpfe, die die Türen anzeigten. Wenn es mal Alarm gibt, kannst du ihn entschärfen, und er zeigte mir, wie es ging. Was ich sonst noch tun sollte, Polizei rufen oder so, sagte er nicht. Er zeigte mir die Stadtbücherei im selben Gebäude, die verschlossen war. Ich war öfter hier drin gewesen, wenn ich keinen Bock auf die Uni hatte und lieber Zeitungen las. Einmal hatte ich in der Tür Tante Helga getroffen, die wohl vom Sozialamt kam. Ein Fall für sich. Ich erzählte zu Hause nicht, daß ich mit ihr kurz gesprochen hatte, sonst hätte ich zugeben müssen, daß ich an diesem Morgen nicht an der Uni gewesen war.

Wir gingen raus, ums BVZ rum. Gleich rechts war eine Eisentür, die durch Alarm gesichert war. Georg schloß sie ab. Wir kamen zur Kantine, die im Dunkeln lag. Da hatte ich noch nie gegessen, wohl aber ein Stückchen weiter bei den Juristen. Nur die Türen, und auch nur die Eisentüren waren alarmgesichert, doch selbst wenn sie abgeschlossen waren, raus kam man immer. Wir kamen zur Einfahrt der Tiefgarage. Damit haben wir erst mal nichts zu tun. Wir gingen an der Kopfseite der Kantine vorbei und ließen das Gesundheitsamt links liegen, da brauchten wir also nicht rum. Dann wieder rechts. Im Schein der Taschenlampe sah ich die vielen Fenster. Hier mußt du gucken, wenn was eingeschlagen ist. Dahinten ist die Jacob-Mayer-Schule. Mit der hatten wir nichts zu tun. Wir gingen das BVZ entlang und sahen hoch. Hier wird abends das Licht zentral ausgeschaltet, erklärte Schorsch, und wir gingen zu der Tiefgarage unter dem Plaza beziehungsweise Rathauscenter. Das war am Wochenende auch nachts auf, wenn die Diskothek geöffnet war. Wie hieß sie noch gleich? Irgendwas mit Rat. Zum Center gehörten Büros der Verwaltung, aber eben auch das Kaufhaus Plaza und Brinkmann und einige kleine Geschäfte, ein griechisches Restaurant und eine Art Pub, der Prince of Wales. Auch damit hatten wir eigentlich nichts zu tun. Wir hatten den ersten Teil geschafft. Jetzt ging es ums Rathaus selbst, das aus den zwanziger Jahren stammte und das manche für einen faschistisch konzipierten Bau hielten. Nein, es war davor gebaut worden. Es war sechs Stockwerke hoch und hatte einen Innenhof. Wir gingen zuerst außen rum. Das kam mir alles unheimlich vor, und ich wußte nicht, ob ich das bewältigen konnte, denn ich würde ja nicht nur außen rumgehen, sondern auch im Inneren. Fenster, Türen, Licht. Darauf kam es an.

Wir kontrollierten eine Tür an der Hausinspektion. Was das war, würde ich noch herausbekommen, daneben das Sporthaus Koch, das in dem Rathaus ein Ladenlokal gemietet hatte. Ich besah mir kurz, welche Turnschuhe ich mir kaufen würde. Da waren so weiße von Reebok, die mir gefielen. Aber wir konnten nicht lange stehen bleiben, wir mußten weiter. Wir gingen auf die andere Straßenseite, um zu sehen, ob in den oberen Regionen Licht brannte, das in dem alten Bau nicht zentral ausgemacht wurde, vielmehr mußte man da hingehen und selbst ausschalten. An der Hans-Böckler-Straße war aber nichts zu sehen. Wir gingen rüber zur Hauptpost und sahen auf die Eingangsfront, die angestrahlt wurde, dadurch konnte man schlecht sehen, in welchem Zimmer noch Licht brannte. Schorsch zeigte mir, wo der Oberbürgermeister saß. Na klar, da, wo der Balkon war, über dem Haupteingang, der jetzt durch ein Gitter gesperrt war. Nachmittags machte Rudi es hoch. Davor der Willy-Brandt-Platz. Hieß der schon so? Willy Brandt lebte doch noch. Nein, es war der Rathausplatz. Hinten, der hieß wohl schon Gustav-Heinemann-Platz, der vor dem BVZ, der verkehrsberuhigt war. Früher führte da mal eine Straße her. Links vom Haupteingang ging's zum Einwohnermeldeamt, das später nur noch Einwohneramt hieß. Schräg gegenüber lag der Ratskeller, eine Gaststätte, deren Besitzer immer wieder wechselte, da keiner ein richtiges Konzept hatte. Wir gingen nicht rein. Ham wa nichts mit zu tun. Wir gingen um die Kneipe rum zu einer Ausfahrt, die zum Heinemann-Platz führte. Auch sie war durch ein Gitter, das Rudi am Abend runterließ, gesichert. Eine kleine Treppe hoch war eine Tür. Die kontrollierten wir. Daneben das Kinderbüro und der Reichsbund sowie ein Gebäude, das L+D hieß und auch zum Rathauskomplex gehörte. Links davon ein weiterer Eingang aus Glas, der auch zu einer Reihe von Büros führte, und Hasselkuß, eine alteingesessene Gastwirtschaft, die Gründungsgaststätte der Schlegel-Brauerei gegenüber, die aber in den siebziger Jahren von Schultheiß geschluckt worden war, nur damit die dann auch dichtmachten. Schlegel gab's schon lange nicht mehr, und Schultheiß würde durch Vest Pils ersetzt werden, später durch Brinkhoff's. Diese ganzen Suppen trank ich nicht gerne, aber Fiege war damals noch nicht so verbreitet. Der Durchbruch dieser Bochumer Marke kam erst in den neunziger Jahren, wenn alle danach lechzen würden, sogar mein Onkel Kunibert nach vierzig Jahren Ritter Pils. Bei Hasselkuß war trotz Kegelbahn wenig los, und bald sollte auch hier der Besitzer wechseln. Wenn ich das erste Mal, in meiner Freizeit, da essen sollte, würde ein Grieche drin sein. Wir kamen zurück zum Heinemann-Platz. Wir sahen die Westfront des Rathauses. Irgendwo im ersten Stock brannte noch Licht, und ich dachte, das hätte irgendjemand absichtlich angelassen, um mir zu zeigen, wie man es ausmacht. Da gehen wir gleich hin, sagte Schorsch, aber erst müssen wir in den Innenhof, weil wir gucken müssen, ob da was brennt.

Ich fand den Bau gigantisch. Ob ich mit ihm klarkommen würde? Ich hatte ja noch zwei Einführungsschichten. Hoffentlich bekam ich hier nicht wieder einen Rappel. Aber die Gefahr schien nicht zu bestehen. Ich war psychisch gefestigt, nicht mehr so labil. Ich war gefestigt. Aber was war, wenn ich mal unter Streß geriet? Anfreunden würde ich mich mit dem Bau nicht. Er war nicht meine geliebte Ruhrlandhalle, in deren Nachbarschaft jetzt der Bau für den *Starlight Express* entstand, den ich nie sehen würde. Hier, dieses Rathaus, es schien mir zu unübersichtlich zu sein, und dabei hatte ich es noch gar nicht von innen gesehen. Jedenfalls brauchten wir nicht zu stechen, keine Uhr. So könnten wir schon mal nicht überprüft werden.

Meine Gedanken schweiften ab, während wir auf den Innenhof gingen. Ich dachte an Konkret und an das Buch. Wenn das ein Hit wird, habe ich diese Scheiße hier nicht mehr nötig. Aber hatte je einer davon gehört, daß ein *Konkret*titel ein Bestseller war? Ich kam zurück zu den Tatsachen. Im Hof ging's zum Trauzimmer, rechts war ein

Springbrunnen. Der Rest war Parkfläche für die Hochzeiter und für das Sporthaus Koch. Der Haupteingang, das waren zwei Türen, zu denen rechts und links Treppen hochführten. Sie waren mit Eisen verziert und fünf Meter hoch. Rudi schloß sie nachmittags mit einem Vorhängeschloß ab.

So, dann ist gut, sagte Georg, jetzt müssen wir nur auf eins das Licht ausmachen. Damit war unsere Tour erst mal beendet. Sollen wir sofort hin, oder sollen wir uns erst ausruhen? Laß uns sofort gehen, dann haben wir es hinter uns. Wir gingen zum Paternoster und fuhren zwei Stockwerke. Damit dürfen wir eigentlich nicht fahren, aber ich muß ihn dir sowieso zeigen, hatte ich vorhin vergessen. Das machen wir normalerweise als erstes. Im Presseamt brannte das Licht. Ich schaltete aus, und wir gingen weiter rum und kamen am OB-Flur vorbei, auf dem auch schon mal Leute empfangen wurden. In ein paar Schaukästen lagen Souvenirs und Devotionalien. Unter anderem sah ich einen Teller aus der Partnerstadt Sheffield, wohin ich ja mal gefahren war, weil ich da eine Brieffreundin hatte, und der Oberbürgermeister hätte die Patenschaft übernommen, wenn ein Kind dabei rausgekommen wäre. Aber Sue wollte ja nicht mit mir ficken, nur schreiben. Außerdem stand in einer Vitrine die Platte von Grönemeyer, auf den waren die Stadtväter natürlich besonders stolz, war doch jetzt Bochum in aller Munde. Er hatte mittlerweile eine Million Stück von dem Machwerk verkauft. Ja, ich war neidisch auf seinen Erfolg. Wenn ich bei *Konkret* wenigstens tausend loswürde. Ein Achtungserfolg. Zur Ruhe setzen kannst du dich nie. Du kannst dir nicht mal eine eigene Wohnung leisten und wirst nie 'ne Familie gründen können, und ich dachte an Judith, während Schorsch das Radio in der Loge anstellte. Ja, Judith, aber denken wir nicht mehr dran, der Fall ist gegessen, und wenn sie mein Buch liest mit all den Frauengeschichten, wird sie erst recht nicht zu mir kommen. Du mußt dich damit abfinden. Sie ist für immer weg.

Als wir Pause hatten, erzählte Schorsch, was er so getan hatte. Er war auf dem Bau gewesen, bis seine Gelenke nicht mehr mitgemacht hatten. Er bezog eine Rente und hatte jetzt eben den Job in der Wach- und Schließgesellschaft. Und wie kommse finanziell klar? Du weißt ja, was wir verdienen. Ich komm so eben hin. Ich bin ja verheiratet und habe eine Tochter. Ich hab auch einen Schrebergarten. Da bin ich oft. Wir erzählten noch ein bißchen. Ich gab ein wenig an mit meiner Schreiberei, was ihn aber nicht zu beeindrucken schien. Gegen halb eins drehten wir die nächste Runde. Sie war ungefähr wie die erste, nur daß wir nicht mehr auf Licht achten mußten, das hatten wir ja schon beim ersten Mal getan, neues Licht käme nicht dazu, war ja keiner mehr da. Schorsch leuchtete das BVZ an und paßte auf wie ein Luchs, ich sah eher desinteressiert zu. Darauf müsse ich hier aufpassen und darauf da. Im Innenhof gingen wir in die alte Auskunft, wo früher immer jemand am Haupteingang gesessen hatte. Da lag in einem Briefkasten die *FAZ*, die schon so früh geliefert wurde. Es waren ein paar Exemplare, und wir nahmen sie mit auf unsere Bude, die nicht gerade hell erleuchtet war, aber auf dem Schreibtisch stand eine Lampe. Man konnte gut Zeitung lesen, und die *FAZ* würde nachts mein einziger Trost werden, neben dem BFBS. Ich las ja sonst nachts nichts. Das einzige Buch, das ich im letzten Jahr gelesen hatte, war *Essen Viehofer Platz* von Jürgen Lodemann, und jetzt blieb zwischen den einzelnen Rundgängen immer nur 'ne halbe Stunde, in der sich Bücher nicht lohnten. Um halb drei der nächste Rundgang. Schorsch scheuchte mich.

Ich hatte auch keine Angst. Das Lithium wirkte ja prophylaktisch. Ob ich sonst noch was einnehmen mußte außer dem Tesoprel, das ich immer noch, jetzt in Tablettenform, einnahm? Wir würden abwarten. Der Rundgang um drei war wie die anderen. Dann fuhr ein VW-Bully vor, und ein Fahrer brachte Zeitungen, *WAZ* und die *Süddeutsche* und die *FR*. Die waren aber eingeschweißt. Von der *WAZ* waren zehn lose. Die sind gratis, sagte Schorsch, die werden so verteilt, ich zeig dir schon, an wen. Und wir fachsimpelten über Schalke, da er ja vom Firmensitz aus Gelsenkirchen kam. Dann war's auch schon halb fünf, und wir machten unseren letzten Kontrollgang. Schorsch zeigte mir noch mal die neuralgischen Punkte und sagte, aber du kommst ja heute und morgen abend noch mal wieder. Dann machten wir die Tür des Hintereingangs auf, und gegen Viertel nach fünf kam ein Einarmiger rein, oder sagen wir mal, ein Anderthalbarmiger. Das ist der Horst, meinte Schorsch, der ist von der Poststelle, die nebenan liegt. Er bekam eine *WAZ*. Dann kam der Paul, auch er von der Poststelle. Schorsch und ich hatten ja schon die Post aus den beiden Briefkästen geholt. Einer war direkt neben dem Hintereingang, also bei uns, und der andere in der alten Auskunft. Die Briefe, die wir an diesem Morgen entnahmen, erhielten noch den Eingangsstempel vom Vortag. Das war bei Ausschreibungen wichtig. Dann kam Herr Fuchs durch die Tiefgarage. Die zeig ich dir morgen. Er war der Chef von der Hausinspektion, also der oberste Hausmeister, und trug einen weißen Kittel. Herr Fuchs bekam immer die *Ruhr Nachrichten*. Er sagte mir, wegen des Lokalsports, den immer noch Franz Borner zu verantworten hatte. Dann kam Kurt, der Klempner. Er fragte mich, wo ich wohne, weil ich neu war, und ich antwortete, in Langendreer auf der Wilhelmshöhe, und er sagte, da kanntest du doch bestimmt den Schug? Ja, der ist tot. Der war bei uns. Ist viel zu jung gestorben. Die Frau kenn ich auch, sagte ich, die arbeitet bei Wohlhaupt. Und er meinte, jau, die Blaue. Auch er bekam eine *WAZ*, jeden Morgen, und hatte so dreißig oder vierzig Mark im Monat gespart.

Dann kamen die ersten Putzfrauen. Schorsch gab Schlüssel fürs BVZ raus und trug sie in ein Buch ein. Die Reinigungskräfte mußten unterschreiben. Ein Günther kam im grauen Kittel, auch er von der Hausinspektion, und holte einen dicken Schlüsselbund ab, mit dem er die Außentüren aufschließen würde und die Gitter hoch- beziehungsweise runtermachte. Dann kam Gerd Bree rein, er war der älteste von den Hausdienstleuten. Im fehlten an der rechten Hand die Fingerspitzen, das fühlte man sofort, wenn man ihn per Handschlag begrüßte. Dann ging's dem Ende zu. Heinz Breitfeld kam, auch schon älter, der Pförtner, der die Morgenschicht machte. Er war aber im Gegensatz zu uns bei der Stadt angestellt und verdiente wahrscheinlich das Doppelte von dem, was wir einsackten.

Ich verabschiedete mich von meinem Kumpel und ging rüber nach Wertheim, wo ich auf die Straßenbahn wartete. Ich hätte auch die zehn Minuten zum Hauptbahnhof gehen können, aber ich war groggy von den Rundgängen.

Zu Hause fragte mich meine Mutter, wie es war, und ich sagte, muß ich mich erst dran gewöhnen. Na, wird schon nicht so schwer werden. Dann legte ich mich nach einem Joghurt hin und pennte unruhig. Ich weiß gar nicht, habe ich damals was zum Schlafen eingenommen? Schon Stangyl? Jedenfalls ging's abends wieder los. Ich fuhr mit der S-Bahn und hatte in der Stadt noch ein wenig Zeit. Ich ging auf ein Alt, weil das schnell gezapft wurde, in Charly's Bummelzug, da, wo früher der Haupt drin war, in die Bahnhofsgaststätte. Sie gehörte jetzt Charly Neumann, der Betreuer von Schalke und Gastronom war. Ich ging dann vor jeder Schicht auf ein einziges Bier rein, und ich brauchte nach kurzem nichts mehr zu sagen, die stellten mir das Alt hin, und ich zückte einsfünfzig.

Auf der Arbeit lief es am zweiten Abend so ähnlich ab wie in der ersten Nacht. Schorsch war ja wieder da, und nach der ersten Runde zeigte er mir die Tiefgarage, wie man da die Gitter rauf- und runtermachte und noch so andere Sachen. Wir gingen mal ein wenig durchs riesige Haus, und er zeigte mir die Schaltkästen, falls mal das Licht auf den Fluren brannte. Er hatte mir auch erklärt, wie man den Paternoster aus- und morgens wieder anstellt. Ich mußte dann immer erraten, was als Nächstes dran kam. *FAZ* holen. Andere Zeitungen entgegennehmen und so weiter. Nächste Runde. Und dann die letzte. Wer kommt als erster? Der Einarmige, und ich dachte an Dr. Richard Kimble, dessen Frau in der Serie *Auf der Flucht* von einem Einarmigen ermordet worden war, den Kimble nun jagte. Gleichzeitig wurde er von Lieutenant Gerard verfolgt. Ähnlich hatte ich mich ja auch mal gefühlt. Nur wer hatte mich gejagt und warum? Kimble sollte ja seine Frau umgelegt haben. Was hatte ich getan? Das schoß mir durch den Kopf, als ich den Anderthalbarmigen sah. Vielleicht würde die Serie ja wiederholt werden, jetzt, wo es Privatfernsehen gab.

Morgens kam dann wieder Herr Fuchs von der Hausinspektion und fragte nach, ob was Besonderes gewesen sei. War nicht. Ist immer gut. Dann trudelten auch die anderen ein, und die Schicht war rum. Die nächste verlief genauso. Und danach war ich auf mich selbst gestellt. Erst hatte ich aber ein paar Tage frei. Ich rief Körner an und erzählte ihm, daß Konkret zugeschlagen hatte. Ein guter Verlag, nur wirst du nicht viel verkaufen. Die Buchhändler werden nicht viel bestellen. Weil die so links sind.

Von Claus hatte ich schon ein Jahr nichts mehr gehört und hatte auch nichts mehr fürs *Marabo* geschrieben. Er war nun doch zu dem Scheißblatt *Guckloch* gegangen, hatte mich aber erst gar nicht gefragt, ob ich da mitmachen wollte. Sonntags ging ich mal wieder mit meinem Vater zum Fußball. Wilhelmshöhe spielte gegen Bommern, und mein Vater stand wieder mit Helmut Schmalz zusammen. Ich fragte ihn wieder nach seinen schönen Töchtern. Heidi war geschieden und mit ihrem Kind nach Münster gezogen, während Dagmar noch verheiratet war, das aber auch nicht mehr lange sein sollte.

Meine erste Schicht verlief ruhig, so als wäre Schorsch noch dabei. Ich hatte im Bahnhof ein Alt getankt und war die Huestraße runter gegangen, stramm, bis ich an die Westfalenbank kam, wo ich rechts in die Kortumstraße einbog, dann bei Wertheim vorbei, aus dem jetzt der City-Point gemacht wurde, ein Branchenmix, da sich die alten Kaufhäuser überlebt hatten. Rechts stand schon die Drehscheibe, und als ich im Wahn gewesen war, hatte ich mir hier ein Paar blaue Wildlederschuhe gekauft, in einem Laden, der nur diese Sorte zu haben schien. Außerdem kaufte ich im Alro, dessen Klassikabteilung auch dorthin verlegt worden war, den *Bolero* von Karajan und war an diesem Morgen mit der Platte rausgefahr'n zum Rainer Küster, der ja ein Musikexperte war und mit ironischem Unterton meinte, das kann er ja gut.

Wir waren später noch mal zusammen zum VfL gegangen (gegen Bremen, drei zu drei) und tranken auch noch an dem Samstagabend literweise Bier und guckten Kulenkampff, aber dann sahen wir uns nicht mehr. Ich rief ihn noch mal an, aber er wollte mich nicht treffen, weil er krank sei. Außerdem war er von der Uni an eine Schule abkommandiert worden. Viele Jahre würden wir uns nicht mehr sehen.

Jetzt aber trat ich meine Schicht an, und der alte Rudi war immer noch mißtrauisch. Schaffst du das denn? Warum nicht? Schorsch war ein guter Lehrer. Dann kam auch schon ein Mann von der Tiefgarage und gab die Kasse ab. Rudi nahm die Straßenbahn nach Gelsenkirchen, eine weite Strecke. Nun war ich ganz auf mich allein gestellt in dem riesigen Komplex. Ich versuchte, ohne Muffensausen auszukommen. Ich ging rüber ins BVZ und stellte die

Alarmanlage scharf. Dann ging ich rum, erst um das Zentrum, dann ums Rathaus, und guckte, ob überall das Licht aus war und alle Fenster und Türen geschlossen waren, eigentlich eine leichte Aufgabe, aber es war eine lange Strecke. Mit allem Drum und Dran brauchte ich eine gute halbe Stunde.

Um halb eins die nächste Runde, auch im Innenhof, dann die *FAZ* abholen und das Feuilleton lesen. Ich hörte Radio, BFBS UK, und die tägliche *Bob Harris Show*, whispering Bob Harris, er las jeden Tag vor, wer Geburtstag hatte und welche besonderen Ereignisse in der Rockwelt an dem betreffenden Tag passiert waren, wer ins Studio gegangen war, wer ein Konzert gegeben hatte, natürlich nicht alle, wann welche Platte rausgekommen war und wer wann Nummer eins war. Das machte er so zwischendurch, spielte auch nicht immer die passenden Platten. Dann gab es noch eine weitere Sendung, die ich gerne hörte, *Take Two*, die im Gegensatz zu den anderen tagsüber nicht wiederholt wurde. Dort wurde ältere Musik aus den fünfziger Jahren gespielt, Jazz, Ella Fitzgerald und so, Musicals. Außerdem hörte ich noch gerne *Rockola* mit David Simmons, Rock 'n' Roll, und besonders freute ich mich, wenn er mal Buddy Holly spielte. Ich hatte Gockel geschrieben, daß ich gerne was für den *Musik Expreß* zu Buddy Hollys fünfzigstem Geburtstag machen würde. Da käme auch mein Buch raus. Und er antwortete, okay, mach was und besorg Bilder. Ich schrieb an Bill Griggs, den Herausgeber des Zentralorgans aller Buddy-Holly-Fans, *Reminiscing*, und bat ihn um Fotos. Die waren aber dann dermaßen beschissen, daß ich mich kaum traute, sie an Gockel zu schicken. Ich schrieb dann die Story mit all meinem Herzblut, doch er schickte sie mir ohne Begründung zurück.

Ich lief rum und hoffte, alles richtig zu machen. Der Versehrte kam, Herr Fuchs, die anderen. Bei den Schlüs-

seln für die Putzfrauen mußte ich im großen Buch nach-
sehen, welche Schlüssel am Vortag rausgegeben worden
waren, und legte sie schon mal hin. Wenn dann die Damen
kamen, brauchte ich sie nur noch anzureichen und unterschreiben zu lassen. Am Anfang war Hilde da. Sie schloß
das BVZ mit dem Zwölfer auf, sie war immer die erste,
bis es hieß, sie habe Brustkrebs, und sie nicht mehr kam
und schließlich starb. Sie war morgens die Vorarbeiterin
vom BVZ. Dann kamen die anderen, nicht jeden Morgen dieselben. An diesem Morgen war alles okay verlaufen. Ich blieb noch ein wenig wach im Bett liegen, um abzu-
warten, ob vielleicht Beschwerden kamen. Das ging jetzt
einige Tage ganz gut. Später kamen wir noch zur Mittagsschicht, die mir Rudi beibringen würde. Erst mal fuhr ich
nach Hamburg.

Ich war ziemlich aufgeregt, denn schließlich war es mein
erstes Buch. Ich kaufte mir am Bahnhof eine Fahrkarte,
die ich erstattet bekommen würde. Nach zwei Stunden
war ich in der Hansestadt, wo ich seit *Sounds*-Zeiten nicht
mehr gewesen war. Ich war ja schon mal bei Konkret gewesen, damals bei der Ingrid Klein, in die ich mich verliebt hatte, aber zu der wollte ich ja jetzt nicht, sondern
zu Dorothee Gremliza. Ich meldete mich bei der Telefo-
nistin an und ging in ihr Büro, das, wie nicht anders zu
erwarten, voller Bücher war. Kroetz hatte da gerade ein
Nicaraguanisches Tagebuch veröffentlicht, und es stand
massenweise im Regal. Doro bot mir sofort das Du an.
Sie war etwa Ende dreißig. Sie versuchte, Ingrid Klein zu
erreichen, aber die war noch nicht im Haus. Ja, das ist
natürlich ein ungewöhnliches Buch für uns. Gleichzeitig
käme ein Buch der Londoner ARD-Korrespondentin Luc
Jochimsen raus, die heute für Die Linke im Bundestag sitzt.
Ich verschwieg lieber, daß ich Sozialdemokrat war. Auf
Bitten von Ingrid Klein hatte ich drei Popbücher für Konkret besprochen. Auf diese Kritik war ein Leserbrief von

einem Peter Petersen gekommen, und ich hatte die nicht
unbegründete Vermutung, daß es sich bei dem Absender
um Diedrich Diederichsen handelte. Darüber sprachen
wir auch kurz, eher belustigt. Und ich fragte sie, ob ihr
Bruder im Haus wäre, war er aber nicht. Ja, wir machen
eine Startauflage von dreitausend Stück. Du erhältst einen
Anteil vom Ladenpreis in Höhe von zehn Prozent. Das
war fair. Ich arbeitete ja lieber mit so ehrlichen Kommu-
nisten zusammen als mit solchen Arschgeigen vom *Marabo*, wo man hinter seinem Geld herlaufen mußte. Aber
noch hatte ich kein einziges Buch verkauft. Wir schicken
dann unsere Vertreter los. Es gibt ja noch einen Ring von
politischen Buchhandlungen, wir gehen aber auch in die
traditionellen. Dann gingen wir essen, in die Pizzeria, in
die mich beim letzten Mal die Ingrid Klein geschickt hatte.
Dorothee kam mir vor wie eine toughe Geschäftsfrau, die
mich aber nicht übers Ohr hauen würde.

Zum Verlieben schien sie mir zu hart zu sein. Das aber
passierte jetzt, als wir wieder zurück waren und sie mir
Ute vorstellte. Ja, ausgerechnet Ute hieß sie. Sie war vielleicht zwanzig, zweiundzwanzig und betreute mein Buch
mit allem Drum und Dran. Vom ersten Lesen über das
Lektorat, die Herstellung bis hin zur Werbung und Presse-
arbeit. Ich war sofort in sie verknallt. Sie hatte so einen
zauberhaften Mund. Ich hätte sie sofort küssen können.
Judith und die andere Ute waren vergessen. Laß uns in
einen anderen Raum gehen. Während ich sie anhimmelte,
erzählte sie mir, wie gut ihr mein Roman gefallen habe.
Dorothee kam übrigens auf den Titel *Peggy Sue*, und ich
war einverstanden. Ute war noch in der Ausbildung zur
Verlagskauffrau, und mein Buch sollte eine Art Prüfungs-
arbeit werden. Gerne. Sie schlug einige kleine Änderun-
gen vor, und ich sagte okay. Die würde ich mir warmhal-
ten, aber wie die aussah, hatte die an jedem Finger zehn,
und Jungfrau wie Judith war die bestimmt auch nicht. Viel-

leicht würde sie mich ja mal in Bochum besuchen, um mit mir den Text noch mal durchzugehen. Spätestens auf der Buchmesse würden wir uns wiedersehen, sagte sie jetzt auch, und ich hatte gewisse Hoffnung auf einen Fick.

Ich fuhr gegen vier nach Hause. Abends kam in der Tagesschau an fünfter, sechster Stelle die Meldung, daß es in der Sowjetunion einen Atomunfall gegeben habe. Noch merkte ich mir nicht den Namen Tschernobyl, und ich wurde auch nicht so nervös, daß ich mir eine ansteckte. Doro hatte mir erzählt, daß sie nach sieben Jahren wieder mit dem Rauchen angefangen hätte. Ich hatte immerhin schon einen Monat ohne Kippen geschafft, und das auf Nachtschicht auf einer neuen Stelle. Ich bewunderte mich selbst.

Am nächsten Tag sollte ich nachmittags um halb drei im Rathaus erscheinen. Rudi würde mich in die Mittagsschicht einführen. Wir trafen uns in der Loge und lösten Heinz Breitfeld ab. Dann setzten wir uns hin. Zunächst wurden wieder Schlüssel rausgelegt und das Buch aufgeschlagen. Andere Putzfrauen kamen. Nebenan saß normalerweise die Klara König, die Vorarbeiterin von der Mittagsschicht. Sie war jetzt aber nicht da, sondern ihre Vertretung, Frau Neumann. Die ersten Reinigungskräfte kamen, und wir verteilten die Schlüssel, die quittiert wurden. Rudi und ich unterhielten uns dabei. Ich erzählte ihm, daß ich am Vortag meinen ersten Vertrag unterschrieben hatte, was gar nicht stimmte, denn Dorothee hatte kein Formular zur Hand gehabt. Wenn du schreibst, sagte Rudi, dann mußt du auch was über mich bringen. Meine Hand ist kaputt. Die Ärzte haben mich falsch behandelt, und er nannte mir ihre Namen. Er hatte irgendwie einen Splitter drin und konnte sie nicht mehr richtig krumm machen. Ja, ja, schreib ich, aber vorläufig noch nicht, erst mal muß das erste Buch raus sein, dann sehen wir weiter. Um Viertel nach vier mußten wir unsere erste Runde drehen. Frau Neumann setzte sich an die Pforte. Rudi und ich schlossen die Zwischentür, und wer jetzt noch rein wollte, mußte sich in ein dickes Buch, das an der Scheibe auslag, eintragen. Danach schlossen wir die Ausgänge, zunächst an der Hausinspektion, dann zum Innenhof, danach an der anderen Seite bei der Poststelle. Wir gingen in den Keller und landeten am Ausgang zur Tiefgarage. Den stellten wir so ein, daß keiner mehr reinkam, nur noch raus. Nach dem Einwohneramt durchquerten wir den ersten Stock und gingen wieder an den Vitrinen mit Herbert Grönemeyer vorbei. Wir schlossen alle Türen, schließlich auch die Haupteingänge. In der alten Auskunft, die nie besetzt war, saßen ein paar Putzfrauen, rauchten und tranken Schnaps. Sie brauchten sich in diesem Moment vor der Vorarbeiterin nicht in Acht zu nehmen, die saß ja in unserer Loge. Was ist mit den Gittern? Die kommen um sieben dran. Hier stehen ja noch Autos. Wir gingen noch bei der Gaststätte Hasselkuß und der Selterbude daneben vorbei. Gegen Viertel vor fünf hatten wir es geschafft, wir erlösten Frau Neumann. Ich fühlte mich nicht gestreßt. War doch alles wie schon nachts, recht übersichtlich, wenn auch gigantisch. Es kamen jetzt noch ein paar Leute rein, aber die wenigsten ließ Rudi eintragen, da er sie kannte. Wen er nicht kannte, der mußte aufschreiben, wie er hieß und in welchem Amt er beschäftigt war. Die Stadtverwaltung war ja nach verschiedenen Ämtern aufgeteilt, die alle eine Nummer hatten. Es gab auch ein blaues Telefonbuch, in das jeder Beamte und Angestellte eingetragen war. Telefonzentrale waren wir zum Glück nicht, die war oben im vierten Stock. Später würde ich mal in sie reinsehen. Sie war imposant und mit drei Frauen besetzt. Jetzt hatten wir zwei Stunden Zeit und laberten einen. Ich erzählte von meinem angeblichen Studium. Vielleicht sollte ich es jetzt, da ich Autor war, endgültig hinwerfen. Noch ließ ich es sein. Der Tag wird kommen. *That'll be the day.*

Alfred Langner kam rein. Er war nachmittags für die Hausinspektion tätig, hatte aber im Gegensatz zu Herrn Fuchs keinen Kittel an. Er verabschiedete sich in den Plaza, wohin er öfter einkaufen gehen würde. Wenn was sein sollte, er wäre dann zu Hause. Handy kannte man ja damals noch nicht. Rudi war ein tofter Kerl, wir verstanden uns auf Anhieb. Um halb sieben gingen wir wieder rum und erledigten auch das Rauf- und Runterlassen der Gitter. Außerdem kontrollierten wir noch mal die Türen. Auch mit Rudi würde ich drei Einführungsschichten machen, und ich hatte in der Zeit keine Probleme. Wir gingen um acht noch mal rum, um neun machten wir das Licht im Keller an und stellten das Licht in den Vitrinen aus. Jetzt wollte niemand mehr raus und niemand rein. Nur die Putzfrauen verließen das Haus. Wenn sie die Schlüssel wiederbrachten, wurde auch das eingetragen. Ich war dann aber doch froh, als die Schicht endlich rum war. Ich lief zu Fuß zum Bahnhof und trank mir mehr als ein Alt. Die Bedienung war erstaunt. Ulla. Sie kannte mich ja schon. Mit ihren dreißig Jahren wäre sie mein Fall gewesen. Aber was bildest du dir ein? Du hast keine Chancen mehr bei Frauen, schon gar nicht bei jener Ute, die du vielleicht auf der Buchmesse wiedersehen wirst. An den nächsten beiden Tagen ging ich mit Rudi wieder rum und absolvierte den Kurs ohne große Probleme. Von da an arbeitete ich allein, auch am Samstag und Sonntag, manchmal nachts, manchmal tagsüber, samstags und sonntags jeweils von sechs bis sechs.

Mittlerweile war aus Appel der Zwischenfall geworden, und ich fuhr mal an einem freien Freitag hin. Lauter Grufties waren da, schwarz gekleidete Teufelsverehrer. Die gefielen mir nicht, mit denen wollte ich nichts zu tun haben. Norbert war froh, daß sie kamen, jetzt da aus dem Basement das Logo geworden war und viele Diskobesucher aus dem Zwischenfall abzog. Ich würde da nicht mehr heimisch werden, aber Norbert sagte, die kommen nur am Freitag. Mal sehen. Am nächsten Tag mußte ich arbeiten und konnte nicht hin. Ich wollte mal mit Ludger reingehen, den ich lange nicht mehr gesehen hatte.

Ich verdiente jetzt so um die tausend Mark. Nicht viel, aber ich konnte davon leben. Und dann bekam ich ja noch Geld von Konkret. Einen Vorschuß hatten sie mir allerdings nicht gegeben. Dafür schickte mir Ute jetzt die Druckfahnen. Geändert hatte sie nicht viel. Ich änderte auch nicht mehr viel, wollte nur den Namen Flora Soft ändern, weil ich geschrieben hatte, sie hätte einem italienischen Polizisten einen geblasen, damit ein Freund mit Dope aus der Haft kam. Ute schlug nach einigen Tagen Zewa Moll vor. Ich war einverstanden.

Im Rathaus war es jetzt an den Wochenenden so, daß die Feuerwehr alle Nase lang tagsüber vorbeikam, um abzufragen, wie die Umweltwerte nach Tschernobyl waren. Sie wurden am Fernschreiber durchgegeben, die Feuerwehr hatte aber keinen eigenen, nur die Stadt. Fax kannte man damals noch nicht. Wenn die also vorgefahren kamen, mußte ich ins Ausländeramt und gucken, ob was da war. Da standen dann die Becquerel-Werte auf den Telexen. Es gab damals ja eine regelrechte Hysterie, aber auch die legte sich wieder. Ich verrichtete also meine Arbeit, so gut es ging, und hatte auch keine größeren Schwierigkeiten, höchstens wenn ich mal einen nicht reinlassen wollte.

Dann kam der Sommer. Ute rief mich ganz aufgeregt an. Sie habe schon die Fahnen meines Buches an die Presse verschickt, und der Anzeigenleiter vom *Marabo* hatte sich beschwert, weil ich geschrieben hatte, er säh aus wie ein Zuhälter, an zwei Stellen im Buch, er drohte jetzt mit rechtlichen Schritten. Ich war ja schon eine ganze Zeit nicht beim *Marabo* gewesen, auch weil ich mir schon dachte, daß denen der Roman nicht gefällt. Ich fragte, kannst du noch was ändern?, und sie meinte, ja, was soll ich denn stattdessen schreiben? Schreib, der ist ein bulliger Typ. »Bully« ist ein englisches Wort für Zuhälter. Damit war für alle Beteiligten die Sache erledigt.

Eines Nachts hatte ich nach meinem zweiten Rundgang Alarm im BVZ. Es gab bei mir in der Bude ein schrilles Geräusch, darauf hatte mich niemand vorbereitet. Sollte ich die Polizei holen? Ich hatte ja gar keine Liste von den Schleifen. Ich ging rüber und sah, daß Nummer 26 blinkte. Irgendeine Tür, aber welche? Es mußte jemand rausgegangen sein, aber wo? Ich dachte mir mal lieber nichts Schlimmes und entschärfte die Schleife. Trotzdem war ich einigermaßen beunruhigt. Ich ging weiter meine Runden. Am nächsten Morgen sagte ich Herrn Fuchs nichts, hatte aber einen mächtigen Kloß im Hals. Bis dann Hilde kam, die als erste das BVZ betrat und zu Herrn Fuchs wollte. Der kam schließlich zu mir und erzählte, daß aus einem Glaskasten wertvolle Instrumente geklaut worden seien. Ob ich nichts gemerkt hätte? Jetzt mußte ich alles gestehen und sagte, ja, aber wie hätte ich mich denn verhalten sollen? Ich wußte doch gar nicht, welche Tür betroffen war. Das wird noch ein Nachspiel haben. Ich war ganz fertig, als ich zu Hause ankam. Ich konnte nicht schlafen, und dann rief auch schon Holger Kaminsky an und stauchte mich zusammen. Ob ich denn kein Wachbuch hätte. Nein, hatte ich nicht. Dann holen Sie sich noch heute eins hier ab. Ich komm dann heute Nachmittag mit meinem Bruder. Auch eine Frau Redelfs rief an, eine Sachbearbeiterin vom Hauptamt, das für solche Sachen zuständig war. Auch sie machte mir Vorwürfe. Werde ich, wird die Firma rausgeworfen? Ich fuhr mit Jürgen nach Schalke, und Kaminsky gab mir ein Wachbuch. Tragen Sie was ein, auch an den anderen Tagen. Also schrieb ich dann, da und da Fenster offen. Abends mußte ich wieder zur Arbeit. Es war natürlich eine Scheißschicht. Erst mal fragte Rudi, warum hast du nichts gesagt? Ich wußte doch auch nicht, was los war. Kennst du die Nummern der Türen? Wenig später bekamen wir eine Liste.

Der Herbst nahte, und ich würde mit meinen Eltern in Urlaub fahren, nach Scharbeutz an die Ostsee. Auch meine Schwester kam mit, die immer noch keinen neuen festen Freund hatte. Wir hatten eine Wohnung gemietet. Hier wollte ich es meinen Eltern nicht sagen, daß ich mein Studium nicht beenden würde, nicht beenden könnte. Aber sie würden mich verstehen. Wir gingen viel spazieren und fuhren auch nach Travemünde. Plötzlich bekam ich Halsschmerzen, sagte aber erst mal nichts, weil ich den Eltern nicht den Urlaub verderben wollte. Es tat sehr weh, wenn ich was aß. Wir fuhren auch mit dem Schiff nach Dänemark, zweihundert Leute auf dem Pott, alle nur, weil es ein billiges Essen gab. Viele mußten kotzen. Ein Problem war auch das Buch. Wie würden meine Eltern darauf reagieren? Ich war mit guten Bekannten grob und offen umgegangen. Am liebsten würde ich es ihnen gar nicht zeigen. Doch das ließ sich ja nun mal nicht vermeiden. Die Halsschmerzen wurden schlimmer und schlimmer. Wir hatten keinen Krankenschein dabei. Aber irgendwann waren die Schmerzen so heftig, daß ich endlich zugab, wie dreckig es mir ging, und meine Eltern beschlossen, vorzeitig zurückzukehren und zu Robert zu fahren. Sie brachten mich sofort hin. Er stellte einen Abszeß fest und schnitt ihn in mehreren Sitzungen raus. Er meinte, daß ich eigentlich ins Krankenhaus gemußt hätte. Aber Robert ist eben ein hervorragender Arzt und hat es auch so geschafft.

Einen Tag nach unserem Urlaubsende bekam ich meine Belegexemplare von Konkret zugeschickt. Das Cover kannte ich schon. Ich hatte immer noch Bedenken, das Buch meinen Eltern zu zeigen, aber es führte kein Weg dran vorbei. Doch meine Mutter wollte es gar nicht haben. Weil ich weiß, was drinsteht. Gott sei Dank, das war schon mal geritzt. Aber mein Vater würde es lesen und natürlich die Leute wiedererkennen. Und was würden die Leute erst mal sagen, wenn sie sich wiederfanden? Es kämen noch einige Probleme auf mich zu. Samstags kam schon eine Kritik in der *WAZ*. Von der Härte Bukowskis war die Rede. Das akzeptierte ich, auch wenn es von der *WAZ* war. Es war wohl so, sobald einer vom Ficken schrieb, hieß es: Bukowski. Wem sollte ich ein Buch schicken? Ich schämte mich ja ein bißchen wegen des Romans, weil ich doch zu eindeutig Leute porträtiert hatte. Einen bekam natürlich Körner, doch was sollte ich zum Beispiel mit all den Frauen, die darin vorkamen, machen? Die müßten selbst auf das Buch kommen und es kaufen. Vielleicht würde es ja besprochen. Eines bekam schon mal Judith Rosen. Die wurde in dem Roman ja nicht erwähnt. Das Buch kam aber postwendend zurück, unbekannt verzogen. Dann werde ich sie nie im Leben wiedersehen, denn Telefon lief unter ihrem Namen auch nicht, wahrscheinlich lebte sie in einer WG. Von Müller-Schwefe wollte ich erst mal wissen, ob er wieder im Lande war nach seinem USA-Aufenthalt. Ja, war er. Wir würden uns auf der Buchmesse treffen.

Es war schon ein erhebendes Gefühl, morgens, als ich von der Arbeit kam, einen Packen meiner Bücher in der Bahnhofsbuchhandlung auf dem Tresen zu sehen. Sie waren einzeln in Zellophan verpackt, bei Janssen lagen sie so. Da haben Sie's ja endlich geschafft, meinte Janssen, und ich antwortete, wurde ja auch Zeit. Schon was verkauft? Ja, sicher. Na, dann halten Sie sich mal ran. Bei Alro hatten sie auch einen Stapel liegen. Reinhard Finke rief an, er habe es bei Schaten gekauft. Ich hatte ihn seit meinem ersten Wahn nicht mehr gesehen. Er wollte es rezensieren, aber für wen? Ob er mal vorbeikommen könnte? Ja, natürlich.

Jetzt, wo es losging, wollte ich meinen Eltern ein für alle Mal gestehen, daß ich nicht mehr studierte. Eines Mittags saß ich am Tisch und sagte es ihnen ganz schnell, um es hinter mich zu bringen. Sie waren perplex, obwohl meine Mutter sagte, sie hätte schon so was geahnt, da ich immer so früh von der Uni kam und nie was erzählte, keine Studienkollegen gehabt hätte. Was willst du denn jetzt tun? Erst mal war ich froh, daß es raus war, und heulte. Ja, heul mal. Aber warum hast du nicht studiert? Ich bin zu doof dafür, zumindest für die Fächer, die ich belegt habe. Hast du schon mal Heidegger gelesen? Aber du hättest uns doch eher was sagen können. Vielleicht hätten wir was für dich tun können. Aber jetzt. Meinst du, du findest einen Job ohne Ausbildung, eine Umschulung? Ich werde mal den Ehmke fragen, ob ich bei dem mehr arbeiten kann. Willst du denn ewig Nachtwächter bleiben? Warum nicht, ich bin doch jetzt Schriftsteller, und so hätte ich nach wie vor einen Job, bei dem ich schreiben könnte. Vielleicht gelingt mir ja der Durchbruch. Ich erklärte dann Ehmke den Fall, und er sagte, natürlich können Sie mehr arbeiten. Meine Mutter meinte, dann mußt du hundert Mark Kostgeld bezahlen, und einen Sparvertrag von deinem Geld schließen wir auch ab. Ich antwortete, das ginge in Ordnung.

Ich hatte jetzt nur noch donnerstags frei und erzählte auch Rudi, daß ich nicht mehr studierte. Er war ganz baff. In deinem Alter? Wo kriegst du denn jetzt noch einen Job her? Ich bleib hier, sagte ich, und er spendierte eine Flasche Bier, die ich von der Klempnerbude holte, wo ich für jede Pulle eine Mark zehn deponierte. In dieser Nacht wurde wieder eingebrochen. Jemand hatte eine Scheibe eingeschlagen und war von hinten in die Stadtbücherei eingestiegen. Ich hatte es nicht gesehen. Hilde hatte den Bruch wieder als erste bemerkt und ging quasi triumphierend zum Fuchs in die Hausinspektion. Ich besah mir den Schaden. Dieser Bereich wurde ja von der Alarmsicherung nicht erfaßt, nur die Außentüren. So konnte ich sagen, der Täter sei nach meinem letzten Rundgang eingestiegen.

Wir fuhren zur Buchmesse, wieder Ludger und Peter Wasielewski, der Fotos machen sollte. Wir fuhren mit Ludgers Wagen, und er legte Peter Hammills *Skin* auf Kassette ein. War mal was anderes. Peter Hammill war ja inzwischen auch in der Zeche aufgetreten, und Ludger durfte wieder mal backstage. Meine große Zeit als Musikjournalist, als ich noch hinter die Bühne durfte, war ja nun vorbei. Nichts zog mich mehr dahin. Ich war jetzt Schriftsteller und hatte mein eigenes Reich. Ja, Finke kam zu mir, und wir gingen seine Rezension durch. Er würde sie an Konkret schicken und sie nach Bielefeld zu Jörg Drews mitnehmen. War ich vielleicht doch der zweite Arno Schmidt? Ich kannte nicht viel von ihm, nur den *Leviathan*. Ich hatte auch Finkes Doktorarbeit über ihn nicht gelesen, die bei Text und Kritik erschienen war. Gekauft hatte ich sie mir. So wußte ich nicht, was der Studienrat ausgerechnet an meinem Roman fand. Er hatte ihn gelobt, konnte aber die Kritik nicht unterbringen. *konkret* bespricht die eigenen Sachen nicht, er solle es mal bei *Tempo* versuchen. Er ließ es aber sein. Dieses Blatt las ich ohnehin nicht. Ich hatte mich vom Zeitgeist verabschiedet.

Endlich zur Buchmesse. Ich sehnte mich danach, Ute Grot wiederzusehen, vielleicht würde es ja doch noch was mit uns. Aber sie war schon abgereist, weil sie krank war, sagte Ingrid Klein. Krank vor Sehnsucht nach mir wohl kaum. Ich setzte mich also an den Konkret-Stand, und Dorothee Gremliza sagte, Oliver Tolmein wolle ein Interview mit mir für den Deutschlandfunk machen. Das kam aber nicht zustande. Auf einmal kam eine vierzigjährige Blondine, zeigte auf mein Buch und wollte es kaufen. Dorothee gab ihr Prozente. Ich fragte, wollen Sie eine Widmung reinhaben? Zu meiner Überraschung lehnte sie ab. Dann eben nicht. Ich ging rüber zu Suhrkamp, wo Müller-Schwefe schon auf mich wartete. Da haben Sie's ja doch noch geschafft, und ich erzählte ihm die ganze Geschichte, wie ich die Bücher rumgeschickt hatte, und am liebsten hätte ich jetzt den Leuten, die es abgelehnt hatten, hier auf der Buchmesse in die Fresse gerotzt. Ein halbes Jahr nur Frust, ich war dem Selbstmord nahe.

Wie sollte es weitergehen? Würde Konkret ein zweites Buch machen? Da mußte sich das erste zunächst gut verkaufen. Aber Erstauflage dreitausend, war das nicht etwas hoch gegriffen für einen Neuling? Vielleicht dachten die, es wirke noch mein Ruf als Journalist. Aber in dieser Branche war man schnell vergessen. Peter machte ein paar Fotos an den Ständen und fotografierte wohl auch für sich, ehe wir zurückfuhren. Unterwegs machten wir wieder bei Siegen eine Pinkelpause und landeten schließlich im Café Ferdinand, wo wir ein Bierchen tranken. Zu Hause haute ich auf den Putz, wie ich empfangen worden sei und daß sich so ziemlich alles bei Konkret um mich gedreht habe – was ja in gewisser Weise auch stimmte, von Luc Jochimsen war nicht die Rede. Ich hatte Doro noch ganz unverbindlich um einen Vertrag für ein neues Buch gebeten, mit dem ich nur ein Stipendium beantragen wollte. Sie war zwar erst etwas skeptisch, sagte dann aber zu. Titel? Der Tick. Ich beantragte beim Land das Geld, bekam es aber nicht, obwohl ich SPD-Mitglied war. Erst als die CDU an die Macht kam, hab ich öffentliche Kohle gesehen. Okay, aber jetzt war ich erst mal wieder zu Hause. Vielleicht wird ja aus mir doch noch ein großer Autor. Mein Vater hatte inzwischen Peggy Sue gelesen und war entsetzt. Was soll der und der sagen, wenn er das über sich liest? Aber ich habe doch die Namen geändert. Ja denkst du denn, der erkennt sich nicht wieder? Und dann der ganze Sex. Mußte das so genau sein? Meine Mutter war im Wohnzimmer und hörte nicht zu, Gott sei Dank. Aber er würde Andeutungen machen. Außerdem wußte sie, daß die ganze Geschichte von Ute der Ersten handelte.

Ute die zweite meldete sich jetzt und entschuldigte sich, daß sie so früh aus Frankfurt abgereist war. Sie würde mal versuchen, nach Bochum zu kommen. Die Möglichkeit ergab sich bald, weil ich von der Uni, ausgerechnet von der Uni, von einer Fachschaft die Einladung zu einer Lesung erhielt. Ich sofort an den Hörer. Kommst du? Sie überlegte. Ja, aber nur für einen Tag, sie müsse am nächsten Tag in die Schule. Traf auf sie meine Prophezeiung aus der Tchibo-Story zu, die würde ich ficken? Ich hatte ja jetzt seit dem Fehlschlag mit Conny praktisch zwei Jahre nichts mehr auf dem Gebiet getan, mir nur immer wieder einen runtergeholt, immer wieder neue Playboys gekauft, scheinbar mit immer denselben Titten und Fotzen. Ich war es leid. Andererseits hatte ich außer Ute keine Frau kennengelernt, die in Frage kam. Ich hatte ja immer Nachtschicht und mußte meist auch an den Wochenenden arbeiten. Ich hatte einfach keine Gelegenheit, irgendeiner Frau näherzukommen. Bei den Putzfrauen war natürlich auch nichts Gescheites dabei. So blieb Ute meine einzige Hoffnung, jetzt, da Judith verschwunden war.

Ich erwartete sie mittags am Bahnsteig, als sie pünktlich aus Hamburg ankam. Wir küßten uns auf die Wangen. Sie hatte mir einige Kritiken mitgebracht, die zum Teil vernichtend waren, besonders die von Diederichsen, und auch Ute wußte nicht, was er gegen mich hatte. In einer anderen Rezension hieß es, ich sei »oversexed and underfucked«. Da war sicherlich was Wahres dran. Eigentlich hatte ich ja schon seit fünf Jahren nicht mehr erfolgreich gefickt, das heute würde auch nicht klappen, da war ich mir schon sicher. Sie war ja so schön und jung. Und dann ausgerechnet ich alter Vatter.

Wir gingen durch den Südring zum Gallo, wo ich eine Pizza spendierte und ihr die Quittung gab. Vielleicht bekam sie das Geld von Konkret wieder. Sie erzählte, wie viel sie bis jetzt verkauft hätten: vierhundertfünfzig Stück. In zwei Monaten. Ging das? Sie hätte gerne die erste Auflage verkauft, aber ich glaubte, das war auf keinen Fall zu schaffen. Die großen bürgerlichen Blätter boykottierten ja den linken Verlag und besprachen seine Bücher nicht. So sollte es auch mir mit *Peggy Sue* ergehen. Ich fragte Ute nach ihrem Privatleben. Sie wohnte in einer WG. Ja, sie hatte einen Freund. Da wollte ich sie in Ruhe lassen und sie nicht in Gewissenskonflikte bringen. Wir fuhren mit der Bahn hoch zum Café Treibsand mit seinen abgerissenen Tapeten. Wir tranken ein Heißgetränk. Sie erzählte von der Hamburger Szene. Welche Lokale sie besuchte, wie die aussahen, was die Leute anhatten, was getrunken wurde. Nach einem zweiten Kaffee nahmen wir wieder die Bahn. Auto fuhr ich ja nicht mehr, seit ich im Rathaus beschäftigt war. Ich fuhr praktisch nie mehr und wußte selbst nicht, warum.

Am Hauptbahnhof stiegen wir in die 305 hoch zur Uni. Wie oft war ich sie gefahren, immer mit schlechtem Gewissen, weil ich ja nur so hinfuhr, ohne was zu tun. So hatte ich auch kein gutes Gefühl, als ich auf den Campus kam, die Stätte meiner größten Niederlage. Aber ich hatte die kleine Hoffnung, daß vielleicht Judith ein Plakat gesehen hätte und zu der Veranstaltung in GA in einem Seminarraum vorbeikäme. Eine Band sollte auch spielen. Ich sagte Ute, das wird schon ein netter Scheiß werden. Wenn Studenten schon was auf die Beine stellen wollen. So war es denn auch. Als wir in dem Raum ankamen, war die Lesung in den Flur zwischen GA und GB verlegt worden. Ich suchte den Veranstalter. Es war ein junger Spund. Ich stellte ihm Ute vor, und er war beeindruckt, daß jemand von dem unter Studenten angesehenen Verlag gekommen war. Wir hörten uns die Kapelle an, die Jazz spielte. Immer wieder liefen Leute durch die Gegend. Es schien, daß nur die Fachschaft zuhörte. Schließlich war ich dran und las eine Viertelstunde von Anfang an, auch den kontroversen ersten Satz. Ich dachte, vielleicht würden sich ein paar Emanzen aufregen. Judith war natürlich nicht da, und ich schrieb sie endgültig ab. Wahrscheinlich war sie gar nicht mehr hier an der Uni. Ich hielt mich an Ute, aber sie hatte so was Unnahbares, so was Feines. Sie schien noch unberührt zu sein, hatte aber doch einen Freund, der sie defloriert haben dürfte. Ob Judith inzwischen entjungfert war? Ich hätte es gerne getan, aber ich hätte mich ja doof dabei angestellt. Und mit Ute wäre ich gerne ins Bett gegangen. Doch es sollte nicht sein. Ich hatte einen Frosch im Hals und dachte an das gleichnamige Buch von Strätz, das mir gut gefallen hatte. Ich sollte aber nie wieder was von dem Autor hören. Am Ende der Lesung fragte mich der Veranstalter, was ich haben wollte, und ich wußte nicht so recht. Es war ja meine erste Lesung, und ich verlangte hundert Mark. Ute sagte, wenn du dreihundert verlangt hättest, hättest du die auch gekriegt. Ich wollte nicht gierig erscheinen.

Wir nahmen wieder die 305 und stiegen am Hauptbahnhof in die S-Bahn, nach Langendreer, wo ich ihr meine Eltern vorstellen wollte. Meine Mutter war ganz freundlich, mein Vater auch. Mutter fragte, wie denn meine Aussichten seien, und Ute nannte noch mal die Zahlen. Sie machten meine Mutter nicht gerade zuversichtlich, und wir gingen noch hoch auf die Mansarde. Sollte ich sie jetzt, an der Stätte meiner größten Triumphe, fragen, ob sie mit mir ins Bett gehen wollte? Nein, käme bei diesem zarten Wesen nicht in Frage. Wir verabschiedeten uns von meinen Eltern und gingen zum S-Bahnhof, von da aus fuhren wir nach Dortmund. Wir hatten noch eine knappe Stunde Zeit und gingen in eine Bahnhofsgaststätte, wo wir Alt tranken, eins nach dem anderen. Ich fragte sie leise weinend, wann wir uns wiedersähen, und sie antwortete, sie wüßte es nicht. Eventuell würde man eine Lesung in Hamburg veranstalten. Ja, vielleicht. Wir tranken jeder bald zehn Bier. Ich hab ja schon immer Frauen gemocht, die gerne Bier trinken ... Wir waren beide ganz schön schicker, als ich sie zum Bahnsteig begleitete. Kommst du irgendwann noch mal vorbei? fragte ich mutig. Ja, vielleicht. Dann kam der Zug, und im letzten Moment drückte ich ihr einen Kuß auf die Wange. Aber es war nicht um sie geschehen. Wie auch? Zu Hause holte ich mir kräftig einen runter.

Als Nächstes stand ein Fernsehtermin an. Körner hatte mich angerufen, daß er jemanden vom WDR auf mich aufmerksam gemacht habe, der was mit mir machen wollte, im Radio wie im Fernsehen. Klaus Antes hieß der Mann und hatte das Buch schon gelesen, als er mit mir telefonierte. Es gefiele ihm gut und er würde auch eine Besprechung für die *Nürnberger Nachrichten* machen. Gut so. Das war außer ein paar Stadtmagazinen und Musikzeitschriften die einzige Zeitung, die auf das Buch aufmerksam machen würde.

Antes lud mich zum WDR nach Dortmund ein. Dort sollte ich ein Hörfunkinterview geben. Ich wußte nicht, wie ich dahin kommen sollte, und Körner bot sich an, mich hinzufahren. So landete ich zunächst in der Hamburger Straße. Körner war nicht enttäuscht über die Verkaufszahlen. Ich hatte es nicht anders erwartet, sagte er. Konkret wird eben von der Presse boykottiert, und das mit der Nürnberger Zeitung sei auch nur zustande gekommen, weil Antes den Bruder des Feuilletonchefs kannte, der auch beim WDR war. Wir fuhren die Traumstraße runter Richtung Süden. Körner setzte mich ab und gab mir noch einen Hunderter, für die Rückfahrt, wie er meinte. Ich war ihm dankbar, auch wenn ich das Geld nicht mehr so nötig hatte wie noch vor einiger Zeit. Ich kloppte ja jetzt mehr Stunden und hatte eigentlich nur den Donnerstag frei. Die Arbeit verlief gleichbleibend, alles war ruhig, ich kam mit den Leuten klar, drehte pünktlich meine Runden, las die *FAZ* und hörte BFBS. Manchmal hatte ich Nachtschicht, manchmal Mittagsschicht. Das alles erzählte ich auch Antes, als er mich im Studio nach meiner Arbeit fragte. Er fragte mich, wie lange ich an dem Buch gearbeitet hätte, und ich antwortete, im Grunde genommen nur zwanzig Nachmittage. Wirklich nur? Verteilt über sechs Wochen. Ob das alles autobiografisch sei? Ja, sicher. Ob sich schon Leute beschwert hätten? Bis jetzt noch nicht. Wie sieht Ihre Zukunft aus? Sie haben Ihr Studium geschmissen? Weiß ich doch nicht. Vielleicht schreib ich noch mal einen Hit. Wird dieses Buch einer? Nach diesem Interview bestimmt. Kurze Zeit später wurde es ausgestrahlt. Stolz waren meine Eltern doch ein bißchen, auch als Antes mit einem Kameramann und Tontechniker eines Freitags vor Weihnachten vorbeikam. Ich hatte mir freigenommen. Ich konnte sowieso freinehmen, wann ich wollte, jedenfalls solange die beiden anderen nichts vorhatten.

Antes hatte darum gebeten, daß auch meine Mutter was sagte. Und so übte er mit ihr, bis der Text saß: daß sie es lieber gehabt hätte, wenn ich was Anständiges geworden wäre. Dann fuhren wir zum Rathaus, wo Rudi noch da war und Klara König. Sie gab mir nachmittags immer zwei Schnäpse aus. Auf einem Bein kann man nicht stehen. Strothmann. Nur Strothmann. Als ich mal eine Flasche Schwarze mitbrachte, guckte sie böse. Sie war schon an die sechzig und als Vorarbeiterin streng, aber zu mir war sie nett. Mehr als zwei Schnäpse haben wir nie zusammen getrunken, und ich bin auch nachts nicht an die Flasche gegangen. Wohl habe ich schon mal 'ne Flasche Bier von den Klempnern getrunken, aber nie mehr als eine. Rudi hätte jetzt auch gerne was in die Kamera gesagt und am liebsten was von seiner kaputten Hand erzählt, aber Antes würgte ihn ab. Ich setzte mich an den Schreibtisch, tat so, als läse ich Peter Handkes *Wiederholung*, und wurde von draußen gefilmt, eigentlich das erste Mal vom Fernsehen. Ich hatte diesmal keine Bedenken, von wegen daß mich mein Verfolgungswahn wieder einholen könnte. Ich war noch morgens beim Dr. Hummel gewesen, und er hatte sein Okay gegeben. Sie sind ja jetzt gefestigt. Trotzdem sollte ich weiter nicht nur das Lithium, sondern auch Tesoprel gegen schizophrene Schübe einnehmen. Also war ich doch noch nicht so weit. Während Antes filmte, mußte ich was sagen. Handke sei mein Lieblingsschriftsteller, erzählte ich also, ich läse gerade sein neues Buch. Was gar nicht stimmte, jedenfalls nicht auf der Arbeit. Ich las da kaum was und duselte in den Pausen zwischen den Rundgängen nur so rum und sah an die Decke.

Wir hatten noch vor, zum Zwischenfall zu fahren. Norbert, der ihn ja immer noch betrieb, hatte nichts dagegen. Ich sollte auch noch jemanden einladen, der das Buch schon gelesen hatte, und mir fiel Finke ein. Er hatte ja seine Kritik nicht unterbringen können, war aber zu seinem Doktorvater Jörg Drews nach Bielefeld gefahren. Vielleicht würde der ja was in der Süddeutschen machen, Finke kam jedenfalls und auch mein Bruder. Die ganzen Grufties waren da. Zunächst knobelten wir ein bißchen, dann wollte mich Antes oben in der Diskothek filmen. Ich setzte mich auf eine Empore, während irgendeine schreckliche Musik lief, zu der die Schwarzgekleideten tanzten. Antes ließ mich vom Kameramann filmen, während die jungen Leute wahrscheinlich dachten, es ginge um sie. Später mußte ich auf den Tonstreifen den Kommentar sprechen, daß mich die Jugend von heute kalt ließe. Ein paar Tage später kam Antes noch mal und nahm mich auf, während ich im Park spazieren ging. Dann warteten wir gespannt auf das Ergebnis. Es sollte im Ruhrgebietsfenster der Aktuellen Stunde gesendet werden. Es war zwischen Weihnachten und Neujahr, als wir im Wohnzimmer warteten. Kurz vor Schluß sagte der Studioleiter den Bericht an. Er war kommentarlos, nur meine Stimme war zu hören. Der Streifen war in Ordnung, vielleicht ein bißchen kurz. Aber wie viele Leser er mir bringen würde, wußte ich auch nicht.

Als dann die erste Abrechnung kam, waren insgesamt sechshundert Exemplare verkauft worden. Nicht gerade die Welt, eher desillusionierend. Ich würde es wohl nie schaffen, vom Schreiben zu leben. Ich blieb der ewige Nachtwächter. Da schlug neben mir auch noch jemand ein paar Scheiben im Rathaus ein. Es war noch früh, so gegen elf Uhr, und ich rief Alfred Langer an, der sagte, hol die Polizei. Die kam und nahm den Schaden auf. Vier Scheiben, direkt neben meiner Loge, hatte wohl ein Irrer eingehauen. Die Polizisten waren freundlich, und ich hatte meine Pflicht getan, indem ich die kaputten Fenster im Auge behielt. Morgens kam jetzt ein neuer Hausinspekteur, Ernst Ristau, und ich zeigte ihm die Scheiben. Er sagte, du hast ja sicher die Polizei geholt? Ja, die haben das aufgenommen. In Ordnung. Dann rief ich unsere Zentrale an. Alles andere würde das Hauptamt erledigen. Ich hatte mich diesmal jedenfalls richtig verhalten.

Im Frühjahr rief ein Radioredakteur aus Berlin an. Er mache die Sendung *SFBeat*, das sei so was wie die *Radiothek* im WDR, ob ich Lust hätte, in einer Livesendung ein Interview zu geben. Kommt denn dabei was rum? Freie Fahrt. Wohnen könnte ich bei ihm und bekäme außerdem noch zweihundert Mark. Das war zwar nicht viel, aber besser als in die hohle Hand. Er nannte mir einen Termin, und ich sagte, ich müsse erst meinen Chef fragen, ob ich frei kriegte. Ich erklärte Ehmke den Fall, der ja mein Buch kannte, und er gab mir drei Tage frei, wenn die anderen das schaffen. Abends sprach ich mit Rudi, er war einverstanden. Am nächsten Tag gab ich dem Berliner mein Okay.

Ich suchte mir einen Zug aus, der nach Bahnhof Zoo fuhr. Von da an hatte er mir den Weg mit der U-Bahn beschrieben. Wir würden uns in einem argentinischen Steakhaus treffen. Im Zug saß ich im Abteil mit zwei Frauen, eine war etwa vierzig, die andere vielleicht dreiundzwanzig. Wir kamen ins Gespräch, und die Ältere kam aus Bochum wie ich, während die andere aus Bonn stammte, wo sie in einem Hotel arbeitete. Ich sagte, daß ich Schriftsteller sei, und zeigte mein Buch. Sie waren beeindruckt, und mit der Jüngeren hätte ich gerne gevögelt, aber was soll der Fernverkehr. Außerdem hatte sie sicher einen Freund im Rheinland. Es war fast schon wieder manisch bei mir, die Hatz nach dem weiblichen Wesen, wenn es sich mal zeigte. Alleine lief ich nicht hinterher, ging nach wie vor nicht in Diskos, war ja auch nicht mehr der Jüngste. Wir passierten die Grenze zur DDR und gingen in den Speisewagen, die Katja aus Bonn und ich. Und ich dachte an die Katja in Hannover, mit der ich einen netten Nachmittag dort in Hannover und eine Nacht in Bochum – ohne Anpacken – verbracht hatte. Ob die immer noch bei der *Bildzeitung* war? Bei ihr konnte ich ebenso wenig landen wie jetzt bei dieser Katja, aber immerhin tranken wir gemeinsam den öden Ostzonenkaffee. Wenigstens mal eine, die sich mit mir zusammensetzt. Ich fragte sie, ob ich ihr das Buch schicken sollte. Das sei nicht nötig, sie würde es schon kaufen, dabei wollte ich nur ihre Adresse haben. Ich kriegte sie nicht. In Berlin gingen wir auseinander. Sie hatte abends schon was vor. Dann hör wenigstens heute nachmittag den SFB.

Ich fand schnell das argentinische Steakhaus und aß etwas. Wer zunächst nicht kam, war der Redakteur Holger Wittig. Ich hatte schon gegessen, als er endlich reinschneite. Er war sehr freundlich und erzählte mir, daß er auch den *Kalten Bauer* gelesen hätte und mich schon damals einladen wollte. Er erklärte mir kurz den Ablauf der Sendung, und wir zahlten. Ich hatte eigentlich gedacht, er würde auch mein Steak übernehmen, tat er aber nicht, da war ich schon mal sauer. Wir gingen dann um die Ecke am Funkturm vorbei in das alte Gebäude des SFB, das wahrscheinlich auch schon so alt war wie unser Rathaus oder vom Adolf gebaut worden war. Wir gingen am Pförtner vorbei in den dritten Stock in sein Büro, wo uns Karsten erwartete. Er war der Co-Redakteur und würde in der Technik sitzen, während ich mich mit Holger unterhielt. Ich hatte wie gewünscht den *Complete Buddy Holly* dabei und sollte schon mal Nummern aussuchen, die gespielt werden sollten. Man brachte mich in ein anderes Zimmer, während sich die Redakteure einen Joint ansteckten. Mir boten sie ihn nicht an, vielleicht weil sie wußten, daß ich kein Rauschgift zu mir nahm. Um viertel vor fünf gingen wir ins Studio, das so aussah, wie man sich eben Studios vorstellt. Wir machten eine Mikrofonprobe, und sie klappte.

Dann war es fünf, und nach den Nachrichten erklang die Erkennungsmelodie. Wir hatten abgesprochen, daß ich den Anfang lesen sollte, und nachdem Holger mich vorgestellt hatte, tat ich das auch. Ich hatte keine Bedenken. Ich wollte berühmt werden. Es gäbe ja auch ein Phone-in, in der zweiten Hälfte der Stunde. Wittig stellte dann einige Fragen zu meiner Karriere, und ich gab ihm ehrliche Antwort, daß ich im Grunde ein Versager sei, dessen einzige Hoffnung in der Schreiberei bestünde. Ob ich schon ein neues Buch in Arbeit hätte? Noch nicht. Im Urlaub. Nein, ich schreibe nicht auf der Arbeit. Nein, Fußball spiele ich nicht mehr. Nein, ficken tät ich schon lange nicht mehr, und zu den Mädchen aus dem Buch hatte ich keinen Kontakt mehr. Ich ließ *Real Wild Child* von Jerry Allison auflegen, dem Mann von Peggy Sue, denn gerade hatte Iggy Pop einen Hit mit dem Song, und diese Version, von Buddy Holly produziert, kannten die Hörer wahrscheinlich noch nicht. Dann kündigte Holger ein Medley von Buddy Holly an. Ich wußte erst nicht, was er meinte, dann spielte Karsten die Liveversionen von *Peggy Sue* und *That'll Be The Day*. Aha, das hielt er für ein Potpourri. Jetzt durften die Hörer mich was fragen. Einer meinte nur: Brikettkopp; wahrscheinlich weil ich aus dem Ruhrgebiet stammte. Von den anderen Hörern hatte ich den Eindruck, sie wollten nur mal ins Radio. Wie lange haben Sie geschrieben? Wann haben Sie mit dem Schreiben angefangen? Was sagen Ihre Eltern dazu? Die sind nicht gerade begeistert, hätten lieber einen Lehrer aus mir werden sehen. Immer dieselbe Leier, dabei hätte ich gerne mehr Interviews gegeben, aber es wollte ja niemand welche. Gerne hätte ich auf immer dieselben Fragen geantwortet. Nach 'ner Stunde und John Lennons *Peggy-Sue*-Version war der Nachmittag für mich gelaufen. In der zweiten Stunde ging's um Umweltverschmutzung in Berlin und inwieweit daran die DDR Schuld trug. Ob jetzt die Leute von *Melodie und Rhythmus* zuhörten, denen ich mich mal als London-Korrespondent angeboten hatte? Ob die mich wiedererkannten? Hatten die von *Konkret* mein Buch nach Ostberlin geschickt?

Nach zwei Stunden war alles vorüber, und die beiden Redakteure waren zufrieden. Du wirst morgen mindestens zwanzig Bücher verkaufen, sagte Karsten, und wir fuhren in eine Pizzeria. Die ganze Zeit über war noch ein Mädchen dabei gewesen, das immer was an dem Text rumzumeckern hatte. Jetzt war sie still, als wir aßen. Wieder mußte ich selbst bezahlen.

In einer Kneipe besoffen wir uns und landeten schließlich in der WG, die allerdings nicht so versifft war wie die von Katrin Ann Kunze, der letzten, in der ich war. Wir hörten noch ein wenig Musik und tranken noch einen Schluck in der Küche, bis ich mich hinlegen konnte. Wenn ich blau bin, kann ich nicht schlafen. Ich aß auch nichts zum Frühstück, sondern trank nur Kaffee. Wann mußt du wieder arbeiten?, fragte Holger, und ich sagte, morgen. Wann krieg ich die Kohle? Wenn du mir die Fahrkarte geschickt hast. Wir fuhren schwarz zum Bahnhof Zoo, und im Gegensatz zum Vortag war der Zug voll. Ich machte trotzdem keine neue Bekanntschaft. Abends rief Holger an und sagte, er hätte beim Programmdirektor antreten müssen wegen der Sendung mit mir, wahrscheinlich weil ich mehrfach ficken vorgelesen hatte. Ob ich ihm nicht belegen könnte, daß mein Roman Kunst sei? Ich habe nur eine positive Kritik gekriegt, von den Nürnberger Nachrichten. Kannst du mir die heute noch schicken? Fax kannte man immer noch nicht. Um elf geht die letzte Post. Das krieg ich hin. Ich hab nie wieder was von ihm gehört.

Wenig später rief ein Redakteur vom Südwestfunk an. Sie machten im Hörfunk eine Reihe *Literatur und Musik*, eine Stunde. Autoren stellten einen unveröffentlichten Text vor und spielten zwischendurch Musik ihrer Wahl. Ob ich das auch machen könnte? Was kommt dabei rum? Pro Textminute hundert Mark, das war ein guter Kurs. Mach ich. Ich ruf Sie dann noch mal an, wegen des Studios. Ich schrieb schon mal den Text. Ich hatte ja nichts in der Schublade liegen. Ich erzählte die Geschichte, wie ich in Amsterdam an einem Quiz teilgenommen hatte und dabei besoffen war. Dann wählte ich die Platten aus. Rock 'n' Roll.

Der Mann vom SWF rief wieder an und meinte, ich sollte nach Köln zu den Aufnahmen fahren. Okay. Der WDR rief wegen eines Termins an, und wir einigten uns, nachdem ich Rücksprache mit meinem Chef genommen hatte. Ich würde mit Ludger mitfahren. Auf der Fahrt hörten wir Peter Hammill. Und ich dachte an Phillip, von dem ich auch was spielen würde. Ich hatte nichts mehr von ihm gehört, seitdem ich ihm das Buch geschickt hatte. Er hatte doch gesagt, er hätte eine literarische Agentur. Ich wußte aber, daß deutsche Literatur kaum ins Englische übersetzt wurde, und erfolglose schon mal gar nicht. Aber er hätte doch wenigstens den Empfang des Buchs bestätigen können.

In Köln stellten wir den Wagen in eine Tiefgarage am Dom und suchten das WDR-Gebäude, in das wir hineinmußten. Wir hatten noch ein wenig Zeit und gingen in ein nahegelegenes Café. Schließlich war es so weit. Ich war ein wenig aufgeregt. Wir gingen zu dem Studio, in das bald auch eine Tontechnikerin kam. Wir überspielen das dann nach Baden-Baden. Ich gab ihr die Liste mit den Platten. Wir brauchen noch eine zweite Liste für Sie. Können wir die kopieren? Im Vierten ist ein Gerät, aber meistens kaputt. Doch diesmal funktionierte es, und ein dicker Reporter, den ich von *Hier und Heute* kannte, zeigte uns, wie es bedient werden mußte. Riehl hieß er, glaube ich, und neulich habe ich in einer Retro-Sendung gesehen, daß er schon 1965 über den Weißen Wal im Rhein berichtet hat. Ich hab ja mal ein Gedicht über dieses Tier geschrieben, um Erich Fried zu beeindrucken, als ich '75 sechs Wochen in London war. Noch vor der Fahrt hatte ich mir Sylvia Plaths Gedichtband *Ariel* gekauft, übersetzt von Erich Fried. Da ich wußte, daß Fried in London wohnte, rief ich ihn an und lud mich bei ihm ein, sozusagen als Literaturbeflissener. Er empfing mich auch freundlich in seinem Arbeitszimmer, das mit Büchern vollgepackt war, unter anderem der Gelben Reihe Hanser. Ich sagte, die hast du aber nicht alle gekauft? Natürlich nicht. Ich konnte ihm leider nichts eigenes Literarisches vorweisen, also beschloß ich, bis zu unserem nächsten Treffen zehn Gedichte zu schreiben, darunter eines über den Weißen Wal. Fried überflog nur kurz diese ersten Gedichte, die ich überhaupt je geschrieben hatte, und meinte, er würde sie an den Wagenbach Verlag weiterreichen – wo sie natürlich nie erschienen sind. Vermutlich hat Fried sie auch gar nicht abgegeben. Dafür erinnere ich mich, daß er auf seiner Schreibmaschine mit weißen Handschuhen einen Brief schrieb ... an die Baader-Meinhof-Gruppe?

Jetzt im Studio las ich also meine Story vor, und zwischendurch legte die Frau die Scheiben auf. Am Schluß fragte ich, wie lange ich gelesen hatte, und sie antwortete, sechsundzwanzig Minuten. Das waren zweitausendsechshundert Mark. Das ließ sich sehen. Schließlich sagte sie zu sich, Märchenerzähler, da wußte ich, daß ich mit meinem Text richtig gelegen hatte. Der Redakteur Schäble gab sein Okay, und ein paar Wochen später wurde die Sendung ausgestrahlt. Leider hatte es meine Schwester fertiggebracht, eine Aufzeichnung aufzutreiben, und spielte sie zu Hause vor. Meine Mutter war entsetzt, weil ich so offen über meinen Bierdurst geschrieben hatte. Sie schüttelte nur den Kopf, als wir in der Küche das Band abhörten. Phillip hatte ich die Ankündigung aus einer Programmzeitschrift geschickt, und er hatte drangeschrieben, well done. Danach hörte ich lange Zeit nichts von ihm.

Als ich das Geld erhielt, fuhr ich zum Alten Bahnhof, um Rolf die tausendfünfhundert Mark wiederzugeben, die ich mir vor fünf Jahren bei ihm geliehen und die er nie angemahnt hatte. Er hatte damals wie heute viel zu tun, deshalb kam ich nicht sofort dran. Er war doch überrascht, als ich ihm die Scheine hinblätterte. Ich habe nicht mehr damit gerechnet. Hattest du denn überhaupt noch dran gedacht? Das schon. Wir verabredeten uns auf ein Bier im neu eröffneten Kulturzentrum Bahnhof Langendreer. Eigentlich wollte ich es nicht erwähnen, weil man mich in zwanzig Jahren da nicht hat lesen lassen, es läßt sich aber halt nicht ganz vermeiden, weil ich doch ab und zu reingegangen bin. Die Kneipe in der ehemaligen Gepäckaufbewahrung war gegen acht ziemlich voll. Man hatte die alten Steine am Fußboden belassen, der Tresen war ein Gestell aus Balken. Hinten links lag die Küche. Etwas höher, gegenüber vom Tresen, lag der Bereich, wo die Leute saßen und fraßen. Gab es das Kino schon? Keine Ahnung. Dazwischen lag die Halle, in der ich noch nicht war, weil mich das alternative Programm nicht interessierte, schon gar nicht die Sitzungen über Afrika, Lateinamerika und Abrüstung. Es gab bereits Krach mit den Nachbarn wegen der Lautstärke, zumal man am Wochenende Diskos veranstaltete. Es wurden auch, wie im bitter vermißten Rotthaus, Frauenabende und neuerdings Gay Partys veranstaltet. Zu denen ging ich natürlich nicht hin, weil ich Angst um meinen Arsch hatte. Rolf erzählte, daß sich in Langendreer rumgesprochen hatte, daß er seine Tätigkeit aufgenommen hatte, und daß er ganz zufrieden war. Wir tranken Krombacher, weil sie Fiege noch nicht im Angebot hatten. Er mußte mich noch nach Hause fahren und trank nur drei Pils. Über mein Buch sprachen wir kaum, nur daß ich eine Abrechnung bekommen hatte, die mich nicht reich machen würde. Ich hatte mittlerweile aber einen Sparvertrag, bei dem ich fünf Jahre lang jeden Monat hundert Mark einzahlte. Außerdem hatte meine Mutter eine Lebensversicherung abgeschlossen, die mit sechzig fällig werden würde. Das kostete mich auch noch mal fünfzig Mark jeden Monat. Ich gab aber damals wenig Geld aus und sparte zusätzlich dreihundert Mark, weil ich nicht mehr rauchte. Die Kohle brachte ich auch auf ein Sparbuch, und so hatte ich schnell ein paar tausend Mark zusammen. Also spendierte ich an diesem Abend das Bier.

So gegen neun rief ein Winkler an. Ich dachte erst, es sei Josef Winkler, weil der von Müller-Schwefe lektoriert wurde, es stellte sich aber raus, daß es sich um Willi Winkler handelte, der für *Die Zeit* schrieb. Ich hatte seine Kritik von *Peggy Sue hat geheiratet* gelesen, und er war der einzige Rezensent, der einen Bezug zu Buddy Holly hergestellt hatte. Ich hatte den Film natürlich gesehen, und besonders gefreut hatte mich, daß Marshall Crenshaw mitspielte, mein amerikanischer Lieblingssänger seit 1982. Ich hatte seine erste LP enthusiastisch besprochen, weil ich dachte, Buddy Holly sei wiederauferstanden. Ich hab die Kritik an die Adresse geschickt, die auf der Platte stand, und der Manager schickte mir Infos. Später bekam ich bumper stickers. Dann hieß es, Crenshaw käme nach London. Ich schrieb – das ging alles noch per Briefpost –, ich würde ihn gerne interviewen, und Mr. Sarbin sagte, okay. Wie aber sollte ich nach London kommen? Ich hatte damals ja nicht so viel Geld. Ich rief die WEA an, denn mit Elfi Küster hatte ich mich ja ausgesöhnt. Sie meinte, den Flug könne sie nicht bezahlen, wenn ich nur ein Interview für ein Stadtmagazin machte, und so wie sie gehört hatte, war der Musikexpress nicht interessiert. Das war der Fall, und so hab ich Marshall Crenshaw nie getroffen. Umso mehr freute ich mich, als er in dem Streifen *Peggy Sue* sang. Winkler erklärte mir nun, wie er zu meinem Buch gekommen sei. Er hätte es bei der *Zeit* auf Hages Schreibtisch gesehen und einfach mitgenommen. Nun wollte er über mich und andere ähnliche Autoren schreiben.

Wer ist denn so ähnlich wie ich? Und er zählte auf, wen er besuchen wollte, Thomas Meinecke, Joachim Lottmann, Diedrich Diederichsen, Hubert Winkels, ich glaub, auch noch andere, jedenfalls wollte er über uns im *Zeit*magazin schreiben. Ob er mal vorbeikommen könnte? Geht klar, nur hab ich die nächsten vierzehn Tage Mittagsschicht und kann nicht freinehmen, weil mein Kollege Urlaub hat. Dann komm ich morgens, erwiderte Winkler. Ich war glücklich. Das würde mir vielleicht noch mal tausend Leser einbringen. Wer weiß, vielleicht auch ein paar Lesungen. Am nächsten Morgen stand ich froh auf. Auch meine Eltern freuten sich.

Winkler rief mich noch mal an, daß er ins Novotel käme, das er ja von Benjamin Henrichs' Schilderung des Spiels Deutschland–Österreich her kannte. Ich wußte nicht, ob er mitbekommen hatte, daß ich von da aus ein Telex an *Die Zeit* geschickt hatte. Er kam wenig später, und ich empfing ihn schon draußen, damit er mich fand. Den Wagen fuhr der Fotograf Tomas Rusch. Winkler war um die dreißig, ziemlich groß, Brillenträger und hatte nicht mehr ganz volles Haar. Er war Bayer, das hatte ich schon am Telefon rausgehört. Er begrüßte mich freundlich, machte Shakehands mit meinen Eltern und fragte, ob sie stolz auf mich wären. Ging so.

Auf der Mansarde unterhielten wir uns. Er sah meine mittlerweile zwölf Jahrgänge *Merkur* und nannte die Nummer, in der er das erste Mal dringewesen war, in der er erzählt hatte, wie er mal in Amerika Franz Beckenbauer begegnet sei. Er hatte jetzt keinen Kassettenrekorder dabei, schrieb auch nichts auf, so ähnlich wie ich es immer machte. Meistens funktionierte mein Rekorder nicht. Wir quatschten einfach so drauf los und unterhielten uns über Gott und die Welt.

Ich schwitzte auf der Mansarde unter dem heißen Dach wie ein Bulle. Es gefiel mir gar nicht, daß mich der Fotograf so knipste. Ich schlug vor, nach draußen zu gehen, und wir setzten uns in den Garten. Ich erzählte was von der Wilhelmshöhe, was die Mitglieder des Buddy-Holly-Clubs jetzt machten. Winkler wollte wissen, ob ich noch Kontakt zu den Mädchen aus dem Buch hätte, was ich mal wieder und immer noch leider verneinen mußte. Auch nicht zu Ute. Schon gar nicht zu Ute. Die von dem Göttinger Stadtmagazin *hiero itzo* hatten sie öffentlich aufgefordert, das Buch zu besprechen, aber sie hat es natürlich nicht getan. Ich habe nie erfahren, was sie von dem Buch hielt.

Wir saßen 'ne ganze Zeit auf der Bank. Meine Mutter

hatte Gulasch vorbereitet, aber Winkler wollte mir unbedingt einen in der Stadt ausgeben, bevor ich zur Arbeit ging. So fuhren wir zum Rathaus. Rusch stellte seinen Wagen im Parkverbot ab. Dann brachten wir erst mal meine Tasche in meine Loge. Heinz Breitfeld von der Stadt war beeindruckt und erzählte was von dem Bafög, das ich angeblich bekam. Er wußte noch gar nicht, daß ich nicht mehr studierte.

Wir gingen rüber ins Hasselkuß, das jetzt ein von Griechen betriebenes argentinisches Steakhaus war. Wir waren die einzigen Gäste. Wir bestellten, und Winkler bekam etwas Verkehrtes, ein Steak Hawaii. Er beschwerte sich nicht. Das fand ich sympathisch. Und was machst du jetzt? Ich arbeite weiter, was sonst? Vom Schreiben kann ich ja nicht leben. Ich glaub auch nicht, daß Konkret ein zweites Buch macht. Jedenfalls habe ich von denen nichts mehr gehört. Die beiden verabschiedeten sich. Ich sah dann die nächsten acht Wochen das *Zeit*magazin durch. Aber der Artikel von Willi Winkler ist nie erschienen. So kam ich um tausend Leser, um Ruhm und Ehre.

Ein paar Wochen später machte ich nachts die Runde, als ich um drei, gegen Ende der Tour, an der Poststelle ein eingeschlagenes Fenster sah, das offen stand. In dem Raum telefonierte jemand. Ich dachte, es sei vielleicht jemand von der Stadt, der einen Koller gekriegt hat. Ich hätte die Polizei rufen müssen und nicht auf eigene Faust handeln sollen. Trotzdem ging ich bei mir rein und nahm den Schlüssel von der Poststelle mit. Was, wenn der jetzt eine Waffe bei sich hat? Ich stürmte rein. Er ließ sofort den Hörer fallen und hob die Hände. Ich hatte gar nichts gesagt. Ich sagte, komm mit. Mit erhobenen Händen kam er mit. Ich wollte doch nur telefonieren. Ich sagte, los weiter. Bis zur Pforte. Setz dich. Ich rief die Polizei. Nach zehn Minuten fuhren sie vor und kletterten durch das Fenster. Es waren dieselben Bullen wie beim letzten Mal. Na. Der

Einbrecher war total besoffen und erzählte, daß er im nahegelegenen Puff gewesen war und keine Kohle mehr hatte. Jetzt wollte er telefonisch neues Geld organisieren. Die Polizisten nahmen ihn mit. Morgens war Kaminsky sehr zufrieden, daß ich den Einbrecher geschnappt hatte. Das war gut fürs Renommee der Firma. Ein paar Wochen später gab's den Prozeß. Ich mußte aussagen. Ich ging in das Gerichtsgebäude und sah schon auf dem Weg den Sünder, der mich natürlich nicht erkannte, weil er ja in der Nacht breit gewesen war. Ich durfte an seiner Vernehmung nicht teilnehmen, sondern mußte draußen warten. Nach einer Viertelstunde wurde ich reingerufen. Der Richter breitete einen Stadtplan aus, und ich mußte ihm genau zeigen, wo die Tat stattgefunden hatte. Ich zeigte ihm die Stelle. Der Täter wurde zu zweihundertfünfzig Mark Strafe verurteilt, in Raten zu fünfzig Mark. Doch selbst das war ihm noch zu viel; er hatte auch keinen Anwalt. Das war mein erster Auftritt vor Gericht, und er war mir ganz gut gelungen. Anschließend hatte ich noch Zeit bis zur Mittagsschicht und ging im Bummelzug noch ein paar Alt trinken, so wie ich es sonst auch immer vor der Nachtschicht tat. Es gab noch einen weiteren Einbruch, der recht mysteriös war. Es war zwar ein Fenster eingeschlagen, aber nicht weit geöffnet, sondern nur auf Kippe. Es konnte also eigentlich niemand rein und raus. Trotzdem war ein Brieföffnungsgerät aus der Poststelle geklaut worden. Ich mußte zur Vernehmung ins Polizeipräsidium, hörte danach aber nichts mehr davon. Dann sah ich nachts noch einmal, wie jemand einbrach, aber verschwunden war, als ich nachsah. Ich holte die Polizei. Es war wieder die Poststelle, und der Täter kam allen Ernstes wieder zum Tatort zurück – mit einem Piccolo in der Hand. Solche Piccolos waren auch im Kühlschrank. Da wurde der Einbrecher, der jetzt draußen stand, abgeführt. Ein letzter Einbruch noch, im Einwohneramt. Als ich den Schaden sah, rief ich sofort die Bullen, war natürlich ein sensibler Bereich, die ganzen Ausweise und all die Stempel, auch wenn das alles im Safe eingeschlossen gewesen sein dürfte. Zehn Mann rückten an, und ich ließ sie rein und machte Licht. Davon stand später nichts in der Presse. Erstaunlich.

Ich kam mal eines Abends an, als mir Gertrud, die Pförtnerin im BVZ war und den Schlüssel abgab, sagte, daß der Paul Aschenbrenner noch da sei, der Geschäftsführer der SPD-Fraktion. Er säße oben in seinem Büro im Dunkeln mit seiner Sekretärin, da sie zentral das Licht ausgemacht habe. Ich ging dann mal gucken. Wir kannten uns schon, und die Sekretärin war keine andere als die Frau, die bei Fuchsberger gewonnen hatte. Übrigens war sie damals nach der Sendung mit Peter Hofmann, dem berühmten Wagner-Tenor, der jetzt Seichteres sang, abgeschoben, und wie man hörte, soll sie sogar mit ihm auf Tournee gegangen sein. Paul trank mit ihr Asbach und bot mir auch einen an. Ich lehnte ab. Wir haben keine Zigaretten mehr, kannst du mal welche besorgen? fragte er. Wo denn? Im Ratskeller. Welche Marke? Marlboro. Ich ging raus und sah zu meinem Entsetzen, daß mehrere Wände vollgesprüht waren. Freiheit für Ingrid Strobl. Keine Zusammenarbeit mit dem Staatsschutz. Mein Herz pochte. Es war lange nichts mehr gesprüht worden, aber dies hier war politisch. Ich holte die Zigaretten, brachte sie Aschenbrenner und erzählte ihm von dem Vorfall, doch er ließ sich nicht aus der Ruhe bringen. Ich ging zurück in meine Koje und rief die Polizei. Die kamen auch sofort und sagten was vom vierzehnten K oder so. Auf jeden Fall würden sich das die Experten im Hellen ansehen. Am nächsten Morgen hatte Ernst Ristau schon die Schriftzeichen gesehen. Es gab aber noch kein erschwingliches Mittel, das man prophylaktisch auftragen konnte, um die Graffiti dann einfach von der Wand zu wischen. Es war vermutlich ein mühseliger Prozeß, die Schrift wieder zu entfernen.

Ludger und ich hatten es uns angewöhnt, donnerstags, wenn ich frei hatte, in den Zwischenfall zu fahren. Wir spielten an dem Abend erst 'ne Runde Flippern, bis Hein Ibing kam, und knobelten dann. Schocken. Hein war versiert, aber trotz allem blieb es ein Glücksspiel, und er verlor manche Runde. Andere Leute gesellten sich dazu, Moritz, der nicht mehr mit Vera Tratzeck zusammenwohnte, meiner vorletzten Fickpartnerin. Das war jetzt auch schon asbach-uralt. Mit der hätte ich es gerne mal wieder gemacht, mit Heins Schwester auch, mit der ich's ja nur so halb gemacht hatte ... Hein war übrigens ein Jahr lang in meiner Klasse gewesen, aber das Abitur wurde ihm verwehrt, weil er »Dummheiten« gemacht hatte. Wie will man einen zünftigen Knobelabend von zwei Stunden schildern? Soll man die Würfe aufzählen? Die Leute beschreiben. Manche spielten routiniert, zum tausendsten Mal, manche waren aufgeregt wie Ludger, der noch keine Routine hatte. Wir spielten zwei Hälften, und wenn zwei Leute je eine verloren hatten, gab's ein Stechen. Der Verlierer mußte eine Runde bezahlen. Das machte manchmal ganz schön was aus, wenn fünf, sechs Mann mitspielten und man drei, vier Runden verlor, da war man ganz schnell fuffzig Mark los. Es empfahl sich, defensiv zu spielen, also Straßen nicht zu verjagen, aber das Spiel hieß Schocken, und einen Schock sechs ließ man nicht stehen, wenn noch nicht aus war. An diesem Abend erwischte es Ludger, er verlor vier Runden und war ganz schön sauer. Wir fuhren durch den Wallbaumweg, als plötzlich sein Wagen stehen blieb. Er wußte nicht, was los war. Ich als Laie konnte ihm auch nicht helfen. Er rief vom Bahnhof aus seinen Vater in Oer-Erkenschwick an, das ganz schön weit weg war, und lief ihm auf der Hauptstraße entgegen, während ich noch ein Pils trank. Machte nix. Nächsten Donnerstag knobelten wir wieder.

Erwin Hüllen starb, unser Nachbar, er war eben über

sechzig. Er hatte ein Aneurhysma oder wie man das schreibt. Er war erster Klasse nach Freiburg zur Behandlung gefahren mit seiner Frau, die sich da unten ein Zimmer nahm. Zum Bahnhof hatte ihn der Alte-Herren-Betreuer Karl-Horst Eisel gebracht, der nebenbei Taxi fuhr, nachdem er auf dem Pütt aufgehört und die Rente durch hatte. Erwin wurde schließlich nach einer Operation nach Düsseldorf geflogen, wo er den Löffel abgab. Er hatte mich praktisch zwei Drittel meines Lebens begleitet, als Nachbar und Vorsitzender des Sportvereins. Als jetzt die Frau trauernd bei uns in der Küche saß, erzählten wir noch mal von früher, wie er Anfang der sechziger Jahre der erste Erste Vorsitzende des SuS Wilhelmshöhe wurde. Zweiundsechzig fuhren wir mit ihm und zwanzig Jugendlichen ins Ennepetal, wo ich als Bettpisser die Matratzen vollstrullte. Da ich auch Heimweh hatte, holte mich mein Vater an dem Tag ab, als Marilyn Monroe starb. Und vielleicht führte dieses merkwürdige Zusammentreffen der Ereignisse dazu, daß ich mir später einbildete, meine Mutter sei die amerikanische Schauspielerin.

Wir kampierten damals auf einem Zeltplatz, und kakken mußte man an einem Donnerbalken. Das alles stank mir, und ich war froh, als ich wieder zu Hause war. Erwin war nicht böse. Er war ja auch Polizist, der Sheriff von der Wilhelmshöhe. Manchmal kam Frau Kieronski zu ihm, wenn ihr Mann sie mal wieder im besoffenen Kopp vertrümmt hatte. Sie wurde nicht alt, und nachdem sie gestorben war, kam eine Zeit lang ihr jüngster Sohn Hennes zum Spielen und Fernsehgucken zu uns.

Anno '63 fuhren wir mit einer größeren Gruppe nach Holland, nach Bennekom, in die Nähe von Ede. Ich hatte mit dem Bettpissen aufgehört. Wir schliefen mit dreißig Leuten in einem großen Saal. Erwin Hüllen war der Leiter. Ein paar andere, natürlich auch Apetz Koke und Spatz Vogelsang, waren als Begleiter dabei. Spatz (Horst) Vogelsang war damals ungefähr dreißig. Er hatte nach einer Kinderlähmung einen Tuckfuß zurückbehalten und arbeitete nur sporadisch. Er schielte und war so im großen und ganzen ein willkommenes Ziel für die Angriffe von übermütigen Jugendlichen, die ihn nachts, wie das bei so Freizeiten üblich ist, mit Zahnpasta und Schuhwichse einschmierten. Erwin Hüllen sprach ein Machtwort, ihr wißt ja gar nicht, wie verdient sich der Horst schon um den Verein gemacht hat. Er war auch Schiri und Linienrichter. Er fuhr noch bis 1970 mit. Erwin vermittelte ihm eine Stelle bei Karstadt, wo er selbst nach seiner Pensionierung bei der Polizei arbeitete, aber Spatz nahm einfach einen Hausfrauentag und wurde rausgeschmissen.

Erwin Hüllen war noch ein Pädagoge der alten Sorte, der Zuckerbrot und Peitsche verteilte. Wehe, etwas lief nicht nach seinem Willen. Er hatte auch ewig Streß mit seiner Tochter Beate. Er konnte es, glaube ich, nicht verwinden, daß seine einzige Tochter kein Junge war. '64 in Italien, als ich nicht mit dabei war, weil ich lieber ein Fahrrad haben wollte, freundete sie sich mit Gottfried Heinemann an, unserem linken Verteidiger, der nur einen Fuß hatte. Der aber war dem Erwin als Schwiegersohn nicht gut genug, und sie mußten sich nach der Rückkehr heimlich treffen. Beate schüttete meiner Mutter ihr Herz aus. Sie heirateten dann aber doch und bekamen zwei Kinder, durch die der Alte versöhnt wurde. Aber es gab immer wieder Streit zwischen den Familien, und in manchen Jahren mußte ich den Nikolaus spielen, den der Opa mal bestellt hatte, in anderen Jahren wieder nicht. '67, ich war jetzt vierzehn, durfte ich nach Berlin mitfahren. Ich war auch im Osten. Ob ich damals schon observiert wurde? Wer weiß. Daran gedacht habe ich aber erst viel später.

Ein Jahr später, nach unseren Ferien im österreichischen Aschau, trat Erwin zurück, weil er sich über einige Vorstandsmitglieder geärgert hatte. Mein Vater wurde sein

Nachfolger und stieg zweimal auf, was Erwin nie geschafft hatte. Der wandte sich Schalke 04 zu, fuhr alle vierzehn Tage zu den Heimspielen in die Glückaufkampfbahn und ging nie wieder zur Wilhelmshöhe zurück. Schalke unterstützte er auch finanziell, die Jugendabteilung. An der B-Jugend hatte er einen Narren gefressen und kaufte sich deren Zuneigung. Bei seiner Beerdigung war von denen keiner zu sehen. Von der Wilhelmshöhe gingen viele mit. Aber der Streit zwischen Mutter und Tochter blieb.

Norbert feierte Geburtstag. Er hatte an die zehn, zwölf Mann in den Zwischenfall eingeladen, die frei saufen hatten. Die meisten kannte ich, nur Helmut nicht. Der hatte Norbert ausgerechnet *Peggy Sue* geschenkt, das der natürlich noch nicht kannte, haha. Ich hatte ihm das Bluesbuch von Jürg Laederach überreicht. Und wie bist du auf das Buch gekommen, Helmut? Hat mir jemand geschenkt und hat mir gut gefallen. Helmut war Proktologe, prockelte also als Arzt im Knappschaftskrankenhaus Recklinghausen den Leuten im Arsch rum. Und, macht's Spaß mit den Hämorrhoiden? Es gibt einem eine gewisse Befriedigung, wenn man den Leuten helfen kann. Norbert war ein Jahr jünger als ich und schenkte weiter ein. Nach Mitternacht waren wir alle voll, Ludger war nicht dabei, aber Hein mit seinen arschlangen Haaren. Die er seit bestimmt zehn Jahren nicht mehr geschnitten hatte, wenn auch gewaschen. Norbert kam auf die Idee, wir fahren jetzt noch ins CC. Das war eine Kneipe im Dorf, in der ich nicht verkehrte, ich wußte nicht, warum. Claudia war immer reingegangen und hatte da Leute abgeschleppt. Jahrelang war Hannelore die Wirtin gewesen, die erste große Liebe meines Bruders, der es nicht verwinden konnte, daß sie mit einem Brötchenausträger was anfing. Der wurde dann der Wirt. Soweit ich weiß, ist auch mein Bruder nie in die kleine Wirtschaft gegangen. Zacher, der Taxifahrer, fuhr uns vier, die wir noch übrig waren, dahin. Er hielt vor der Buchhandlung Gimmerthal, die ausgebaut hatten. Kannze ma seh'n, Wolfgang, was die an deinem Buch verdient haben. Das CC war schon zu, und Norbert meinte, fahr zum Bahnhof, mal sehen, ob die noch aufhaben. Ich war schon völlig weggetreten, als Werner uns bediente, kriegte aber noch einen Wodka rein. Dann erinnere ich mich nur noch, daß wir nebenan in der Playboybar gelandet sind.

Von da aus steckten sie mich in ein Taxi, und dann weiß ich nur noch, daß ich morgens auf meiner Mansarde aufgewacht bin. Meine Mutter war sehr sauer, als ich aufstand. Weißt du, daß du aus dem Taxi gefallen bist? Du konntest nicht alleine aufstehen. Der Fahrer war ganz verzweifelt. Ich hab's am Fenster gesehen und bin dann raus. Du bist unvernünftig. Denk doch an die Tabletten, die du einnimmst. Die vertragen sich nicht mit so viel Alkohol. Aber gestern, das war doch 'ne Ausnahme, Norberts Geburtstag. Half nix, sie blieb eingeschnappt. Der Vater schwieg, dachte wohl zurück an eigene Sünden. Er konnte mir schlecht Vorwürfe machen. Ich blieb danach vier Wochen trocken, bis ich wieder mit Ludger zum Knobeln in den Zwischenfall fuhr.

Auf einmal bekamen wir Besuch aus der DDR, unangemeldet, nachdem sie vorher anderen Verwandten auf die Pelle gerückt war. Es war die Cousine meines Vaters aus Mecklenburg. Er hatte sie noch nie gesehen. Sie hatte jetzt das Rentenalter und war eigentlich bei einer anderen Verwandten abgestiegen, deren erwachsener Sohn aber drogenabhängig war und sie verscheuchte. Sie sah genauso aus wie die verstorbene Schwester meines Vaters. Sie hatte vom Sozialamt hundert Mark gekriegt, mit denen sie vorsichtig umging, aber trotzdem für die Enkel tictac kaufte bei Wagner, beziehungsweise ich kaufte es, als ich den Lottoschein abgab. Sie war sehr eifrig und half beim Kartoffelschälen. Sie hatte es nur nicht gerne, wenn meine Mutter sich mittags hinlegte. Am liebsten wäre sie durch die

Gegend gelaufen und hätte mit ihren paar Kröten die ganze BRD gekauft. Sie war einerseits zurückhaltend, konnte einem aber auch mit ihrer dauernden Hilfsbereitschaft auf die Nerven gehen. Wenn sie irgendwas sah, zum Beispiel Unterwäsche bei Kortum, wollte sie sie sofort haben, weil sie dachte, sie wäre gleich ausverkauft. Im großen und ganzen gefiel es ihr sehr gut, sie schien eher unpolitisch zu sein, sagte jedenfalls auf dem Gebiet nichts und machte auch nicht den Eindruck eines Spitzels. Auf jeden Fall wollte sie noch mal wiederkommen, dann mit ihrer Tochter, die über dreißig war.

Peter Josef Bock vom WDR Köln rief an, sie machten da so eine Hörfunk-Reihe, Schriftsteller erzählen über ihre Heimatorte. Das wäre doch was für Sie. Ich sagte zu. Achthundert Mark. Ich schrieb irgendeinen Scheiß, Bochumkritisches über leerstehende Ladenlokale und die ärgerliche U-Bahn-Baustelle am Rathaus. Aber das war dem Redakteur schon zu viel, denn er wollte keinen Briefwechsel mit der Stadtspitze. So kam mein Beitrag nicht. Ich war sauer, nicht nur wegen des verpaßten Geldes.

Es wurde 1988, und ich erhielt eine Einladung zu 60-90, einer Art Schriftstellerkongreß, an dem sich Autoren beteiligen sollten, die sich der Beat-Literatur verpflichtet hatten. Er sollte in Frankfurt stattfinden. Fahrgeld wurde erstattet, Wohnung wäre da. Ich nahm mir für das Wochenende frei. In der Bahn saß ich allein mit einer jungen Dame, die ich aber nicht damit beeindrucken konnte, daß ich Schriftsteller sei. Ich ging erst zu Suhrkamp, wo ich ja immer noch Kontakt zu Müller-Schwefe hatte, obwohl ich ihm lange nichts mehr geschickt hatte. Es wird Zeit für den *Tick*, sagte ich ihm. Solange Sie keinen kriegen. Wir gingen von seinem Büro aus ins Café Laumer, wo schon Adorno und Horkheimer gesessen hatten. Hätte ich noch mal eine Chance bei Suhrkamp? Warum nicht – wenn der Roman gut ist.

Ich kam zu dem Treffpunkt der Truppe. Hadayatullah Hübsch saß an einem Tisch und zahlte das Fahrgeld aus. Neben ihm saß eine Frau, die mich sofort erkannte. Du bist Wolfgang Welt. Es war Hilka Nordhausen, die in Hamburg die Buch Handlung Welt betrieb, in der ich anno '81 mal ein Buch gekauft hatte. Sie konnte sich daran erinnern oder hatte das Cover meines Buches gesehen. Immer mehr Dichter tauchten an diesem Freitagnachmittag auf, von denen ich nur Helmut Salzinger erkannte. Ich war ja nicht so'n Beat-Experte. Die Zimmer wurden verteilt. Ich kam mit einem Eugen Pletsch zu Micky Remann. Wir machten uns bekannt und gingen in Mickys WG. Eugen suchte sich das sauberste Zimmer aus, während ich offensichtlich die Bude eines abwesenden Balten bekam, jedenfalls ließ die Bibliothek darauf schließen. Abends sollte im KOZ vorgelesen werden. Ungefähr dreißig Autoren waren da, einige Zuschauer, aber kein Bier. Eugen sagte, laß uns was holen, und wir gingen mit mehreren Leuten auf die Suche nach einer Bude, kauften einen Kasten Binding und schleppten ihn mit zwei Mann. Der andere war etwas älter als ich und hatte eine Glatze mit einem Haarkranz. Nachher würde er jeden um Hasch anhauen, aber niemand hatte was. Das war, wie sich später herausstellte, Christoph Wackernagel.

Ich las als einer der ersten und kam gut an. Als ich fertig war, sprach mich draußen am Bücherstand jemand an. Er betrieb eine Zeitschrift, *Kozmik Blues*. Ob ich nicht für die schreiben wollte? Ja, warum nicht. Ich hörte mir noch ein paar andere an. Ich weiß nicht mehr, habe ich mit Walter Hartmann gesprochen? Jedenfalls erinnere ich mich, mit Eugen und Micky noch einen Gang durch die Gemeinde gemacht zu haben, und gegen eins landeten wir in einer Pizzeria. Ich war jetzt so breit, daß ich Eugen sagte, ich würde am nächsten Tag nach Hause fahren. Da wird Hadayatullah aber sauer sein. Eugen, ich kann nicht mehr. Noch zwei solche Tage schaff ich nicht. Ich bin nicht mehr der Jüngste. Und in der Nacht konnte ich in dem Zimmer des Balten auch nicht schlafen – wie immer, wenn ich besoffen bin. Ich nahm um acht einen Zug nach Hause und kam dort völlig gerädert an. Meinen Eltern sagte ich, daß es schön gewesen sei, nur so anstrengend die hohe Literatur, deshalb sei ich schon zurück.

Auf einmal meldete sich Willi Winkler wieder bei mir, von dem ich seit seiner *Zeit*reise nichts mehr gehört hatte. Er war jetzt bei der *Zeit* dick drin und sollte eine Literaturbeilage verantworten. Er fragte, ob ich ein Buch für ihn besprechen könnte, von Michael Schulte, der für Maro schrieb. Das Buch hieß *Bisbee, Arizona*. Ich überlegte nicht lange und sagte ja. Ich wollte ja schon immer in *Die Zeit*. Einmal hatte ich es mit einem Leserbrief geschafft, zum Thema Holocaust-Film. Das war '78. Danach hatte ich ja aus dem Novotel dorthin getelext, aber es war nichts direkt gekommen. Das hier war jetzt vielleicht der Ersatz. Schon am nächsten Tag erhielt ich das Buch, las es und war begeistert. Ich setzte mich sofort hin und schrieb hundertfünfzig Zeilen.

Abends ging ich mit Ludger in den Zwischenfall und spendierte eine Runde. Die zahlt Helmut Schmidt, sagte ich. Der war ja damals schon Herausgeber der *Zeit*. Danach schockten wir noch einen, und mir gelang gegen Moritz der Zwölfdeckeltrick: wenn du zwölf Deckel hast, der Gegner dagegen nur noch einen, und du dann mit drei Einsen ausschockst. Ich war am Ende wieder ganz schön blau, aber meine Mutter merkte nichts. Hey, ich war fünfunddreißig und hatte immer noch Manschetten vor der Alten. Ja, solange ich bei ihr wohnte. Eine eigene Wohnung konnte ich mir immer noch nicht leisten. Was würde werden, wenn die Eltern nicht mehr da sind? Mir grauste, als ich im besoffenen Kopp darüber im Bett nachdachte. Wichsen tat ich nicht, wenn ich blau war.

Vierzehn Tage später erschien meine Kritik tatsächlich in der *Zeit*. Winkler nannte es ein gutes Stück und meinte, ich sollte weiter für sie schreiben. Das brächte mir jeweils ein paar hundert Mark. Ein paar Tage später bekam ich Post von Michael Schulte. Er freute sich sehr über meine Kritik und lud mich zu einem Bier ein. Wir haben uns aber nie getroffen. Schade.

Mit meinen Eltern fuhr ich wieder in Urlaub, was auch kaum ein erwachsener Mensch in meinem Alter machte. Ich hatte aber keine Lust, irgendwo alleine hinzufahren, außer nach London, aber da hatte ich ja das billige Quartier bei der Mrs. Jepsen nicht mehr, woran Nicola schuld war. Meine Eltern und ich fuhren an die Kieler Förde in ein Kaff, das uns Otto Kitzelmann empfohlen hatte, der ehemalige Kassierer, der nun immer mit meinem Vater zum Sportplatz fuhr. Wir hatten dort ein Appartement direkt am Wasser. Am ersten Tag inspizierten wir den Ort. In der Eisdiele gab es Eis zum halben Preis, weil die Saison zu Ende ging. In der Post sah ich, daß sie Sondermarken mit Buddy Holly hatten. *Formel Eins* hatte eine Umfrage gemacht, und eine von vier Marken war mit meinem Lieblingssänger drauf. Ich kaufte mir einen ganzen Bogen. Anschließend gingen wir in den Penny und besorgten was fürs Abendbrot. Es war eine schöne Zeit. Wir gingen viel spazieren, nach Laboe, oder fuhren mit einer Fähre nach Kiel, wo wir in der Innenstadt aßen, mein Vater ein Bauernfrühstück. Meine Eltern fuhren nach vierzehn Tagen nach Hause, während ich noch eine Woche blieb, um am Tick zu arbeiten. Ich kam damit sogar weiter.

Ein paar Monate später traf ein Telegramm ein. Meine Tante aus der Ostzone wollte mit ihrer Tochter kommen. Wir wurden regelrecht überfallen. Die Tochter würde bei meiner Schwester wohnen, die ein paar Zimmer in der Somborner Straße hatte. Lisbeth würde bei uns übernachten. Mit der Tochter würde ich ausgehen, vielleicht war sie ja zu ficken. Die DDR-Weiber sollten ja alle geil sein. Meine Schwester und ich holten sie dann zu der angegebenen Zeit von der S-Bahn ab. Irgendeinen Kitsch brachten sie als Gastgeschenk mit. Abends fuhren wir jungen Leute in die Stadt, und Birgit fragte angesichts einer großen Reklame, was Stadtwerke seien. Meine Schwester antwortete, Gas, Wasser, Strom. Wir landeten bei McDonald's, und ich spendierte Hamburger. Die Ostdeutsche wunderte sich, daß sie warm waren. Wir gingen rüber ins Café Ferdinand, das damals noch gut besucht war. Weil es so voll war, mußten wir uns an den Tresen stellen. Auf einmal kippte ich versehentlich mein Bier in die Kasse. Niemand hatte es gesehen, aber die Kasse war ausgefallen. Die Bedienung holte Thom Pokatzky. Wie kann denn so was passieren? Jetzt mußte alles mit der Hand aufgeschrieben werden, was verkauft wurde. Ich sah zu, daß wir Land gewannen. Als ich das nächste Mal kam, hatten sie einen Plastikschutz am Tresen montiert, so daß nichts mehr in die Kasse fallen konnte. Wir fuhren Richtung Zwischenfall, und ich spendierte Southern Comfort. Meine Cousine war begeistert und ließ es sich nicht nehmen, von den paar Mark, die sie hatte, auch einen auszugeben. Wir fuhren mit der S-Bahn zurück. Hinter Opel gab ich ihr einen Kuß. Sie ließ ihn über sich ergehen. Sie schlief dann bei meiner Schwester – ohne mich. Vielleicht hätte ich ihr fuffzig Mark bieten sollen. Montags gingen wir dann noch mal allein raus, in den Bahnhof, aber wir kamen uns nicht näher. Sie war ja verheiratet, wenn auch nicht glücklich, wie sie meiner Schwester erzählt hatte. Ich zeigte ihr ein Plakat, auf dem ich verzeichnet war. Die Manni-Weller-Show sollte am Wochenende stattfinden, wenn sie schon nicht mehr da wäre. Das würde so ein anarchistischer Bunter Abend, mit Musik, einer Diskussion und einer Dichterlesung, die ich bestreiten würde. Sie war beeindruckt, im Bett landeten wir aber dennoch nicht. Am nächsten

Tag fuhren Tante und Cousine wieder ab. Sie haben noch ein paar Mal geschrieben, aber meine Mutter hat nicht geantwortet. So waren wir sie los.

Die Manni-Weller-Show war mit allen möglichen Leuten überfüllt. Manni Weller war der Showmaster; eigentlich hieß er anders und war angehender Rechtsanwalt. Er trug einen Smoking mit Fliege. Zunächst diskutierten ein paar Lokalgrößen über Bochumer Kultur. Willy Thomczik war dabei und Peter Krauskopf vom *Marabo*, der fand, daß *Starlight Express* gar nicht so schlecht sei. Dann gab's Punk, und dann kam ich. Da wir im Bahnhof waren, hatte ich einen Text ausgesucht, bei dem man nur Bahnhof verstand. Es war der Brief an Müller-Schwefe, mit dem ich mich verrückt geschrieben hatte. Irgendwie war er wieder aufgetaucht, und ich versuchte, ihn vorzulesen. Er war natürlich unverständlich, und dazu las ich rasend schnell. Nach einer halben Minute kam Manni Weller zu mir und meinte, man verstehe ja nichts. Das ist ja der Sinn der Sache, antwortete ich. Die Masse grölte und pfiff. Ich konnte mein eigenes Wort nicht hören. Als der Krach zu laut wurde, kippte ich mein Wasser ins Publikum und zerriß mein Manuskript. Unter Gejohle verließ ich die Bühne. Ich war's zufrieden. Es wurde daraufhin der Kurzfilm *Der Störfall* gezeigt, in dem ein Fisch – ein Stör – fallen gelassen wird. Großer Beifall. Anschließend spielte noch eine Band, die den Namen trug, den Uwe Barschel angegeben hatte, als er sich in das Genfer Hotel eincheckte. Danach wurde abgestimmt, wer die Kokosnuß als bester oder schlechtester Act bekommen sollte. Natürlich bekam ich sie und warf sie ins Publikum.

Später stand ich allein am Tresen, als eine junge Frau auf mich zukam. Sie hätte mich toll gefunden. Sie läse auch Thomas Pynchon. Ich sagte, ja?, hab ich auch gerade gemacht. Es war so laut, wir konnten uns kaum verständigen. Ich gab ihr meine Telefonnummer. Ruf mich mal an. Sie war keine Schönheit, aber besser als nichts. Titten hatte sie auch nicht. Sie hieß Herta. Am nächsten Tag rief sie an. Wo wollen wir uns treffen? Wie wär's mit dem Café Ferdinand, da kann man es doch aushalten, sagte ich. Inzwischen gab es ja auch das Bermudadreieck mit seinen zahlreichen Kneipen, aber da wollten wir beide nicht hin.

Wir trafen uns eine Woche später. Sie wartete schon, jungenhaft mit ihren kurzen Haaren. Ich fragte, woher der altertümliche Name käme, und sie meinte, die Hebamme hätte so geheißen, und sie sei eine schwere Geburt gewesen. Dann fragte sie mich, ob ich schon mal in der Psychiatrie gewesen sei? Wie kam sie darauf? Durch deinen Text. Ja, ich war da schon mal, ist aber ein paar Jahre her. Und du selbst, hast du da auch Erfahrungen? Sie erzählte, daß sie mal als Fotomodel in Mailand gearbeitet hatte, und da hat sie es eines Tages in den Kopf gekriegt und all ihre Sachen in einer Art Flohmarkt vor dem Dom verkaufen wollen. Da habe man sie aufgegriffen und sie nach Deutschland zurückgeschickt. Schließlich sei sie in Herdecke gelandet. Zwei Jahre lang war sie in der Psychiatrie. Jetzt sei sie arbeitslos. Ich hätte sie auf der Stelle ficken können, auch wenn sie nach nichts aussah, Fotomodel hin oder her.

Sie war eine Zeit lang in Berlin gewesen, im Umfeld der Einstürzenden Neubauten, aber deshalb mußte man doch nicht gleich verrückt werden. Johanna Schenkel hängt dauernd mit denen rum und ist noch bei Verstand. Oder nicht? Herta trank keinen Alkohol. Sie nannte mir die Medikamente, die sie einnahm. Lithium hatte sie auch mal genommen. Ich trank mein Bier und ließ mich nicht aus der Ruhe bringen. Kriegte ich sie rum? Ich wollte ihr gerade sagen, komm doch mit auf meine Mansarde, da fing sie an, von ihrem Freund zu reden, wie toll und verständig der sei. Da ließ ich es sein. Wir verabredeten uns dann für den nächsten Sonntag bei ihr zu Hause in der Kohlen-

straße. Ich rechnete mir nun nichts mehr aus, doch ich war
froh, mal wieder mit einem weiblichen Wesen in Kontakt
gekommen zu sein. Aber ich war nicht gut im Abspenstig-
machen. Es war mir eigentlich noch nie gelungen.

Ich holte mir unter der Woche einen runter und dachte
dabei an alle möglichen Frauen. Auch mal wieder an Judith, obwohl ich sie nie nackt gesehen hatte, und an die
beiden Utes. Vielleicht klappt's ja doch mit Herta. Ich
wollte ihr mein Buch mitbringen, eventuell würde sie das
beeindrucken. War sie meine letzte Chance? Ich war sechs-
unddreißig. Dorothee Gremliza schrieb mir, daß sie die
Restauflage von *Peggy Sue* an Zweitausendeins verkauft
hätten. Es käme jetzt darauf an, daß mein Buch gelesen
werde. Im nächsten Zweitausendeins-Katalog war's dann
für einen Heiermann drin, und zum Schluß würde es wahrscheinlich mit anderen Büchern in Zwanzigerpacks für
zehn Mark verkauft.

Ich nahm sonntags die 308 vom Hauptbahnhof und fuhr
dieselbe Tour wie zum Hummel. Ob sie auch bei dem in
Behandlung war? War sie nicht. Sie hatte eine andere The-
rapeutin. Sie zeigte mir einen dicken italienischen Versand-
katalog, wie von Otto. In dem riesigen Ding war ein einziges Bild von ihr drin. Ich war nicht beeindruckt. War
sie wohl doch kein so gefragtes Model. Ihre Bude war total
versifft, nicht so wie die von Katrin Ann Kunze, aber zehn
Kaffeebecher standen dreckig auf dem Tisch. Sie machte
mir auch nichts zu essen und bot mir nur ein Wasser an,
nicht etwa Fiege. Sie sagte, sie hätte noch nie einen Orgasmus gehabt. Ich erwiderte mutig, wenn ich dir helfen
kann. Ach laß mal, ich will nicht mehr ficken. Auch nicht
mit deinem Freund? Mit dem auch nicht. Arbeitest du
denn jetzt? Nein, ich bin krankgeschrieben. Wir wollten
uns am nächsten Sonntag in der Endstation den Faßbin-
der-Film *Warum läuft Herr R. Amok?* ansehen. Vielleicht
etwas gewagt für eine Psychopathin und vielleicht auch

für mich, aber wir hielten ihn beide aus. Sie sagte, sie hätte noch nie einen Film gesehen, in dem so massiv geraucht wird. Wir gingen rüber in die Kneipe des Bahnhofs und tranken noch einen. Ich rechnete mir wenig Chancen aufs Ficken aus, dafür war sie zu sehr daneben. Sie hatte inzwischen mein Buch gelesen und war nicht allzu begeistert. Wahrscheinlich war ihr zu viel Sex drin. Aber so war mein Leben nun mal verlaufen. Alle zwei Sekunden an Sex denken und ihn nur alle Jubeljahre vollziehen.

Herta würde nicht die Nächste sein, auch wenn es jetzt so aussah. Sie wollte mit mir in den Zwischenfall gehen und anschließend bei mir übernachten, doch dann kam der Anruf von ihrem Freund, der offensichtlich nichts dagegen gehabt hatte. Herta sei wieder in der Psychiatrie, in Bochum. Kann ich sie besuchen? Ja, wenn du willst.

Zwei Tage später fuhr ich mit der Bahn zum Planetarium und ging am Stadtpark vorbei zum Westfälischen Zentrum für Psychiatrie. An der Pforte erkundigte ich mich nach ihrer Zimmernummer. Offensichtlich lag sie in der Geschlossenen Abteilung: Es war abgeschlossen, und ein Pfleger öffnete, nachdem ich geschellt hatte. Herta lag apathisch in ihrem Bett in einem abgedunkelten Zimmer. Sie hatte sich wild die Haare geschnitten. Ich fragte, wie geht's? Dumme Frage. Und sie antwortete auch nicht. Anscheinend stand sie unter Medikamenten. Da kam ihr Freund rein und küßte sie, sie reagierte aber nicht. Wie ist das denn gekommen? Sie ist ausgerastet. Da haben wir die Feuerwehr kommen lassen. Glaubst du, das hat was mit mir zu tun? fragte ich. Ich glaube nicht, antwortete er. Wann wird sie verlegt? Das kann dauern. Nach vierzehn Tagen kam sie auf die offene Station vier. Da besuchte ich sie auch. Ihre Haare waren etwas nachgewachsen. Sie las den *Baader-Meinhof-Komplex* und saß dabei draußen auf der Terrasse. Es war so schön dort, daß ich später meiner Mutter sagte, wenn es mich mal wieder erwischt, möchte ich auch dahin. Herta war jetzt klarer und hoffte, bald wieder rauszukommen. In den Zwischenfall und bei mir pennen. Würde ich sie angreifen? Nach sechs Wochen war sie raus, und wir würden weiter zusammen ausgehen. Komischer Freund, der sich so kommentarlos mit anderen Männern arrangierte. Wir gingen samstags zum Alten Bahnhof, wo Norbert bediente. Er zwinkerte mir zu. Tanzen wollte Herta nicht und trank nur Alkoholfreies. Wir kamen uns nicht näher und nahmen schließlich die Bahn nach Hause. Ich hatte das Bett schon gemacht. Sie behielt den Slip und das T-Shirt an. Sie bewegte sich überhaupt nicht im Bett. Ich legte meine Hand auf ihren Bauch. Ihre Hand suchte nichts. Sie war steif wie ein Brett. Nein, die war nicht zu ficken. Ich wollte sie auch nicht drängen. Ich schlief ein, sie auch. Am nächsten Morgen setzten wir uns in die Küche und tranken Kaffee. Meiner Mutter hatte ich schon vorher gesagt, daß nichts passiert war. Ich brachte Herta zur Bahn und sah sie danach eine Zeit lang nicht.

Ich erhielt Post von einer Frau aus Frankfurt. Wir hatten uns schriftlich angefreundet. Sie hatte mir nach meiner *Zeit*-Kritik geschrieben, und wir waren in Kontakt geblieben, ohne uns zu treffen. Vielleicht bei der nächsten Buchmesse. Mittlerweile hatte mir Willi Winkler wieder ein Buch von einem Norweger geschickt, das ich rezensieren sollte. Es spielte in den sechziger Jahren in Oslo, handelte von Jugendlichen, die im Zeichen der Beatles lebten, und hieß *Yesterday*. Ich schrieb eine wohlwollende Kritik und merkte an, daß solche Bücher in Deutschland nicht geschrieben würden. Vielleicht sollte ich es einfach machen, mein *Buddy Holly auf der Wilhelmshöhe* wäre ja so ähnlich. Die Kritik kam und ich dachte, ich wäre jetzt ständiger freier Mitarbeiter bei der *Zeit*, aber Pustekuchen. Winkler ging zum *Spiegel*, und ich hörte nichts mehr von ihm. Ich schrieb an Volker Hage, den Literaturchef der *Zeit*, und er antwortete sogar. Er meinte, ich solle auch weiterhin Bücher besprechen, hat mir danach jedoch nie eines geschickt. Ich sah ihn später auf der Buchmesse, sprach ihn aber nicht an.

Erst mal ging ich zu Janssen und kaufte mir Peter Handkes *Versuch über die Müdigkeit*. Das war mein Thema. Ich war ja nie richtig ausgeschlafen, und auf der Arbeit war es eintönig, immer dasselbe. Ein einziges Mal aber war es besonders scheiße, als Claus seinen vierzigsten Geburtstag in einem Gemeindehaus feierte. Samstagabend, und um sechs Uhr am nächsten Morgen mußte ich schon wieder im Rathaus sein. Ich soff ein paar Kannen. Claus hatte alle möglichen Leute eingeladen, Bertram Job war da, Christoph Biermann und Johanna Schenkel. Zonte legte Platten auf. Um zwölf, am eigentlichen Geburtstag, spielte er *My Generation*. Claus sagte mir, Diederichsen hätte mit seiner Kritik Recht gehabt. Also waren auch die Achtundsechziger dagegen, daß man seinen Gefühlen freien Lauf läßt. Ich ging um ein Uhr total besoffen nach Hause, konnte natürlich bis zum Aufstehen um fünf nicht schlafen und mußte dauernd pissen. Meine Mutter machte riesiges Theater, aber was wollte ich machen? Auf der Arbeit legte ich die Beine hoch und döste vor mich hin, bis Potthast kam, der Leiter des Hauptamtes. Er sagte aber nichts.

Wir tranken im Zwischenfall wieder einen auf Helmut Schmidts Wohl. Inzwischen arbeitete Mike Litt dort, ein junger Student, der auch gut flippern und knobeln konnte. Wir schockten mit ihm, er verlor wenig. Meistens kamen donnerstags Bekannte von ihm in die Kneipe und zechten ordentlich. Einmal war auch der Keyboarder von Geier Sturzflug dabei. Er kannte mich und fragte, ob ich öfter da wäre? Ich sagte ja, und beim nächsten Mal brachte er mein Buch mit, das ich signieren sollte.

Dann gab ich eine Mini-Fete, weil ich mir neue Möbel

gekauft hatte. Mittlerweile war ich ja, weil ich so viel arbeitete, flüssig geworden. Ich lud Mike und Norbert mit Freundin ein; Herta, die ich schon ein paar Wochen nicht mehr gesehen hatte, aber nicht. Ich kaufte auch harte Getränke ein, Johnny Walker und Bacardi, dazu Sekt und Bier. Meine Mutter machte ein paar Salate. Es war eine angenehme Runde, jedenfalls bis zwölf Uhr. Da hatte Norbert Geburtstag, und wir fingen an, Whisky zu trinken. Die Musik wurde lauter. Ich war nach einer halben Flasche Fusel weggetreten. Meine Mutter stürmte rein. Von da an weiß ich nichts mehr. Am nächsten Morgen erwachte ich auf der Couch und dachte, ich sei tot. Ich ging in die Küche, und meine Mutter fuhr mich an, du bist bescheuert. Bei all den Tabletten, die du nimmst. Aber Norbert hatte doch Geburtstag. Du tickst nicht richtig. Soll ich zum Arzt gehen? Bloß nicht. Mein Vater sagte wie immer nichts, wenn ich besoffen war, aus altbekanntem Grunde. Ich fuhr nachmittags zu Bochum total, wo ich mich mit Herta am Brinkhoff's traf. Inzwischen gab's im Bermudadreieck auch das Café Konkret und das Tucholsky, das Patu und den Intershop. Die bekam man an einem Abend gar nicht alle durch. Ich erzählte Herta nichts von der Fete, nur daß ich am Abend vorher einen gesoffen hätte. Vorsicht, meinte sie. Am nächsten Tag ging ich dann doch zum Arzt, nicht wegen des Suffs, sondern weil ich Tabletten brauchte. Dr. Hummel verschrieb mir wie immer meine Medikamente und eröffnete mir dann, daß er für zwei Jahre aufhören würde zu praktizieren, weil er sich in Hypnose fortbilden wollte. Ich bräuchte aber keinen anderen Therapeuten zu suchen, meinte er, die Tabletten könnte mir auch mein Hausarzt aufschreiben.

So. Ich war also gefestigt. Mir gefiel nur nicht, daß ich so ruhig war. Das kam sicherlich von dem Lithium oder auch vom Tesoprel. Nahm ich Stangyl? Ja, zum Schlafen, und auch das wirkte tagsüber ein wenig dämpfend. Ich war mir einfach zu zurückhaltend. Warum fiel ich bei Herta nicht mit der Tür ins Haus? Wollte ich sie gar nicht ficken? Ja, vielleicht wollte ich es nicht. Vielleicht würde ich nie wieder ficken. So lange hatte ich es nicht mehr gemacht. Ich wußte überhaupt nicht mehr, wie es ging, und hätte mich nur blamiert. Angst vorm Ficken – ja, die hatte ich. Außerdem kannte ich keine andere außer ihr, die in Frage kam. Ingrid Klein? Ach was. Die wird ihren Macker in Hamburg haben. Und sonst? Die Kleine aus Frankfurt, die mir mal zu meinem *Zeit*-Artikel geschrieben hatte. Wird auch vergeben sein, diese Lolo. Und zur Buchmesse würde sie auch nicht da sein.

Ich erhielt einen weiteren Anruf von Peter Josef Bock vom WDR. Er wollte doch noch mal einen Versuch mit mir starten. Ich sollte was über die Wilhelmshöhe schreiben. Vielleicht haute das hin. Ich sagte zu und ging mal wieder in die Wilhelmshöher Kneipen. Sie hatten sich kaum verändert, nur daß nicht mehr so viel los war wie früher und sich die Gesichter der Gäste verändert hatten. Im Haus Schulte war jetzt ein Grieche der Wirt. Seine Frau machte in der Pommesbude Gyros. Ab und zu holte ich mir und meiner Mutter eine Portion. Mein Vater probierte an ihr sein Griechisch aus. Er war im Krieg in Griechenland gewesen, eine schöne Zeit, wie er immer sagte, und wenn mal ein griechischer Klub im Europapokal spielte und im Fernsehen kam, feixten wir, da spielt ein Sohn von dir mit. Im Sputnik war noch der Hans Korinth, und Adolf Waßmann war noch immer Stammgast hier. Er war der einzige Wilhelmshöher, der Juno rauchte. Aus gutem Grund ist Juno rund. Ich brauchte mir diesmal keinen Heiermann bei ihm zu pumpen.

Dadurch, daß ich nicht mehr rauchte, hatte ich allerhand Geld gespart, indem ich tatsächlich jeden Monat dreihundert Mark auf die hohe Kante gelegt hatte. Da kommt schon was zusammen. Außerdem würde in ein paar Jahren der Sparvertrag fällig, auf den ich jeden Monat hundert Mark einzahlte. Ich war froh, flüssig zu sein. Mit einigem Schrecken dachte ich an die Motörhead-Tour zurück, als ich ohne einen Penny in London stand. Jetzt hätte ich gerne solch eine Tournee gemacht. Aber niemand wollte das. Ich hatte mich auch nicht mehr bei Gockel gemeldet. Im Grunde hatte ich mich ganz von der aktuellen Musik verabschiedet. Ja, ich hörte noch Whispering Bob Harris. Mich interessierten aber nur die Oldies. Alan Bangs gab nach vierzehn Jahren seinen *Night Flight* auf. Als vorletzte Nummer spielte er eine Buddy-Holly-Komposition, *Learning the Game*, gesungen von Leo Kottke. Die Nummer hatte er schon mal gespielt, in verschiedenen Versionen, von Andrew Gold, The Bunch featuring Sandy Denny und von Holly selbst. Das machte er öfter auch mit anderen Songs, *Do I Still Figure In Your Life*. Do I, Judith? Ich war traurig, daß die Sendung auslief. Sie hatte mir immer Inspiration geliefert und mir samstagsnachts über meine Einsamkeit hinweggeholfen. Ich hatte Bangs jetzt auch fünf Jahre lang nicht mehr gesehen. Und da wir gerade in Köln sind: Was machte Jane Smith eigentlich? Sie war bei Virgin Records gelandet. Bei irgendeinem Konzert (Anne Clark?) hatten wir uns in der Zeche getroffen, da war mein Buch schon raus, sie sagte aber nichts. Beim Warren-Zevon-Konzert war sie nicht dabei, und am nächsten Morgen erhielt ich von ihr per Eilpost Karten für ein Klaus-Hoffmann-Konzert am selben Abend. Das war natürlich nichts für mich. Aber später habe ich im Telefonbuch gelesen, daß eine Frau, die so hieß wie Ute, in Witten wohnte. Wenn ich das gewußt hätte, wäre ich zu dem Konzert gegangen, denn sie war ein Hoffmann-Fan und wahrscheinlich auch da. Nein, Musik interessierte mich nicht mehr. Ich hatte mir nicht einmal einen CD-Player angeschafft.

Dann bekam ich einen Brief vom norwegischen Botschafter. Er lud mich anläßlich der Buchmesse zu einem Empfang in den Hessischen Hof ein. Ich würde mit Ludger und Mike hinfahren. Vorher ging ich noch mit Rolf in ein Jazzkonzert im Bahnhof. Ich glaube, es spielte Philip Catherine. Es war schön, mal was anderes als dieser Mainstream-Pop. Dennoch kann man nicht behaupten, daß ich jetzt umgeschwenkt wäre. Ich habe mir nie eine Jazz-Platte gekauft. Und ich würd's auch nie tun. Aber dieser Abend war angenehm, zumal wir anschließend noch ein Bierchen tranken. Im Ausschank gab's Krombacher.

Was ich in Köln getrunken hatte, weiß ich nicht mehr, vermutlich Kölsch. Ich wartete darauf, daß mein Text vom WDR aufgenommen wurde. Peter Josef Bock hatte mich eingeladen, weil er unbedingt wollte, daß auch ich dabei war. Ich selbst sollte aber nicht sprechen, wahrscheinlich weil ich keine Radiostimme habe. Ich spreche ja durch die Nase, weil ich eine schiefe Nasenscheidewand hab, die längst mal hätte operiert werden müssen. Doch ich habe nie die Traute gehabt; mich plagte ewig die Angst, mein Riecher würde bei dem Eingriff deformiert. So las ein Sprecher aus Gelsenkirchen den Text in dem kleinen Studio. Er machte es ganz gut, und wir gingen anschließend noch mit Bock einen trinken. Er erzählte, daß er gerade aus Ungarn gekommen sei, wo die DDR-Leute die Ausreise begehrten. Ich meinte, Michael Jackson, der Kapitalismus, hat gewonnen, und Bock stimmte mir zu. Ich hätte noch zu Alan Bangs oder Jane Smith gehen können, aber ich hatte lange nichts mehr von ihnen gehört und wußte auch nicht, ob sie ihre alten Adressen noch hatten.

So fuhren wir also an einem Freitagmorgen wieder einmal Richtung Frankfurt. Zuerst holten Ludger und ich Mike Litt im Wiebuschweg ab. Mike hatte sich eigens eine Krawatte für den Empfang beim norwegischen Botschafter umgebunden. Ich hoffte, der hatte nichts dagegen, daß wir zu dritt auftauchten. Wir nahmen dieselbe Strecke wie sonst. Wie oft waren wir sie schon gefahren? Fünf-, sechsmal. Im Sauerland wurde es wie üblich neblig. Danach butterten wir wieder. Ludgers Mutter hatte Frikadellen gebraten und meine Mutter Kaffee gekocht. Ich fragte Ludger nach Peter Hammill, und er nannte mir den Titel seiner neuesten Platte, *In A Foreign Town*. Vor Frankfurt machte ich Mike auf die beiden Städte aufmerksam, die sich darum stritten, die wahre Elvis-Stadt zu sein. Ich glaube, in der einen hat er gewohnt, in der andern gedient, Friedberg und Bad Nauheim, ein ewiger Streit. Elvis konnte ihn nicht mehr schlichten, der war tot.

Wir hatten eine Parkkarte und fuhren umsonst in eines dieser Parkhäuser. Auf der Messe akkreditierten wir uns an der Pressestelle und erhielten einen Katalog. Dann trennten wir uns und liefen rum. Ich sah nach, wo Konkret war, denn dorthin wollte ich auf keinen Fall, jetzt, da die mich an Zweitausendeins verkauft hatten. Doch zu Suhrkamp wollte ich unbedingt. Ich hatte mich wieder mit Müller-Schwefe verabredet, wobei ich mich fragte, was er eigentlich von mir wollte. Immer noch den großen Roman. Ich hatte ja den *Tick* nicht mehr weiter geschrieben. So unterhielten wir uns an einem Ausschank über meine Arbeit, warum ich nicht mehr schriebe. Ich konnte ihm keinen Grund geben, außer daß ich auf der Arbeit nicht dazu kam und im Urlaub gescheitert war. Es floß einfach nicht, und ich hatte keinen Bock, mich zu quälen. Außerdem war ich enttäuscht über die Verkäufe von *Peggy Sue*. Tausend verkaufte Exemplare hätten es ja wohl ruhig sein dürfen, noch besser wäre die gesamte erste Auflage gewesen. Mal sehen, vielleicht bekomm ich ja noch mal den Dreh. Da kam Bodo Morshäuser zu uns. Hans-Ulrich Müller-Schwefe stellte mich vor, und Morshäuser fiel sofort ein, daß ich eines seiner Bücher in *Konkret* verrissen hatte. Er war ein schöner Mann und hatte im Gegensatz zu mir bestimmt viele Chancen bei Frauen (und Männern?). Später schrieb er für *Gute Zeiten Schlechte Zeiten* und noch viel später ein Buch über seine Arbeit als Fernsehautor. Das habe ich dann meinem Neffen geliehen, der für *Verbotene Liebe* schrieb, allerdings auch nicht länger als ein Jahr. Damals machte er gerade Abitur und wußte nicht so recht, was er studieren sollte. Schließlich landete er bei den Anglisten.

Am Nachmittag trafen Ludger, Mike und ich uns an dem vereinbarten Treffpunkt. Wir hatten noch ausreichend Zeit bis zum Abend, streiften noch mal über die Messe und hauten schließlich ab. Der Empfang sollte um acht Uhr sein. Wir fuhren nach Stadtplan schon mal in die Nähe des Hessischen Hofes und suchten uns eine Kneipe, in der wir Bier tranken. Ludger hielt sich, da er ja noch fahren mußte, etwas zurück. Nach anderthalb Stunden war ich schon recht angeschickert, aber der Botschafter von Norwegen merkte nichts, als er mich begrüßte. Ich fragte ihn, ob Lars Saabye Christensen auch käme, der Autor des Buches, das ich besprechen würde. Wußte er jedoch nicht. Popa, der deutsche Verleger Christensens, sagte uns, er käme nicht. Schade. Dann gab es Sekt und Happen. Wahrscheinlich war die ganze norwegische Vertretung von der Buchmesse rübergekommen. Ich hörte kaum jemand deutsch reden, ausgenommen einen, den Mike kannte. Ich glaube, es war Herbert Somplatzki, ein ziemlich unbekannter Ruhrgebietsschriftsteller, der mal in Mikes Schule gelesen hatte. Was der da zu suchen hatte, fand ich nicht raus. Der Botschafter hielt eine kurze Ansprache, dann erging man sich in norwegischen Small talk. Mike und ich soffen jede Menge Sekt, und auf einmal wäre ich beinah umgekippt. Ich konnte mich im letzten Moment noch fangen. Nach einer Stunde war alles vorbei, und wir fuhren Richtung Heimat. Wir nahmen natürlich eine falsche Ausfahrt und landeten in Oberursel im Taunus. Komische Gegend. Immerhin schafften wir es aber doch noch nach Hause und erreichten vor der Polizeistunde den Zwischenfall. Mühsam bekam ich noch ein Pils runter, bis mich Ludger nach Hause brachte.

Am nächsten Tag erzählte ich meinen Eltern, daß es bei dem Botschafter ganz schön gewesen sei, auch mit Müller-Schwefe, obwohl der nicht gesagt hatte, daß er von mir noch was erwarte. Und wann willst du wieder schreiben?, fragte die Mutter. Höchstens im nächsten Urlaub. Mir muß erst mal wieder was einfallen. Ich denk, du schreibst das, was du erlebt hast? Soll ich über die Psychiatrie schreiben? Bloß nicht. Wir haben das gerade so verheimlichen können. Ich schäme mich nicht, antwortete ich. Aber bitte mach keinen Roman draus. Damit war klar, solange meine Eltern lebten, kam ein Psycho-Roman nicht in Frage. Was dann? Meine Zeit beim ME, Motörhead, Lou Reed, Neue Deutsche Welle. Aber keine Frauengeschichten. Ute war damals längst passé. Kann man einen Roman ohne Liebesgeschichte anlegen? Natürlich, aber besser wäre mit. Ich kann ja eine erfinden. Mal sehen.

An einem Novembertag traf ich Herta im Tucholsky, das jetzt die neue In-Kneipe war. Ich wußte auch nicht, warum ich sie überhaupt traf. Gefickt werden wollte sie nicht. Ich liebte sie auch nicht. Es war wohl so etwas wie ein Gefühl von Solidarität mit der ebenfalls psychisch Gestörten, obwohl ich mich ziemlich normal fand, nur etwas gedämpft. Ich konnte einfach nicht aus mir raus und ihr sagen, komm, wir gehen ins Bett. Außerdem war sie sowieso nicht mein Typ, so ganz ohne Titten. Obwohl ich das in Kauf genommen hätte, doch ich brachte es einfach nicht übers Herz, auch nicht nach dem fünften Pils, sie zu überreden. Es wäre ja auch nur eine Notlösung gewesen. Noch immer hing ich Ute nach, vielleicht auch Judith. Doch es war alles so lange her. Seitdem man Aids kannte, hatte ich nicht mehr gefickt. Herta trank Coca Cola, und ich fragte mich, ob es noch Pepsi gab. Ich hatte diese Cola schon jahrelang nicht mehr gesehen, außer vielleicht als Sonderangebot im Supermarkt. Mit meinen Eltern fuhr ich donnerstags immer ins Einkaufszentrum Ruhrpark. Dort kauften wir bei Plaza ein, anschließend tranken wir bei Tchibo Kaffee.

Während Herta und ich an diesem Novemberabend Cola und anderes tranken und ich mich einfach nicht entschließen konnte, sie zu einem erlösenden Fick rumzukriegen, wurden die Grenzen geöffnet. Ich bekam es mit, als ich zu Hause das Nachtprogramm der ARD im Radio anmachte. Ich kam nicht einmal auf die Idee, den Fernseher einzuschalten, um zu sehen, ob etwas live übertragen wurde. Die Wiedervereinigung ging mir so was von am Arsch vorbei.

Samstags war ich wieder im Rathaus. Abends lief ein Softporno im Fernsehen, *Der Sturmfreie Buden Report*, mit Liane Hielscher und Bruno W. Pantel. Ich hatte all diese Filme, die jetzt auf RTL und Sat.1 liefen, in den siebziger Jahren nicht gesehen, auch keinen Hardcoreporno. Jetzt schaltete ich sie ab und zu ein und holte mir einen runter, so auch in jener Nacht im Rathaus. Außerdem gab's *Tutti Frutti*. Aber Titten allein konnten mich nicht anregen. Ich wußte auch nicht, was es mit diesen Länderpunkten auf sich hatte. Am liebsten sah ich sowieso *Auf der Flucht* mit David Janssen als Dr. Richard Kimble. Seine Situation erinnerte mich ein wenig an meinen letzten Schub. Er wurde verfolgt, weil er seine Frau umgebracht haben sollte. War ich nicht auch wegen irgendwas gejagt worden, das ich nicht begangen hatte? Aber wenn ich jetzt diese Folgen sah, die vor allem dann gut waren, wenn er dem Einarmigen, dem wahren Mörder, nahe war, lief ich nicht Gefahr, einen Rückfall zu erleiden. Wohl litt ich mit Richard Kimble, dem oft ausgerechnet Frauen aus der Patsche halfen, wenn ihm Lieutenant Gerard dicht auf den

163

Fersen war. Die letzte Folge, eine Doppelfolge, kam an den beiden Sonntagen vor dem Endspiel der Fußballweltmeisterschaft in Italien. In der Zwischenzeit war nicht viel passiert. Hein feierte seinen vierzigsten Geburtstag in der Kneipe Zum Ritter im Oberdorf, und eine Menge Stammgäste aus dem Zwischenfall waren da, auch Martina Walter, die Schwatte, auf die ich auch ein Auge geworfen hatte. Sie war Lehrerin, unterrichtete Spätaussiedler. Ich hätte gern was mit ihr angefangen, aber ich war mal wieder unfähig, auch an diesem Abend. So konnte ich ihr nicht sagen, daß ich sie gerne wiedergesehen hätte. Im übrigen tauchte sie immer ohne Macker auf, so daß eigentlich Hoffnung bestand, aber ich schaffte es einfach nicht. Vielleicht lag's ja doch an den Tabletten. Irgendwann würde ich sie absetzen. Ich hatte so dermaßen die Schnauze voll von mir, davon, wie ich war. Ein Fick hätte mir wahrscheinlich schon gereicht. Immer dieses blöde Wichsen. Fünf Jahre sind genug.

Das Endspiel gewannen bekanntlich die Deutschen. Ich sah es auf dem kleinen Bildschirm im Rathaus, anschließend drehte ich meine Runde. Ich traute meinen Augen nicht: Als ich am Vordereingang war, kamen Tausende von Leuten vorbei und skandierten Deutschfreundliches. Sie schwangen Fahnen und bogen rechts in die Viktoriastraße ein. Auf einmal fuhr eine Straßenbahn vorbei, an der eine Scheibe eingeschlagen war. Ein Fahrgast hing aus dem Fenster. Hoffentlich prallt er vor einen Mast, dachte ich. Ich war ziemlich angenervt, mir stank all dieses deutsch-nationale Gehampel. Ich hatte auch Angst um das argentinische Restaurant, schließlich waren die Südamerikaner unsere Gegner gewesen. Doch sie wurden in Ruhe gelassen. Aber was wäre gewesen, wenn sie gewonnen hätten? Ganz Deutschland im Rausch, nur mich ließ dieser Sieg kalt.

Kalt war es auch an der Nordsee, als mich meine Schwester und ihr neuer Freund nach Cuxhaven-Döse brachten, wo ich vierzehn Tage in einem Appartementhaus an meinem Roman arbeiten wollte. Es klappte auch alles gut – nur was ich schrieb, war schlichtweg scheiße, so ähnlich wie heute. Morgens holte ich mir Frühstück und machte mir Kaffee. Danach schrieb ich drei Stunden und ging später am Strand spazieren, bis Duhnen. Ich kehrte jeden Morgen in der Möwe ein, wo ich drei große einheimische Bier trank, dann lief ich die Stunde wieder zurück. Als ich am dritten Tag wieder mal gerade in der Kleinen Möwe war, lief der Titel *Don't Ever Change* von den Crickets. Ich hatte ihn zwanzig Jahre nicht mehr gehört. Es war der erfolgreichste Titel der post-Holly Crickets, und ich hätte ihn gerne gehabt. Ich fragte den bärtigen Wirt, der sich mit einem Gast unterhielt, ob ich die CD mal sehen könnte. Es war ein Dreierpack, *Sounds of the Sixties*. Gibt's nur bei Karstadt, sagte er. Ich kam aber nicht mehr nach Cuxhaven. Ich arbeitete täglich drei Stunden an einem mißlingenden Roman und ging weiterhin nachmittags spazieren. Ich rief abends meine Mutter an, und sie sagte, Susanne hat sich gemeldet. Was, nach sieben Jahren? Du sollst sie mal anrufen, sie will irgendwas feiern. Kannst du mir ihre Nummer geben? Es war die alte, und ich warf noch mal Geld in den Apparat und wählte ihre Nummer. Sie entschuldigte sich erst, daß sie so lange nichts von sich hatte hören lassen. Jetzt aber wollte sie sich wieder mit mir treffen. Ich nahm in diesem Moment nicht an, daß sie mit mir ficken wollte. Wahrscheinlich war sie noch immer die schönste Frau von Bochum und hatte an jedem Finger zehn – vielleicht auch nur neun, denn sie ging auf die vierzig zu. Der aktuelle Anlaß für ihren Anruf war, daß sie ihren Doktortitel feiern wollte. Hatte sie ihn doch noch auf die alten Tage gemacht. Sie nannte mir das Thema, irgendwas mit expressionistischen Romanen. Sie wollte mir die Arbeit zuschicken, wenn sie als Buch rauskam.

Ich fragte sie nicht, ob sie *Peggy Sue* gelesen und sich darin wiedererkannt hatte. Nur wollte sie bereits am kommenden Samstag feiern. Da war ich aber noch im Urlaub. Ich überlegte, ob ich ihn für Susanne abbrechen sollte, verwarf die Idee dann aber. Wir können uns ja ein andermal treffen. Wo gehst du jetzt schon mal hin? fragte ich. Ins Tucholsky. Trifft sich ja gut. Da geh ich auch gerne hin. Oder in den Bahnhof? Da können wir auch hin. Wir einigten uns auf das Lokal an der Viktoriastraße in vierzehn Tagen. Mit ungefähr fünfzig Seiten fuhr ich nach Hause und schickte sie Körner, der umgehend schrieb, sie seien scheiße. Damit war *Der Tick* vorerst gestorben.

Ich legte mich ohne große Lust auf meine Mansarde und schaltete das Radio ein, WDR 2. Auf einmal kam eine Werbung, *Sounds of the Sixties*, exklusiv bei Karstadt. Ich sprang auf, kam aber nicht auf den Gedanken, in den Ruhrpark zu fahren, sondern kaufte ein Ticket nach Dortmund. Da kannte ich mich ja auch aus ... ich wußte nur nicht, ob die in den siebziger Jahren schon Beobachtungskameras installiert hatten, jedenfalls kam mir der Gedanke, daß ich denen damals aufgefallen war, weil ich, statt zur PH zu fahren, jeden Tag zu Karstadt ging, dort aber nie was kaufte. Jetzt mußte es doch ein Triumph für Karstadt sein, daß ich zurückkam und etwas kaufte. In der Schallplattenabteilung fand ich sofort den Stapel aus der Radio-Werbung und sackte ihn ein. Die anderen Lieder waren auch nicht schlecht, aber gekauft habe ich es nur wegen *Don't Ever Change*. Der Song *Tribute to Buddy Holly* war auch drauf, also nicht Schrott, wie sonst bei Compilations, wenn nur ein gutes Stück drauf ist. *Barbara Ann*. Ich hatte einen CD-Player, aber erst eine CD, *After The Gold Rush* von Neil Young, und fast jedes Mal, wenn ich meine einzige CD reinschob, dachte ich an Ute. Kein Wunder. Als sie mal die Pille vergessen hatte und wir trotzdem drauflosfickten, sah sie an meiner Wand hoch, an der ein Poster von Neil Young hing, und meinte, wenn es ein Junge wird, nennen wir ihn Neil. Daß sie beim Ficken überhaupt darüber nachdenken konnte ... *Don't Ever Change* höre ich heute noch gerne, wenn auch seltener als damals.

Die Woche darauf holte Susanne mich ab. Sie begrüßte meine Eltern herzlich, mich natürlich auch. Wir fuhren in die Innenstadt. Und irgendwie fiel mir Thomas Bernhard ein, bei dem es heißt, es geht in die Innenstadt. Susanne fragte mich auf der Wittener Straße, was Claudia machte, mit der ich mich in den Siebzigern rumgetrieben hatte. Die hat einen Neger geheiratet, nachdem sie von ihm ein Kind gekriegt hat. So'n richtigen Schwatten? Na klar, einen Afrikaner. Wir unterhielten uns dann über weitere gemeinsame Bekannte, über Irmgard, Reinhard und Otto. Wir hatten ja sonst getrennte Freundeskreise. Im Tucholsky trank ich Bier, während sie anfangs Weißwein nahm und dann auf Wasser umstieg. Ich erzählte ihr, daß ich mich ab und zu mit einer Psychopathin traf und selbst ja mal in der Psychiatrie gewesen sei. Ob sie was davon mitgekriegt habe, fragte ich mich. Und dann fragte ich auch sie. Sie hatte da was gehört. Sei froh, daß du mich in der Zeit nicht mitbekommen hast. Ich wäre dir dermaßen auf die Nerven gefallen. Andererseits frage ich mich, warum ich dich nicht behelligt habe, warst du doch eine meiner engsten Vertrauten, auch wenn wir uns nie ganz nah gekommen sind. Wer weiß, was gewesen wäre, wenn wir uns in der Zeit getroffen hätten? Hätte ich sie vergewaltigt oder in Rage gar umgebracht? Immerhin hatte ich bei Körner die Tür eingetreten. Gewaltbereit bin ich also gewesen. Aber nicht mehr bei den neueren Schüben, bei denen ich nicht im Krankenhaus geendet war. Immerhin, war der Telefick nicht auch eine Art Vergewaltigung, wenn auch nur mit einem peilenden Schwanz und mit den Augen? Davon erzählte ich Susanne jedoch nichts. Wir blieben bei Herta. Vielleicht, sagte sie, schaukelt ihr euch gegenseitig hoch. Ich glaub nicht, sagte ich. Sie läßt mich eigentlich ganz kalt. Von ihrem Privatleben erzählte Susanne nichts, ich fragte sie auch nicht danach. Auch wenn sie mittlerweile kleine Fältchen um die Augen hatte, sah sie immer noch sehr gut aus und hatte sicher einen Macker. Und was macht Reinhard noch, hast du Kontakt zu dem? Das war der Arno-Schmidt-Fan, mit dem sie mal zusammen gewesen war, den auch ich gut kannte. Wir hatten uns mal gemeinsam zwei Engländerinnen angelacht, gerade als *Her mit den kleinen Engländerinnen* lief, den wir aber nie gesehen hatten. Mußten wir auch nicht, schließlich haben wir's ja in die Tat umgesetzt. Reinhard war jetzt in Mülheim Lehrer und lebte mit einer Frau zusammen. Mit der Engländerin? Nein, mit einer Einheimischen. Gib mir mal seine Adresse, und sie schrieb sie mir auf. Vielleicht werde ich mit ihm in Erinnerungen schwelgen. Vielleicht wüßte er auch, wo Mary abgeblieben war, und ich könnte ihr mein Buch schicken. Ich wußte ja nicht, wer es überhaupt gelesen hatte. Susanne? Ich fragte sie nicht, denn es war mir peinlich, daß ich sie als schönste Frau von Bochum bezeichnet hatte. Eventuell war es ihr auch ein wenig unangenehm. Aber dann wüßte sie wenigstens, was ich von ihr dachte. Nach einer Stunde gingen wir auseinander und vertagten uns.

Bald stand schon die nächste Buchmesse an, und ich erhielt wieder eine Einladung vom norwegischen Botschafter in den Hessischen Hof. Diesmal sollte Christensen, dessen Buch ich in der *Zeit* so hoch gelobt hatte, tatsächlich dabei sein. Klar, daß ich mit Ludger fuhr, aber Mike Litt hatte leider keine Zeit. Dafür war ich mit Lolo verabredet, mit der ich in losem Kontakt geblieben war. Sie wohnte ja in Frankfurt und wollte mich nachmittags im Museum für Kunstgewerbe in der Cafeteria treffen. Auf der Messe traf ich natürlich auch wieder Hans-Ulrich Müller-Schwefe. Er erzählte mir von einem holländischen Journalisten, der vornehmlich über deutsche Autoren schreibe. Gib mir mal die Adresse, dann schick ich ihm das Buch. Ich hatte mir fünfzig Exemplare von Zweitausendeins, jeweils für einen Heiermann, kommen lassen. Wir tranken erneut zwei, drei Bier zusammen, wie immer auf dem Messegelände, das Ludger und ich um zwei verließen. Als Lolo um drei noch nicht im Museum war, rief ich bei ihr zu Hause an, doch es nahm niemand ab. Ich setzte mich wieder zu Ludger und trank Kaffee. Lolo und ich hatten uns noch nie gesehen und dennoch kein Erkennungszeichen ausgemacht. Sie mochte etwa fünfundzwanzig sein. Es wurde halb vier, und plötzlich saß drei Tische weiter eine junge Dame und las *Die Zeit*. Entweder war ich schon zu besoffen oder sonst was, ich sprach sie jedenfalls nicht an, und sie blickte sich auch nicht um. Auf einmal sagte ich Ludger, die kommt nicht mehr. Wir gingen an dem Tisch der jungen *Zeit*-Dame vorbei, ich wagte es aber nicht, sie anzuhauen. Später schrieb sie mir noch einen Brief, dann war Schluß (melde dich mal, Lolo, wenn du dies lesen solltest).

Auf dem Weg zu dem Botschafter nahmen wir noch eine Guinness-Kneipe mit, und ich war schon ziemlich stramm, als wir in dem Hotel ankamen. Ich war ja sogar in der norwegischen Presse mit meiner Kritik zitiert worden, und so war ich nach der Begrüßung durch den Botschafter dem Autor bereits ein Begriff, als ich ihm von Dinu Popa, dem Verleger, vorgestellt wurde. Ich ergatterte noch einmal ein Exemplar des Buches und ließ es mir signieren. Ich sagte Christensen, daß auch ich ein Buch geschrieben hätte, und er antwortete, ich solle es ihm schicken, ein bißchen Deutsch könne er ja. Wieder trank ich ein paar Glas Sekt, diesmal allerdings, ohne umzufallen. Wir schafften es sogar ohne größere Umwege und Irrtümer nach Hause und tranken zum Schluß noch einen im Zwischenfall: Es lebe die Tradition. In den Bahnhof ging Ludger gar nicht. Er pflegte so gewisse sture Abneigungen. Da ging er nicht rein, auch ins Café Konkret bekam man ihn nicht. Dafür gingen wir schon mal ins Treibsand oder ins Ferdinand, aber nie so spät. Und am Wochenende gingen wir auch nie zusammen raus.

Dann kam mein Geburtstag – doch vorher war erst einmal Heiligabend. Als Alleinstehender mußte ich immer die Nachtschicht übernehmen. Ausnahmsweise fuhr ich mit dem Wagen hin und stellte ihn in die Tiefgarage. Ich löste Aloys ab, der mittlerweile auch bei uns arbeitete. Er war ein paar Jahre jünger als ich und ein tofter Kerl. Ich kam um acht und sah mir *Casablanca* an, der angeblich erstmals in voller Länge lief. Dann ging ich raus zum Rundgang. Das ganze BVZ war voll geschmiert. Alle Grenzen auf und so weiter. Auch wenn Weihnachten war, ich mußte die Polizei rufen. Die kamen dann auch und sahen sich den Schaden an. Wir schicken morgen einen Experten, sagte sie und zogen wieder ab. Ich drehte weiter meine Runde. Hinter dem Gesundheitsamt waren jetzt Automaten für Pariser und Spritzen. Einmal habe ich da nachts jemanden gesehen, der sofort abhaute, als er mich hörte und das Licht der Taschenlampe sah. Hatte ich ihn erschreckt? Dann weiter um das restliche BVZ herum, die Jacob-Mayer-Schule mußten wir jetzt auch machen. Den Schluß bildete wie immer das Rathaus. Ja, das war die Heilige Nacht, und noch hatte ich keinen Schiß. Ich fühlte mich von den Sprayern nicht persönlich angegriffen, obwohl sie mich vielleicht schon tagelang beobachtet hatten.

Das erzählte ich alles den Leuten, die zu meinem Geburtstag kamen. Die Meißners waren wie immer mit Kind und Kegel da, Norbert vom Zwischenfall mit Frau, Rolf Hiby, Herta, Ludger und meine Familie. Wir saßen alle an dem Ausziehtisch, den ich aus dem Keller hochgeholt hatte. Ich fühlte mich richtig wohl. Ludger schenkte mir eine Videokassette von den Crickets, die ich mir aber nicht sofort ansah. Ich wollte meine Ruhe dabei haben. Wir quatschten so über dieses und jenes, vor allem über Langendreer, da ja alle Leute, die anwesend waren, Lokalpatrioten waren. Auf einmal, es war gerade mal fünf, brach Ludger auf. Er schien ziemlich daneben zu sein. Geht's dir nicht gut? Ach, laß mal. Wir übrigen feierten weiter, ich machte mir keine Sorgen um meinen Freund. Abends sagte ich meiner Mutter, daß Herta bei mir pennen würde, und sie zog ein langes Gesicht. Sie hatte Herta nie gemocht, weil sie so abwesend wirkte. Trotzdem setzte ich mich durch. Wir gingen den Opel-Berg Richtung Bahnhof runter, und Herta zeigte auf ein Auto, das auf dem Bürgersteig stand. Es gehört Gerald, und sie ließ leise durchblicken, daß sie ihn mochte. Aha. In der Bahnhof-Halle würde Disko und Kapelle sein. Wir gingen erst mal in die Kneipe und aßen nichts, weil wir uns schon zu Hause satt gegessen hatten. Ich sah sie an. War sie wirklich mein Fall? Nein.

Aber wenn sie schon bei mir schlief, wollte sie auch mit mir ficken. Oder? Diesen Fall hatten wir ja schon mal, damals war auch nichts dabei rausgekommen. Wir gingen rüber in die Halle, wo es so laut war, daß wir uns kaum verständigen konnten. Sie fand dort tatsächlich diesen Gerald und unterhielt sich fast den ganzen Abend mit ihm. Ich war sauer. Gegen zwei haute er dann mit ein paar Leuten, aber ohne Herta ab. Da war ich doch froh. Vielleicht kam es ja doch noch zu einem Fick. Oben auf der Mansarde zog sie nur ihre Jeans aus und legte sich zur Wand hin. Sie sagte keinen Ton. Ich war kein Experte im Knakken von harten Nüssen. Ich ließ auch meine Unterhose an und legte mich neben sie. Ich machte das Licht aus. Auch ich sagte nichts. Entweder will sie ficken, dann macht sie keine Fisimatenten. Ich strich ihr über die Schamhaare, keine Reaktion. Ich bekam einen Steifen. Mir fiel ein, daß ich sie noch nie geküßt hatte. Vielleicht sollte ich es tun? Aber sie erwiderte den Kuß nicht. Da ließ ich es endgültig sein und sah zu, daß mein Schwanz sich wieder auf Normalgröße zurückzog. Am anderen Morgen ging ich früh runter und erzählte nichts, wozu auch? Herta schläft noch. Als sie schließlich kam, gingen wir in mein zweites Zimmer. Ich zeigte ihr ein paar neue Bücher, die ich mir bei Janssen und im Ubu gekauft hatte; auch eines, das mir Müller-Schwefe geschickt hatte, *Infanta*. Oh, kannst du mir das leihen? Ich hatte es bereits gelesen und gab es ihr. Nach dem Mittag brachte ich sie zur Bahn. Bis dann. War sie meine letzte Hoffnung gewesen? Würde ich je wieder eine Frau haben?

Ich bekam Post von dem holländischen Journalisten. Er hatte *Peggy Sue* gelesen und wollte ein Interview für *De Vrije* machen, ein anarchistisches Blatt, das in Amsterdam erschien. Komm vorbei, schrieb ich zurück. An einem Samstag im Winter sollte es so weit sein. Er würde mit dem Zug kommen. Ich wollte ihn am Bochumer Hauptbahnhof abholen. Es lag aber so viel Schnee, daß die Bahn nicht recht vorankam. Es dauerte. Wir wollten uns in der Halle treffen. Ich wollte *Die Welt* in der Hand halten, doch als ich eine am Bahnhofskiosk kaufen wollte, war sie ausverkauft. Mist. Was tun? Ich kaufte, zum zweiten Mal in dieser Woche, *Die Zeit* und dachte, der Holländer würde das schon kapieren. Vor dem Laden mit der internationalen Presse am Südeingang des Bahnhofs lungerte ein Dunkelhäutiger rum. Ich dachte, daß er vielleicht der Holländer sein könnte, aber der Typ sah sich nicht um. Dann kam der Zug aus Duisburg, und tatsächlich fanden die Augen eines Fremden meine. Er warf einen Blick auf *Die Zeit*, und ich machte eine Handbewegung. Da kam er auf mich zu. Ich bin Jeroen, sagte er, und ich antwortete, Sie haben mich gefunden. Wir können uns ruhig duzen, meinte er in einem ausgezeichneten Deutsch, das er wie so viele Holländer sprach. Welcher Deutsche spricht schon Niederländisch? Außerdem war sein Vater Deutschlehrer.

Wir fuhren mit meiner Schwester, die mitgekommen war, nach Hause.

Da gab es eine Erbsensuppe vom Mittag. So sehr hatte er sich verspätet. Er aß die Erbsen und Kartoffeln mit Messer und Gabel. Dann ging er aufs Klo und nahm die *WAZ* zum Lesen mit. Ich sah erstaunt auf das Blatt. Das mach ich immer so, sagte er. Das hatte mein Vater früher auch immer getan, antwortete ich, er las immer die Western und Krimis, die ich bei Wagner für ihn ausgeliehen hatte. Ich zeigte Jeroen die Mansarde, ich würde unten auf der Couch pennen. Schließlich wollten wir rausgehen, ich schlug natürlich den Bahnhof vor. Er war nicht wie ein Alternativer gekleidet, sondern trug Schlips und Kragen. In dieser Kluft sah er überhaupt nicht wie der Mitarbeiter einer anarchistischen Zeitschrift aus. Na, trotzdem gingen wir zusammen in den Bahnhof und tranken beide Bier. Er fragte mich nach meinem Buch, ob ich Schwierigkeiten mit all den Frauen bekommen hätte, die ich beschrieben hatte. Ich sagte, daß sich keine gemeldet hätte, nur Jane Smith hatte ich getroffen, aber die hatte nichts gesagt. Er wollte wissen, in welcher Tradition ich mich sähe, und ich antwortete, in keiner. Wie war das Presse-Echo? Nur ein paar Stadtmagazine hatten *Peggy Sue* rezensiert, alles vernichtend, »oversexed and underfucked« sei ich. Auch Diedrich Diederichsen hatte mich in *Spex* niedergemacht. Er hatte es nicht gern, daß ich so aus meinem Privatleben auspackte, außerdem fehlte ihm der Wahnsinn. Nun, das würde ich noch nachholen. Wir aßen noch einen Salat, und als es gegen zehn ziemlich voll wurde, gingen wir nicht in die Disko rüber, sondern fuhren eine Station mit der Bahn zum Zwischenfall, wo Norbert Dienst hatte, dem die Kneipe mittlerweile gehörte. Wir soffen weiter und unterhielten uns über deutsche Literatur, das einzige Thema, von dem ich ein wenig Ahnung hatte. In Musik kannte ich mich ja nicht mehr aus, jetzt, da Alan Bangs aufgehört hatte. Wir verquatschten uns ziemlich, und dann war die letzte Bahn weg, aber ein Taxi schien mir zu teuer zu sein. Also liefen wir eine halbe Stunde, nicht ohne noch mal in den Bahnhof reingeguckt zu haben, wo sich allerdings alles in Auflösung befand. Der Holländer war mir sympathisch, ich war mir sicher, er würde eine schöne Geschichte schreiben. Oben zeigte er mir die Storys, die er über Jochen Schimmang und Bodo Kirchhoff geschrieben hatte, der sich tatsächlich für den schönsten deutschen Schriftsteller hielt. Dann wollte er gegen drei noch in die Badewanne gehen. Das redete ich ihm aus, weil es meine Eltern gestört hätte. Am nächsten Nachmittag würde er fahren. Morgens machten wir noch einen Rundgang über die Wilhelmshöhe, und ich erzählte ihm von den Leuten, die hier ihr Wesen und Unwesen trieben, von meinem Scheitern beim Nicht-Studieren ... und all diesem Kram. Er selbst hatte Sowjetologie studiert, und als das Thema überflüssig geworden war, gab er Computerkurse. Ich sollte mir auch einen anschaffen, meinte er. Aber das würde schließlich noch ein bißchen dauern. Ich brachte ihn jedenfalls zur Bahn, die ihn in die holländische Provinz zurückbringen sollte. Er lud mich zu sich ein, aber aus irgendwelchen Gründen nicht zu sich nach Hause, sondern nach Amsterdam, wo er demnächst in der Wohnung eines anderen Bekannten wohnen würde.

Ich war donnerstags wieder im Zwischenfall, als Herta reinkam. Sie hatte tags zuvor Geburtstag gehabt, und ich war sauer, daß sie mich nicht eingeladen hatte. Unverblümt erzählte sie, wer alles dagewesen sei und daß sie Kaffee und Kuchen gemacht hätte. Da platzte mir der Kragen, und ich schrieb ihr noch in derselben Nacht, daß sie sich doch ins Knie ficken lassen solle. Sie meldete sich daraufhin natürlich nicht mehr, und ich sah sie auch nicht mehr im Zwischenfall.

Inzwischen war der Irakkrieg ausgebrochen, und einige

Leute schmierten wieder Parolen ans BVZ. Einmal sah ich frische Graffiti: Kein Blut für Öl. Haben sie denn nichts gesehen? fragte die Polizei. Das Gesprühte war noch feucht, in Blau. Eine halbe Stunde später rief die Polizei an. Sie hätten die Täter am Husemannplatz geschnappt, sie hätten noch blaue Finger gehabt. Wenn es nach mir ginge, müßten die Sprayer alles selbst wieder sauber machen. Spießer, schon klar.

Mittwochs las ich im Stadtspiegel eine Annonce, in der Dr. Hummel eine Sprechstundenhilfe suchte. Also war er nach seinem Hypnosekurs wieder zurück in der Praxis. Ich rief an und ließ mir einen Termin geben – als Patient, versteht sich.

Samstagnachmittags hatte ich Dienst, als um vier jemand gegen mein Fenster klopfte. Er war ganz aufgeregt. Er kam nicht in die Tiefgarage rein, die um drei schloß, wenn nicht verkaufsoffener Samstag war. Das war halb so schlimm, ich hätte ihn rein- und rauslassen können. Allerdings hatte er, als er gegen mein Fenster schlug, seinen Schlüsselbund, den er in der Hand hielt, losgelassen, und die Schlüssel waren unter meinem Fenster in den Rost gefallen, der in den Keller führte. Er war ganz verzweifelt, mußte um sechs in Köln sein. Einen Moment mal, ich guck mal nach, wo die Schlüssel liegen. Ich ging in den Keller. Die Schlüssel lagen wahrscheinlich auf einem Vorsprung. Da kam ich so nicht ran, ich brauchte eine Leiter. Aber wo war eine? Ich rief den Hausinspektor Ernst Ristau an, der mir beschrieb, wo ich eine Leiter finden würde. Ich stellte sie auf und konnte die Schlüssel vom Vorsprung fingern. Der Mann war sehr froh, aber ein Trinkgeld gab er mir nicht. Und mir fiel ein ähnlicher Fall ein, beim Flohmarkt, wo ebenfalls jemand seine Uhr in einem Rost verloren hatte, und ich sagte, da komm ich nicht ran, fragen Sie Montag noch mal nach, und montags war die Uhr weg. Scheiße.

Seit längerem war im Gespräch, daß ich als Nachtportier ins Schauspielhaus wechseln sollte, wo ein Achtzigjähriger Dienst schob, der endlich aufhören wollte. Ich war einverstanden, dorthin wollte ich schon immer. Ich dachte, vielleicht könnte ich da ein Stück unterbringen. Kaminsky rief an und meinte, daß ich drei Einführungsschichten machen sollte. Um das Licht auszuschalten, käme nachts extra noch jemand, auch so'n alter Knacker. Na gut. Also würde ein neues Kapitel beginnen.

Ich beschloß auch, das Neuroleptikum abzusetzen. Ich erzählte Hummel aber nichts davon, als ich jetzt in seiner Sprechstunde saß. Von Hypnose war nicht mehr die Rede, stattdessen fragte er mich nur, wie es mir ginge und ob sich in den zwei Jahren was verändert hätte. Nein. Nur daß ich jetzt das Tesoprel nicht mehr nahm. Ich wollte es ohne sein Veto schaffen. Lithium und Stangyl nahm ich weiterhin. Ich wollte aus mir selbst raus, weil ich mir mit Tesoprel zu zugeknöpft und gedämpft und zurückgezogen erschien. Vielleicht ging es ja ohne das Medikament. Und tatsächlich, nach ein paar Tagen lebte ich regelrecht auf, sprach mehr und war wieder voller Hoffnung.

Ich ging abends um halb zehn ins Schauspielhaus, wo offensichtlich jemand von der Stadt arbeitete, eine etwa Fünfzigjährige, die sich als Doris vorstellte. Ich sagte, wer ich sei und was ich wollte. Der Gustav kommt gleich. Dann geh ich noch in die Kantine. Sie meinte, ist gut. In der Kantine bestellte ich mir am Tresen einen Kaffee und kam sofort ins Gespräch mit einem Dicken. Der war Inspizient, und ich fragte, ist Paul noch hier, mein alter Freund von der Wilhelmshöhe? Ja, der hatte jetzt die Bechterew-Krankheit, eine Rückgratversteifung. Der wird immer krummer, meinte der dicke Gerd. Ich hab mit ihm zusammen studiert. Ja, der Paul hatte studiert, genau wie ich, und er war an sich selbst gescheitert, genau wie ich. So landeten wir beide hier am Theater. Ich würde ihn ja bestimmt treffen. Was er dann wohl sagen würde? Ob er noch immer mit Rolf Neemanns ehemaliger Frau verheiratet war? Ich sah der Wiederbegegnung mit Vergnügen entgegen, ich war ja jetzt sowieso gut drauf. Ich ging zurück, und Gustav kam mit seiner Aktentasche rein. Er wußte schon, daß ich kommen würde.

Er erzählte, daß er jahrelang durchgearbeitet hatte, kein Urlaub, kein Weihnachten, Nacht für Nacht war er gekommen. Schon beim Zadek hatte er gearbeitet. Da mußte er noch Runden drehen, und wenn der Intendant noch da war, hätte der ihm gesagt, da ist der Kühlschrank, bedien dich. Der Peymann sei hingegen ein Stiesel gewesen, immer unfreundlich zu ihm. Einmal habe der Tabori dem Peymann die Alte weggevögelt, da war er sauer. Woher weißt du das? Weil er hier angerufen hat. Während wir so quatschten, waren die Vorstellungen zu Ende gegangen, und ein Haufen Leute lief raus. Die mußt du dir alle merken, forderte mich Gustav auf. Aber keiner blieb stehen und stellte sich vor. Die Pforte war zweigeteilt. Auf der einen Seite gingen die Leute rein und raus, auf der anderen Seite, hinter einer Glasscheibe, saßen wir. Direkt dort, wo wir saßen, war ein Schreibtisch. Darauf standen links Fächer, in die die Post für die einzelnen Abteilungen reinkam, Technik, Beleuchtung, Requisite, Gewandmeisterei und so weiter. Rechts davon lagen Umschläge. Das ist Post für die Schauspieler, erklärte Gustav. Bei den Briefen mußte sehen, daß du sie loswirst. Wie soll ich das denn machen, wenn ich die noch nicht kenne? Dann mußt du sie eben kennenlernen. Die Schauspieler hatten zum Teil auch eigene Schließfächer, die an der Wand gegenüber der Pförtnerloge angebracht waren. Der ganze Bereich nannte sich Bühneneingang, und nun kamen vier Feuerwehrleute an die Pforte. Einer kam zu uns rein und fragte, ob er mal telefonieren könne, und Gustav sagte natürlich ja. Der Mann in Blau meldete sich offensichtlich bei seiner Zentrale ab, außerdem gab er uns einen Schlüssel. Das ist der General, meinte Gustav, der wichtigste Schlüssel, mit dem kommst du überall rein.

Das Schauspielhaus hatte drei Spielstätten, das Große Haus, die Kammer und das Theater Unten. An diesem Abend wurde nur das Große Haus bespielt, und eine nicht mehr ganz junge Frau kam rein. Gustav stellte sie mir vor, aber ich vergaß den Namen, so wie ich kaum einen Namen an diesem ersten Abend behielt. Einige andere Frauen in Schwarz gingen an der Pforte raus. Das waren offensichtlich die Garderobenfrauen. Die Frau, die reingekommen war, war anscheinend so etwas wie deren Vorarbeiterin, jedenfalls gab sie zwei Schlüssel ab, die sie in einen Schlüsselkasten hängte, der links von der Tür hing. Manche Schlüssel mußt du austragen, erklärte Gustav, und zeigte mir ein Buch. Ich sah es mir an. Also, erst wird ein Schlüssel eingetragen, aber nicht alle. Jetzt zum Beispiel kamen die Schlüssel von der Gewandmeisterei, Damen- und Herrenschneider. Die wurden einfach nur hingehängt. Dann gab's da aber auch noch eine Schublade mit Schlüsseln. Da kommen wir aber nicht ran, weil die um halb zehn abgeschlossen wird. Und wenn mal einer um diese Zeit einen Schlüssel daraus haben will? Dann können wir nichts machen. Den General darfst du auf keinen Fall rausgeben. Nicht alle Leute gingen raus, manche gingen auch Richtung Kantine. Geprobt wird auch, sagte Gustav. Natürlich. Und manchmal ruft jemand an und will wissen, wann er am nächsten Tag dran ist, die rufen auch schon mal in der Nacht an. Die Probentermine standen auf dem Zettel; gleich darüber war die Telefonanlage, die Gustav wohl selbst nicht begriff, jedenfalls kapierte ich nichts, als er sie mir erklärte. Entgegenkommende Anrufe, ausgehende Anrufe, Gespräche im Haus – er kam nicht klar. Ich würde mir die Anlage morgens von einem Kollegen von der Stadt erklären lassen. Gustav war zwar noch rüstig, aber geistig nicht mehr so hundertprozentig auf der Höhe. Dann kam jemand, der sich als Andreas Bartsch vorstellte und ein Käppi trug. Ich bin von der Beleuchtung. Wenn sich mal jeder so bekannt gemacht hätte, wäre es mir leichter gefallen, mir all die Namen zu merken. Dann erschien der Intendant. Den kannte ich aus der Presse. Ich sprang auf und hielt ihm die Hand entgegen. Ich dachte, ich müßte mich ihm vorstellen. Er hieß Steckel und machte ein erstauntes Gesicht, als ich ihm meinen Namen und meine neue Funktion nannte. Er sagte aber nichts, so wie er die ganze folgende Zeit nicht mit mir sprechen sollte, höchstens mal, bestellen Sie mir ein Taxi. Dazu gab es noch eine Sonderregelung, die aber für ihn nicht galt. Gustav zeigte auf eine Nummer, die an der Scheibe angebracht war, Taxi Petra stand drauf. Die ist für Fahrten nach elf Uhr, wenn die Leute Überstunden gemacht haben. Die dürfen dann umsonst nach Hause fahren. Aber Taxi Petra ist doch in Wattenscheid. Ja, dort mußt du dann anrufen, und die kommen von Wattenscheid hierher. Aber hier vorn ist doch ein Taxistand, das wär doch viel einfacher? Taxi Petra hat eben einen Vertrag mit der Stadt. Es stellte sich wieder einer vor, der Verwaltungsdirektor Alexander von Maravic. Der sagte auch nicht viel. Dann kam ein Bühnenmeister rein. Ich wußte nicht, was genau er eigentlich machte, aber das würde ich schon noch rauskriegen. Er hieß Uli Knipprath und machte einen freundlichen Eindruck. So, dann willst du den Gustav in Rente schicken. Ja, wird das nicht langsam Zeit?, dachte ich. Uli ließ den eisernen Vorhang runter, der nachts unten sein mußte, und nannte mir den einschlägigen Paragraphen, der nach einem Theaterbrand eingeführt worden war. Allmählich leerte sich das Theater. Wahrscheinlich gingen nun auch die Leute aus den anderen Abteilungen, Requisite, Maske und so weiter. Schließlich kam die Bedienung aus der Kantine mit einer Tüte voller übriggebliebener Brötchen. Die waren für Hubert, den Lichtausmacher. Der kommt gleich. Und woher weißt du, wann alle raus sind? Das weiß man eben. Na schön.

Um kurz nach zwölf betrat ein weiterer alter Mann die Pforte. Das war also Hubert, der eine Taschenlampe in der rechten Hand hielt. Kaminsky hatte mir gesagt, daß ich mit ihm drei Schichten lang die Tour durchs Haus machen sollte. Hubert war scharf auf Gustavs Posten und ärgerte sich wahrscheinlich, daß nun ich da war. Wir können doch nicht, hatte mir der Prokurist gesagt, einen Achtzigjährigen durch einen Vierundsiebzigjährigen ersetzen. Hubert versuchte dennoch, freundlich zu mir zu sein. Er laberte allerdings nur dummen Mist, was er beim Adolf gemacht habe, nämlich Flugbegleitung, und daß einmal Goebbels mit ihm geflogen sei, den er hätte abstürzen lassen sollen. Anscheinend war er aber so sehr Nazi gewesen, daß er es doch nicht gewagt hatte. Vielleicht hatte er aber auch nur zu viel Angst vor seinem eigenen Absturztod gehabt. Hast du 'ne Taschenlampe mit?, fragte er mich. Ja sicher, das war doch das Wichtigste. Nach einer Viertelstunde sagte er, dann los.

Er nahm den Generalschlüssel, und wir gingen durch einen Gang. Das war die Unterbühne. Manchmal erklärte mir Hubert was, anderes fand ich im Lauf der Zeit raus. Am anderen Ende kamen wir zur Schreinerei. Fenster – Türen – Licht, darauf mußten wir achten. In der Schreinerei war alles aus und verschlossen. Um die Ecke ein großer Kasten. Jetzt schalte ich das Notlicht aus. Er drehte einen Hebel. Wir gingen weiter. Wenn er jetzt irgendwo Licht ausschaltete, war es stockdunkel, weil auch das Notlicht aus war. Orchesterrundgang. Das mußte was mit dem Orchestergraben zu tun haben, vermutete ich. Rechts ging's zur Theaterkneipe. Damit haben wir nichts zu tun. Links davon das Theater Unten, ein Raum mit niedriger Bühne und etwa hundert festen Sitzplätzen. Auch hier mußten wir das Licht ausschalten, in einem eigenen Kabuff. Am anderen Ende ging's zur Toilette, die auch für die Kantine da war. Dann rauf zum Eingang. Das ist eine Außentür. Über dem Panikhebel hing ein Vorhängeschloß. Anschließend kontrollierten wir die Kantine, die schon leer war. Dann zurück zur Pforte.

Nur kurz 'ne Pause, dann weiter Richtung Hof, Licht aus. Über den Hof und rechts in die Kammerspiele rein. Hubert zeigte mir den Sicherungskasten. Er nannte mir die Nummern, die ich ausschalten mußte. Kassenraum kontrollieren, auch hier mitsamt den Außentüren. Dann runter in den Heizungskeller mit seinen großen Rohren. Erst die Meßwarte, das ging sehr schnell. Schließlich der Möbelkeller, in dem tausend Requisiten lagerten. Anschließend wieder hoch, den Gang zum Hof entlang, diesmal in umgekehrter Richtung. Pause.

Hubert rauchte eine Zigarette, Gustav rauchte auch. Irgendjemand hatte mir erzählt, Gustav hätte nur noch gearbeitet, damit sein Sohn sein Haus abbezahlen konnte. Als Hubert ausgepafft hatte, gingen wir außen herum und konnten die Seite des Gebäudes überblicken. Etliche Zimmer waren noch erhellt. Da sind die Garderoben. Wir kontrollierten wieder die Fenster und die Türen und kamen zum Hoftor, der großen Einfahrt für die Möbelwagen. Hubert schloß es ab. Natürlich checkten wir auch den vorderen Eingang, drei Türen, von innen mit Ketten gesichert. Hubert ging wieder zu Gustav. Keine Pause.

Ich war total durcheinander von den vielen Gängen und Ecken, na ja, immerhin war's ja auch der erste Trip. Wir gingen weiter. Ein Stockwerk höher, rechts auf die Kammerbühne. Auch hier brannte noch Licht. Hubert zeigte mir, wie es ausgeschaltet wurde. Das ist der Eiserne, erklärte er mir, der muß nachts immer unten sein. Wußte ich schon. Aber wenn der mal oben ist? Dann mußt du den Bühnenmeister anrufen. Wir überquerten die Bühne und gelangten ins Kulissenmagazin. Ich nahm an, hier standen die ganzen Brocken für die Stücke, links und rechts ragten sie hoch. Links um die Ecke war ein zweites Lager, vermutlich fürs Große Haus. In einem kleineren Raum, der daran anschloß, befanden sich zwei große Aufzüge. Hubert ließ das Licht darin brennen. Später fand ich raus, daß das Licht in den Aufzügen immer brennen muß, daß man es nicht mal ausmachen kann. Wir betraten wieder einen schmaleren Gang. Eine Tür rechts führte zur Hinterbühne, links war die Maske. Maskenbildnerei Herren und Damen stand daran. Da gingen wir nur rein, wenn Licht brannte. Wir hatten aber schon vom Hof aus gesehen, daß da nichts an war, dafür auf der Toilette. Rechts rum ging es zu den Garderoben. Die erste hier, erzählte Hubert, ist die von der Tana Schanzara. Bei ihr war das Licht aus. Ich habe in den folgenden Jahren nicht einmal erlebt, daß es bei ihr noch eingeschaltet war, ganz im Gegensatz zu den Garderoben, die jetzt folgten. Dafür sah es bei Tana allerdings aus wie in meinem Zimmer: jede Menge Gerümpel. In Garderobe 2 war Platz für vier Schauspieler, außen waren die Namen der Leute, die sich darin umzogen, angeschlagen. Es brannte noch Licht. Links stand, wie in jeder Garderobe, eine Liege. Es waren vier Plätze vorhanden, in manchen Garderoben auch sechs. Jeder Platz hatte einen eigenen Spiegel, der von einer Lichtleiste umrahmt war. In jeder Garderobe ein ähnliches Bild. Sechs Garderoben gab es hier im Erdgeschoß. Als wir daran vorbei waren, kamen wir in einen kleinen Vorraum. Links ging es zur Requisite, rechts zur Bühne des Großen Hauses. Das Bühnenbild stand noch, das Licht war aus, der eiserne Vorhang war unten. Hier machst du das Licht aus, Hubert zeigte mir die Schalter. Und hier das Putzlicht, die Beleuchtung im Zuschauerraum. Wir gingen ins Foyer, runter zu den Toiletten, wo das Licht aus war, weiter zum Haupteingang, kontrollierten die Ketten, wie auch an den

Nebeneingängen, und die Toiletten in den anderen Foyers. Dann waren wir im ersten Obergeschoß. Hier ist der Intendant, sagte Hubert, und zog einen Schlüssel aus der Tür. Der ließ also den Schlüssel stecken? Nicht immer, meinte Hubert, meistens gibt er ihn ab. Sonst war es aber dunkel beim Chef, dessen Kopfwand voller Bücher war. Daneben befand sich das Büro des Verwaltungschefs Maravic. Das Betriebsbüro daneben war noch offen, Hubert schloß es ab. Links rum zur Dramaturgie, drei Büros. Es wird wohl jeder verstehen, daß ich allmählich komplett verwirrt war. Am Ende des Gangs stand ein Fotokopierer. Dann wieder eine Etage höher, rechts herum zur Probebühne. Licht war noch an, Hubert machte es aus. Zurück zur Gewandmeisterei und Damenschneiderei, weiter zur Herrenschneiderei. Ich wurde immer konfuser. Danach wieder rechts rum, wir waren jetzt im zweiten Obergeschoß, zu weiteren Garderoben, in denen nur hier und da das Licht noch brannte. Hoch ins dritte. Eine Tür führte zur ersten Galerie. Von hier oben konnte man auf die Bühne herabsehen. Hubert zeigte mir erneut, wo hier das Licht ausgeschaltet wurde. Man konnte hier ganz rumgehen. Wofür die Galerie diente, wußte ich nicht. Wir verließen sie und kontrollierten die Türen der Verwaltung. Namen waren Schall und Rauch. Am Ende des Ganges lag das Konversationszimmer, es stand offen. Darin befand sich ein Fernseher mit Videorekorder. Wozu das alles gebraucht wurde, wußte ich nicht, auch Hubert nicht. Er schloß ab und schaltete auch den Fotokopierer nebenan aus.

Als nächstes kamen wir zum Malersaal II. Hier, erklärte Hubert, wurde geprobt. Und wieder zeigte er mir den Schaltkasten, an dem ich das Licht auszuschalten hatte. Wir gingen durch den Malersaal und landeten an der Polsterei. Alles dunkel, nur die Toiletten nebenan waren erleuchtet. Wir stiegen eine steile Treppe hoch. Hier ist die Ausstattung, sagte Hubert, aber ich kam schon längst nicht mehr mit. Dann noch eine Etage höher zum Malersaal I. Auch hier wurde geprobt; es war ein hoher Raum, so groß wie ein Handballfeld. Wir machten das Licht aus, wobei mir auffiel, wieviel Licht in diesem Haus vor unserem Rundgang noch gebrannt hatte. Zum Schluß gingen wir zur Farbküche, die ebenfalls noch offen war. Hubert sah rein, ob auch niemand in einer der beiden Waschmaschinen steckte.

Jetzt haben wir es geschafft, sagte er, und wir gingen das Treppenhaus runter; den Aufzug durften wir nicht benutzen. Unten angelangt, stellte Hubert die Alarmanlage an und rauchte sich schließlich noch eine. Gustav kämpfte mittlerweile schon mit seiner Müdigkeit. Hubert verabschiedete sich. Ich war noch ganz hin, völlig verwirrt von dem Rundgang. Ich hatte keine Ahnung, wie ich den jemals allein schaffen sollte, tausend Gänge, tausend Räume. Hubert gab den General ab. Gustav schaltete den Fernseher ein, sah sich einen Boxkampf an. Ich fragte ihn, ob jede Nacht Boxen käme, und er antwortete, nein. Als der Kampf zu Ende war, machte er das Licht aus, legte seine falschen Zähne auf den Schreibtisch und duselte ein. Wohin bin ich da nur geraten?, dachte ich. Na ja, vielleicht sollte ich der neue Besen sein, der gut kehrt. Gegen vier wurde Gustav wieder wach. Gleich kommt die *WAZ*, sagte er und schloß die Tür auf. Die Ruhr Nachrichten steckten schon, die *FAZ* auch. Ich warf einen Blick rein. Um halb fünf wurden einige Exemplare der *WAZ* und der *Süddeutschen* geliefert. Wieder sah ich rein. Nichts zum Durchlesen. Um fünf Uhr gingen wir auf den Hof, um das Tor zu öffnen, anschließend machten wir einen Gang durch die Kammer. Da hörte ich einen schrillen Ton. Was ist das?, frage ich Gustav. Das ist die Alarmanlage. Er hatte sie versehentlich angelassen. Als wir zur Pforte zurückkamen, schaltete er sie aus, indem er einen Schlüssel rumdrehte. Wir warteten, bis die Ablösung von der Stadt kam, auch ein Wolfgang, der jünger als ich war und leicht hinkte. Ich stellte mich vor und fragte ihn gleichzeitig, ob er mir die Telefonanlage erklären könne. Aber nicht mehr heute, morgen. Geht okay. Ich verabschiedete mich von beiden und war froh, daß ich die Schicht hinter mir hatte. Mit der U-Bahn fuhr ich zum Hauptbahnhof, von da aus mit der S 1 nach Langendreer, wo ich wie immer den 378er hoch zur Wilhelmshöhe nahm. Meine Mutter war schon auf und stellte mir zwei Joghurt hin. Scheiß Job, sagte ich, viel Lauferei, viel Verwirrung. Ich warf was ein, schlief aber schlecht.

Abends die nächste Einführungsschicht. Auf dem Weg zum Schauspielhaus durchstreifte ich das Bermudadreieck und genehmigte mir bei Dönninghaus eine der berühmten Bratwürste, anschließend trank ich im Tucholsky zwei Bier. Als ich in der Kantine des Schauspielhauses eintrudelte, saß dort Marquard Bohm. Ich hatte ihn in dem Film *Im Lauf der Zeit* von Wim Wenders gesehen, damals in Dortmund, als ich die PH schwänzte. Ich ließ ihn sitzen und trank noch einen Kaffee.

Zurück an der Pforte, sagte mir Doris, daß sie immer früher abgelöst würde, ob ich mich daran gewöhnen könne. Aber der Gustav kommt doch auch erst um zehn? Aber wir kommen morgens eher. Dann kam Gustav, und die acht Stunden verliefen ungefähr wie am Vortag. Die Stükke endeten, die Proben endeten, Schlüssel wurden abgegeben, die Feuerwehr meldete sich ab, die Garderobieren gingen raus, die Schauspieler hauten ab. Der Hausmeister stellte sich vor, Rolf Hagenbucher, der bis elf blieb, ein netter Kerl, wie alle Hausmeister, die ich treffen sollte. Er war zuständig, wenn irgendwo irgendwie irgendwas verstopft war, und über einen Sprechfunk zu erreichen. Die anderen Leute kannte ich immer noch nicht. All die Schauspieler, ich würde sie ansprechen und um den Namen bitten müssen. Und sie alle wieder vergessen. Schließlich tauchte auch Hubert wieder auf, und wir machten die selbe Tour wie am Vortag. Diesmal fielen mir noch das Tonstudio und die Schuhmacherei auf dem Hof auf. Es ging wieder blitzschnell. Ich dachte, das kapier ich nie. Unterbühne Schreinerei Notausgang Orchesterrundgang Theater Unten Kantine Dirigentenzimmer und so weiter. Tausend Türen, von denen wir aber nicht alle öffneten. Welche ja, welche nicht, vergaß ich wieder. Aber ich hatte ja noch einen Tag. Außerdem war ich dafür ja auch eigentlich gar nicht zuständig, Hubert würde weiterhin kommen, während ich unten an der Pforte saß. Dennoch mußte ich – für alle Fälle – das Theater kennenlernen.

Als wir vom Rundgang wieder zurückkamen, machte Hubert die Alarmanlage an, die über Bewegungsmelder funktionierte. Dann haute er ab, Gustav machte das Licht aus, legte seine Zähne auf den Schreibtisch, duselte ein. Same procedure. Ich wagte nicht, den Fernseher oder das Radio einzuschalten, und ich wußte nicht, ob ich glücklich oder unglücklich darüber sein sollte, im Schauspielhaus gelandet zu sein. Ich müßte mal ein Stück schreiben und vielleicht einem Dramaturgen unter die Nase halten. Aber ich hatte einfach keine Fantasie, ich konnte nur schreiben, was ich erlebt hatte. Gab das Stoff für ein Stück her? Klar, wahrscheinlich würden die das mit Begeisterung lesen, und wenn sie es aufführen würden, wäre ich aus dem Schneider. Werd jetzt nich' größenwahnsinnig, Wolfgang! Mach deinen Job und ernähre dich redlich. Ich könnte ja auch noch meinen Roman schreiben, den *Tick*, die Fortsetzung von *Peggy Sue*. Aber wer sollte ihn verlegen? Suhrkamp wohl kaum, obwohl ich immer noch mit Hans-Ulrich Müller-Schwefe in Verbindung stand, aber auch das nur locker. Ich hatte ihm jetzt schon ein Jahr lang nichts mehr geschickt. Ach, wär das schön, ein Buch in einem großen Verlag mit einem vernünftigen Vertrieb. Bei

Konkret, so hatte mir Ute Grot erzählt, hatten die Vertreter mein Buch geradezu boykottiert, vermutlich weil es ihnen nicht links genug und zu versaut gewesen war. Bei anderen Verlagen rechnete ich mir nach meinen Erfahrungen mit *Peggy Sue* keine Chancen aus. *Peggy Sue* war doch kaum von den Lektoren gelesen worden. Man mußte wahrscheinlich Beziehungen haben, und die hatte ich nur zu Suhrkamp. Aber ich schrieb keine Suhrkamp-Literatur, das bildete ich mir jedenfalls ein. Es gab zwar Veranda Spuk, aber die hatte auch nur ein Buch lang durchgehalten. Und was war aus Strätz geworden? Jetzt guckte ich auf den Tagesplan und sah, daß Schleef im Schauspielhaus probte. Den werde ich morgen mal ansprechen. Ich hatte mir mal seine *Gertrud* gekauft, außerdem wurde er von Müller-Schwefe lektoriert. Die Zeitungen kamen, es stand aber nichts Weltbewegendes drin. Wolfgang versuchte, mir die Telefonanlage zu erklären, und ich kam diesmal endlich einigermaßen dahinter, wie das Weitervermitteln eines Gespräches funktionierte.

Ich verabschiedete mich und fuhr mit der Bahn zum Hauptbahnhof, wo ich mir am Zeitungsstand eine meiner gelegentlichen Bildzeitungen kaufte. Zu der Zeit, als ich dieses Blatt noch öfter kaufte, hatte ich mich mit dem Verkäufer angefreundet. Es war ein nicht mehr ganz junger Mann, der Manfred Szych hieß und mitbekommen hatte, daß ich schrieb. Ich mußte ihm versprechen, ihn in meinem nächsten Buch einzubauen. Zu Hause fiel ich wieder einmal völlig erschossen ins Bett. Abends würde ich die letzte Einführungsschicht absolvieren, dann würde es ernst.

Ich ging zur nächsten Schicht vorsichtshalber eher aus dem Haus, fuhr mit dem 345er in die Stadt und stieg an der S-Bahn ein, vorbei am Kulturbahnhof, Teimannstraße. Damals bestand noch die Post am Werne Amt. Hoch zur Heroldstraße. Hinten wohnten Tante Hilde und ihr Sohn

Heinz, die hatten da ein Haus. Der Hellweg war die Ge-
schäftsstraße von Bochum-Werne. Damals war noch nicht
jeder zweite Laden ein Bäcker, und an der Ecke gab's das
Tapetenhaus Waitz, nicht Bentes Kaufhaus. Ab nach Laer.
Hardeck baute da sein Möbelhaus. Wir stießen auf die
310. Altenbochumer Hof, im Ausschank Vest Pils, das
Schultheiß abgelöst hatte. Irgendwann würde auch das
ersetzt, durch Brinkhoff's. Rechts die Falken-Apotheke.
Ich hatte noch nie gesehen, daß die mal Notdienst hatten,
aber gut, ich fuhr ja auch nicht jeden Tag mit dem Bus.
An der Hauptpost stieg ich aus und ging ins Café Ferdinand, um zwei Bier zu trinken. Zu Fuß ging ich von dort
aus über die Uni- und die Oskar-Hoffmann-Straße zum
Theater.

Ich machte diesmal keinen Abstecher in die Kantine.
Doris wollte dann aber doch warten, bis Gustav kam. War
er nun rüstig oder klapprig? Ich konnte mich nicht entscheiden. Um Viertel nach zehn war die erste Vorstellung zu Ende, und die Garderobenfrauen von der Kammer
brachten zwei Schlüssel.

Da tauchte mit einem Mal Paul auf, mein alter »Studien-
kollege«, nun Inspizient. Was machst du denn hier?, fragte
er überrascht, und es war mir schon ein bißchen peinlich. Ich dachte, du wärst ein berühmter Schriftsteller
geworden. Ich hab dein Buch gelesen. Der Guido hat's gekauft. Das war sein Stiefsohn. Tja, wie das Schicksal so
spielt. Ich fragte ihn nicht nach Malte. Wahrscheinlich
erinnerte er sich auch nicht gern an die vergangene Stu-
dienzeit. Er war gekrümmt, sagte aber nichts zu seiner
Krankheit, sondern sah nur noch mal ins Inspizienten-
buch, klappte es zu und verabschiedete sich. Wir werden
uns ja jetzt öfter sehen. Worauf du einen lassen kannst,
sagte ich. Auf einmal tauchte an der Scheibe ein bekanntes
Gesicht auf, Georg Imdahl, Reporter der lokalen *WAZ*,
der über mich in der Manni-Weller-Show berichtet hatte.

Georg war der Sohn des berühmten Kunstprofessors Max Imdahl, sein Bruder hatte unter anderem bei den Conditors Schlagzeug gespielt, seine Schwester hatte mal in einer WG auf der Wilhelmshöhe gewohnt. Die hatte mittlerweile geheiratet; was sie jetzt machte, wußte ich nicht, fragte aber auch nicht Georg, der im übrigen noch studierte. Hat das was damit zu tun? Nein. Jedenfalls war Georg an jenem Abend eh nicht meinetwegen gekommen, sondern wollte Gustav befragen und von ihm wissen, ob er verwandt mit dem berühmten VfL-Profi gleichen Namens sei. Ja, war er. Und Gustav mußte erzählen, was ihm aus zwanzig Jahren Dienst einfiel. Das war allerdings nicht so viel. Erstaunlich fand ich, daß er einmal von Nachbarn angerufen worden war, weil am Schauspielhaus die Fahnen so laut geflattert hatten.

Wieder gingen einige Dutzend Leute raus, von denen ich endlich einige Gesichter wiedererkannte, ein Erfolgserlebnis, zumindest ein halbes, denn an ihre Namen konnte ich mich noch immer nicht erinnern. Wie sollte ich ihre Post loswerden? Kann ich mal ein Amt haben?, fragte jemand. Gustav drückte drei Knöpfe, bis es in der Telefonzelle an der Pforte klingelte. Dann konnte derjenige, der telefonieren wollte, die Nummer wählen, durfte aber nur ein Ortsgespräch führen. Am Ende klingelte es, und man konnte ablesen, wie viele Einheiten vertelefoniert worden waren. Elken brachte wieder Brötchen. Willst du auch was haben, Bier, Kaffee? Ein Wasser wär nicht schlecht. Ich hatte zwar Wasser mit, kam aber mit einer Flasche in der Nacht längst nicht aus. Demnächst wollte ich eine Kaffeemaschine mitbringen. Aber das war alles nebensächlich angesichts meiner Sorge, wie ich das mit all den unbekannten Leuten und Namen hinbekommen sollte. Es durften ja nur Menschen reingelassen werden, die hier arbeiteten. Na ja, das werde ich schon noch schaffen, beruhigte ich mich. Aloys würde nach mir auch noch drei

Einführungsschichten machen. Mit ihm würde ich mich abwechseln, wenn Gustav nicht mehr da wäre. Hubert kam und inspizierte die Brötchen. Er lebte bei seiner Tochter im Haus und hatte sich extra einen neuen Wagen gekauft, weil er ja gedacht hatte, er bekäme Gustavs Job. Wir drehten wieder die Runde, und ich wurde immer schlauer. Als Hubert weg war, machte Gustav wieder das Licht aus, legte die Zähne wieder auf den Schreibtisch und ließ wieder den Fernseher aus.

Am nächsten Abend hatte ich frei und ging ins Haus Schulte zu Pedro, dem Griechen. Es war nicht viel los, drei, vier Leute lungerten am Tresen rum, unter anderem Schobbi, und erzählten dummen Mist. Wo früher ein Flipper gestanden hatte, hatte der Wirt jetzt einen Dart-Automaten aufstellen lassen. Ich hatte keine Lust zu spielen, hatte auch noch nie jemanden gesehen, der sich daran versucht hatte. Erwin Patzke kam rein. Hallo, lange nich' gesehen, sagte ich. Ja, du kommst ja nicht mehr zum Sportplatz. Ich muß sonntags arbeiten oder ausschlafen. Wir tranken Pils, bis Erwin genug davon hatte und auf Bacardi-Fanta umstieg. Was macht eigentlich deine Nichte, die Ilona? wollte ich wissen, mit der hab ich doch auch mal ein Krößchen gehabt. Das war achtzehn Jahre her; mit ihr hatte ich das allererste Mal gefickt, im Feldweg, recht unbeholfen. Und 'ne Woche später hab ich ihr den Laufpaß gegeben, weil mir die Claudia lieber war, obwohl die mich nicht ranließ. Ach die, meinte Erwin, kaum hatte die die Dose aufgemacht, hat se auch schon ein Blag gekriegt. Dann war se dreima verheiratet und hat gezz vier Kinder. Da konnte ich ja froh sein, daß ich an der nicht hängen geblieben war. Watt is' Erwin, kommze noch mit nach Appel oder Zwischenfall, wie das heißt. Weisse noch, als wir mit der Kleinen aus Hannover da waren? Wie hieß die noch? Und seine Augen glänzten. Katja, Katja Stephan. Die war noch etwas jung, sonst wär was zu machen gewesen. Also, nach Appel geh ich nich' mehr, aber ich kann dich da mit dem Taxi absetzen. Wär mir angenehm. Ich war ja jetzt schon prall. Aber ich ging noch immer in der Hoffnung ins Appel, vielleicht doch noch Conny oder Vera oder Dagmar anzutreffen, auch wenn ich jetzt, so besoffen wie ich schon war, mit denen sowieso nichts mehr hätte anfangen können. Norbert bediente, und wir knobelten noch einen. Moritz spielte mit, und ich fragte so hintenrum, ob er wüßte, was seine ehemalige Freundin Vera so machte. Das wußte er aber nicht. Schade, bei ihr hätte ich das Lecken üben können, das hatte sie so gern gehabt. Während der darauffolgenden Tage hatte ich noch frei, und ich ging mit meinem Vater mal wieder zum Fußball. Die Meisterschaft ging dem Ende zu, und Wilhelmshöhe stand irgendwo auf den letzten Plätzen der Tabelle. Wahrscheinlich müßte man wieder ein paar Spiele kaufen.

Am ersten April sollte ich meine erste Schicht allein im Schauspielhaus fahren – fast allein, denn Hubert würde hoffentlich kommen und Licht ausmachen. Ich löste Wolfgang ab, der in dieser Woche Spätschicht hatte. Die von der Stadt hatten ja immer eine Woche früh, eine Woche spät und eine Woche frei, während es bei uns völlig unregelmäßig variierte. Vielleicht würde ich hier ja nachts dazu kommen zu schreiben, in der Zeit, in der Gustav geschlafen hatte. Wolfgang zeigte mir noch mal die Telefonanlage, und dann ging's los. Erst war es ruhig, weil die Vorstellungen und Proben noch liefen. Es kamen Durchrufe, die Vorstellung in der Kammer ist zu Ende, kurz darauf kam Paul, der die Durchsage gemacht hatte, vorbei und gab sein Buch ab. Er sagte nur die Tageszeit, sonst nichts. Auch sonst unterhielten wir uns nicht mehr, schon gar nicht über alte Zeiten, an die er, wie ich glaubte, nicht erinnert werden wollte. Links auf dem Schreibtisch lag ein Zettel mit Namen. Das war das nichtkünstlerische Personal, von der Verwaltung bis zur Beleuchtung und Technik. Ich überschlug, das waren rund zweihundert Leute, hinzu kamen die Künstler, nicht nur die Schauspieler, auch die Bühnen- und Kostümbildner, auf einem extra Zettel, noch mal hundert. Und die mußte ich alle kennen? Jetzt strömten sie nach und nach raus. Manche gingen schnell vorbei, aber ich fragte fast alle, wie sie hießen und was sie machten.

Die meisten guckten verdutzt, doch wenn ich dann erklärte, ich bin der neue Pförtner, ich muß mir Ihre Namen merken, hatten sie meist Verständnis. Mir war klar, daß ich mir nicht alle Namen auf Anhieb würde merken können, eigentlich kaum einen, und ich würde an den nächsten Tagen noch mal nachfragen müssen. Frau Münch merkte ich mir allerdings sofort, die Vorarbeiterin von den Garderobenfrauen, auch Andreas Bartsch, der Beleuchtungsmeister, blieb im Gedächtnis hängen. Aber viele andere, besonders die jungen Schauspielschülerinnen, die hier ihr erstes Stück übten, konnte ich kaum auseinanderhalten. Brigitte Beyeler blieb jedenfalls haften, die Schönste von allen, eine Schweizerin. Katharina Abt, die später in zahlreichen TV-Serien mitspielte, war auch nicht schlecht. Aber wie sollte man an die rankommen, als kleiner Pförtner? Dann kam der Typ vorbei, den ich für Einar Schleef hielt, in einem blauen Mantel und mit einer Umhängetasche. Er war schon fast raus, als ich hinter ihm herrief, sind Sie Herr Schleef? Ja-a-a. Wir haben einen gemeinsamen Bekannten, den Hans-Ulrich Müller-Schwefe. Er stotterte fürchterlich, was ich nicht gewußt hatte. Er machte ein Tanztheaterstück, für das es noch keinen Titel gab. Ich hatte während der Probe ein Rumsen gehört, als seien zwanzig Mann aus drei Meter Höhe auf die Bühne gesprungen. Schleef war sehr nett. Er hatte ja einen Ruf als Berserker, doch wenn er mit Müller-Schwefe befreundet war, konnte er kein so schlechter Mensch sein. Die anderen Schauspielschüler gingen raus, und ich fragte weiterhin brav nach den Namen. Dann kamen die Tänzer und Tänzerinnen, die normalerweise mit Reinhild Hoffmann arbeiteten. Ich war ganz schön fickrig, all die Namen und Gesichter. Die Tänzerinnen waren alle schroh, richtig dürre Klappergestelle. Von einem Tänzer hing eine Todesanzeige am Schwarzen Brett; vermutlich war er an Aids gestorben. Die Schlüssel der Herren- und Damenschneiderei wurden abgegeben. Die Namen dieser Leute brauchte ich mir nicht zu merken. Der gleiche Ablauf wie an den anderen Tagen. Ein Telefonanruf, kann ich mal mit der Dramaturgie sprechen? Da waren drei Nummern, die Leute kannte ich noch nicht. Ja, den und den. Ich versuchte zu verbinden; es klappte auf Anhieb. Dann kam eine Blondine und meinte, sie sei Jutta van Asselt. Es sei etwas schwierig zu merken, weil es drei Juttas am Schauspielhaus gäbe; sie sei vom Betriebsbüro. Da kam auch schon die nächste Jutta: Jutta Schneider, eine Souffleuse. Sie wollte ein Amt in der Telefonzelle haben. Wie ging das noch mal? Ach so, mit 105. Ich stellte durch, sie wählte eine Nummer; wie gewohnt klingelte es am Ende ihres Gespräches, und der Apparat zeigte an, wie viele Einheiten sie verquasselt hatte. Eine Einheit. Die brauchte sie nicht zu bezahlen. Später kam der Chef Steckel, gab seinen Schlüssel ab und verkündete, er ginge ins Bänksken. Das war das Restaurant an der Ecke. Die Ankündigung machte er wohl, falls ihn mal seine Tochter erreichen wollte, die er anscheinend allein großzog. Schließlich kam wieder Hubert und drehte seine Runde. Als er weg war, stellte ich den Fernseher an. Damals war nachts kaum was drin. Ich glaub, auf der Frequenz von RTL lief Tele 5. Ich sah und hörte Musik. Alles Duos, Sonny and Cher, Simon and Garfunkel, die Everly Brothers und noch ein paar andere. Es war eine schöne Sendung, leider zu kurz.

Eines Tages kam Hubert nicht zum Lichtausmachen; er kam auch später nicht. Kaminsky rief mich an und meinte,

Huberts Kinder hätten ihn aufgehetzt, doch er, Kaminsky, würde dennoch versuchen, ihn, Hubert, zu überreden, weiterhin zu kommen. Bis dahin müßte jedoch ich die Runde um halb eins drehen. Es käme ein Revierfahrer, der würde sich während dieser Zeit für mich an die Pforte setzen. Na gut. Ich drehte die Runde, Fenster – Türen – Licht, prüfte alles, so gut es ging, und war nach anderthalb Stunden fertig. Der Fahrer freute sich derweil über die lange Pause. Das ging drei Tage lang so, bis Hubert doch wiederkam. Ich sagte nichts, gab ihm einfach die Brötchen. Einmal, er war schon wieder weg, mußte ich ihn zu Hause anrufen, nachts um halb drei, weil er versehentlich den Generalschlüssel mitgenommen hatte, den ich unbedingt für die Feuerwehr brauchte. Und Hubert fuhr die lange Strecke aus Gelsenkirchen zurück. Verdammte Hacke, sagte er. Es war nicht das erste und nicht das letzte Mal, daß er den Schlüssel vergaß.

Während der nächsten Tage liefen die Proben weiter, und ich malte mir aus, wie ich mit Katharina Abt und Brigitte Beyeler rumfickte. Aber es war nichts zu wollen. Hirsche und Hennen hieß das Stück von Willy Russell, in dem die Schauspielschüler ihr Bühnendebüt feierten. Russell hatte auch schon ein Beatles-Musical geschrieben, das ebenfalls hier in Bochum aufgeführt worden war, mit Herbert Grönemeyer als fiktivem fünftem Pilzkopf in seiner ersten größeren Rolle. In Herberts Biografien habe ich allerdings nie einen Hinweis darauf gefunden. Komisch. Die Premiere des neuen Stücks rückte näher, und weil das etwas Neues für uns war, schlug ich vor, daß Aloys und ich während der Feier gemeinsam die Pforte bewachten. Es sollte eine öffentliche sein, hatte der Hausmeister gesagt, und weil er selbst da war, durfte also jeder rein. Tatsächlich kam nach der Vorstellung halb Bochum, so schien es. Die Leute, vornehmlich junge, strömten zum Malersaal II hoch, in dem die Feier stattfand. Der Aufzug fuhr ununterbrochen. Um halb eins kam ein Anruf. Nachbarn waren dran, es sei viel zu laut. Ist gut, ich sag Bescheid. Ich ging hoch und ermahnte den Discjockey, leiser zu stellen. Eine halbe Stunde später kam wieder ein Anruf, es wär immer noch zu laut, wenn sich das nicht endlich ändere, holten sie die Polizei. Ich schickte Hubert hoch, der mittlerweile gekommen war; aber es nutzte nichts: Die Bullen kamen um halb drei und ließen sich den Weg zum Malersaal II zeigen. Nach einer Viertelstunde kamen sie wieder runter und meinten, nun sei hoffentlich Ruhe. Mir war bei der ganzen Sache mulmig, aber meine Schuld war es ja nicht. Um halb fünf gingen die letzten, und ich war froh, als sie raus waren.

Als ich morgens die Zeitung aufschlug, dachte ich, der Rezensent eines amerikanischen Buches schriebe über mich: Diese Detailfülle scheint auf den ersten Blick einem radikalen Naturalismus zu entspringen, einer auf die Spitze getriebenen Mimikry der Literatur mit dem Leben. Ja, das traf auch auf meine Schreibe zu – wenn ich geschrieben hätte. Ich ging zum Ubu, dem Antiquariat. Ich ging gerne dorthin, auch wenn ich kaum alte Bücher da kaufte, aber immer das *Schreibheft*. Aber Wolfgang Joest, der Inhaber, besorgte innerhalb von vierundzwanzig Stunden alle lieferbaren Bücher. Eine gute Alternative zu Janssen, wo ich die Bücher kaufte, die sie vorrätig hatten. Bestellungen aber gab ich im Ubu auf, damit der auch ein paar Mark verdiente. Ich erzählte ihm, daß bei Zweitausendeins die Suhrkamp-Ausgabe der gesammelten Schriften von Max Raphael für neunundneunzig Mark im Katalog ständen. Er meinte, einen Moment, griff zum Hörer und telefonierte mit Suhrkamp. Als er fertig war, sagte er mir, für den Preis kannst du sie auch von mir haben. Okay, antwortete ich, bestell. Zwei Tage später holte ich sie mir ab. Ich hatte zwar schon die gebundene Ausgabe, aber ich dachte, ich müßte aus alter Verbundenheit mit der verstorbenen Witwe auch diese Ausgabe haben. Wolf Schwartz kam rein. Er hatte wie ich fürs *Marabo* geschrieben. Er war Soziologe und gab eine Zeitschrift raus, die *Archiv* hieß oder so. Ich fragte, was macht dein Freund Kixon? Kixon war ein ehemaliger Klassenkamerad von mir, seine Schwester war meine erste Freundin gewesen. Er hatte auch Sowi studiert und wie so viele andere keinen Job gefunden. Später hatte er den RubPub übernommen, eine halb illegale Kneipe an der Uni. Ich war oft mit Claudia oben in dem dunklen Schuppen gewesen, wir fühlten uns da wohl. Später erzählte Kixon mir, daß auch er scharf auf Claudia gewesen sei und mich immer beneidet hätte. Wolf Schwartz sagte jetzt, wir machen im Bahnhof eine Bob-Dylan-Veranstaltung zum fünfzigsten Geburtstag. Ich meinte, der Kixon kann doch kaum Englisch, der versteht Dylan doch gar nicht. Das hat sich geändert. Ich antwortete, Dylan ist doch ein Arschloch, und haute ab.

Sonntags, ich war kaum an der Pforte, kam Kixon mit einem ganzen Trupp rein. Schwartz war dabei, Klaus Krone, den ich als Bekannten von Bettina Blumenberg in Erinnerung hatte, und zwei Frauen, von denen eine die Freundin von Wolf Schwartz zu sein schien, die andere die von Kixon. Aber war der nicht verheiratet und hatte zwei Kinder? Örle, er nannte mich noch bei meinem alten Spitznamen aus der Schulzeit. Wie du weißt, machen wir 'n Dylan-Abend, und du mußt auch 'n Vortrag halten. Ich? Ich habe doch keine Ahnung von Dylan. Außerdem hasse ich den. Ja, gerade deshalb sollst du ja einen Vortrag halten. Schreib auf, was du gegen Dylan hast, und erzähl davon. Nein, das mach ich nicht, sagte ich. Ach komm, Örle, du kriegst auch zweihundert Mark. Das ließ mich aufhorchen. Zweihundert Piepen konnte ich gut gebrauchen. Aber die Arbeit! Da müßte ich doch erst mal Bücher lesen, und es blieben nur noch vierzehn Tage Zeit. Ich habe auch nur eine CD von dem, eine *Greatest Hits*; da müßtest du mir noch ein paar besorgen. Mach ich doch glatt. Also gut. Ich hatte mich breitschlagen lassen.

Zu Hause sah ich nach, was ich an Dylan-Literatur hatte; nicht viel, ein paar Lexika und seine gesammelten Texte aus der Frühzeit. Ich setzte mich dann einen Tag vor der Veranstaltung hin, schrieb nachts auf meiner Schreibmaschine die zwanzig Seiten und schickte sie per Eilpost an Kixon, machte ihm im selben Atemzug aber auch klar, daß ich selbst sie nicht lesen wollte. Kixon rief mich daraufhin sofort an, du mußt das machen. Ich erwiderte, ich mach was anderes. Ich hatte morgens im Schauspielhaus die Presse durchforstet; *Süddeutsche*, *FAZ*, *FR*, überall stand was zum fünfzigsten Geburtstag drin, ein Artikel salbungsvoller als der andere. Sogar die Bildzeitung schrieb was, aber die war ja auch, wie bei Alice Schwarzer – man glaubt's kaum –, als Dylans Sponsor aufgetreten. »Was Bob Dylan und Helmut Kohl gemeinsam haben«, hieß es. Aus all diesen Stories zitierte ich abends im Bahnhof Langendreer und bekam nicht nur die zweihundert Mark bar auf die Hand, sondern sogar Beifall von den etwa dreihundert Zuschauern. Anschließend mußte ich noch zur Arbeit. Ich war supergut drauf und schrieb im Theater einen Brief an Ingrid Klein, daß ich wieder zu allen Schandtaten bereit sei, wenn sie noch bei Konkret wäre. Ich schrieb wirklich gut, ich hatte ja schon in der Nacht zuvor zwanzig Seiten über den amerikanischen Folksänger getippt. Morgens holte ich mir einen runter mithilfe von Kim Basinger, die in einem alten *Playboy* abgelichtet war. Sie hatte Nacktaufnahmen gemacht, nachdem sie in einem 007-Film das Bond-Girl gespielt hatte. Bei ihr kam ich immer sehr gut. Ich fand, sie war die schönste Frau der Welt, zumindest damals. Heute ist ihr Gesicht etwas verhärtet, und sie würde sich auch nicht mehr für Geld und gute Worte ausziehen. Ich erzählte meinen

Eltern von meinem Erfolg und übertrieb dabei natürlich etwas. Ich rief Kixon an; erst schlief er noch, später erreichte ich ihn. Auch er war zufrieden. Für unser Buch – er wollte einen Band zur Veranstaltung rausbringen – brauchen wir die lange Fassung. Ist okay, mach ich mit meiner Schwester am Computer.

Bald darauf erhielt ich eine Antwort von Ingrid Klein. Sie hatte einen eigenen Verlag gegründet, der, nicht überraschend, Klein Verlag hieß, und konnte sich durchaus vorstellen, darin einen Roman von mir zu veröffentlichen. Ich war glücklich, endlich eine Perspektive. Sie hatte auch gleich dazugeschrieben, wie sie mich finanzieren wollte. Sie kannte jemanden beim Deutschen Literaturfonds e. V., der mir wahrscheinlich ein Stipendium verschaffen könnte. Ich nahm an, es sei Uwe Timm, der schon mal in ihren Konkret-Heften geschrieben hatte. Jetzt mußte ich den Roman nur noch schreiben. Erst mal wollte ich ihr meine Dylan-Sache schicken. Ich bearbeitete den Text mit Gabi am Computer und ging damit zur Pforte des Rathauses, wo noch immer mein Freund Rudi saß. Ich fragte ihn, ob ich mal das Faxgerät benutzen dürfe, das die jetzt da stehen hatten, und schickte den Rotz nach Hamburg. Schon zwei Tage später kam die Antwort. Die Story gefiel ihr nicht, wahrscheinlich weil sie Dylan-Fan war. Ich war erst mal down. Aber so schrieb ich doch jetzt immer, so assoziativ. Nun ja, wenn ich Zeit hab, schreib ich meinen Roman, aber nicht auf der Arbeit, sondern im Herbst, wenn ich drei Wochen Urlaub haben würde. In der Zeit müßte ich ihn schaffen.

Die Woche darauf fuhr ich mit Ludger in die Gruga-Halle, um zu sehen, was von den Beach Boys übriggeblieben war. Dennis Wilson war ja tot, und Brian, der, dicklich, ein wenig so aussah wie ich, war nach seinem Ausstieg aus dem Tourneegeschehen 1966 nicht wieder eingestiegen. Angeblich wurde immer eine Garderobe für ihn freigehalten, falls er doch mal käme. Das Konzert war durchwachsen, sie spielten die Greatest Hits, nichts von meinem Lieblingsalbum *Surf's Up*. Sie machten keine Experimente. Später las ich, es sei Playback gewesen. Das mochte ich nicht glauben, aber im Grunde waren sie wirklich nur noch ein Schatten ihrer selbst.

Ludger und ich landeten im Tucholsky, das neben dem Café Ferdinand unser Stammlokal geworden war. Ich trank gerade mein zweites Pils und mein Freund einen Milchkaffee, als Christian Hennig reinkam, der Herausgeber des *Marabo*, der mittlerweile auch dessen Chefredakteur geworden war. Seine dünnen Haare hatte er zu einem Zopf zusammengebunden, wie es gerade Mode war. Ich kaufte mir nach wie vor das Heft, obwohl ich kaum was las. Peter Krauskopf, der jetzt nur noch stellvertretender Chefredakteur war, hatte was über seinen Lieblingsschriftsteller Karl May im *Zeit*magazin veröffentlicht. Davon hat er immer geträumt, sagte Christian. Ich weiß nicht, wie wir schließlich auf Willi Winkler zu sprechen kamen. Als er ein paar Jahre beim *Spiegel* war, hatte ich nichts von ihm gehört. Jetzt, so Hennig, sollte er bei der *taz* sein, als Urlaubsvertretung. Zuzutrauen war ihm das. Er konnte ja sicher von seiner *Spiegel*-Gage leben. (Ich hab gerade Spiegel-Gaga geschrieben.) Mir kam eine Idee. Man könnte ihm meinen Dylan-Text anbieten. Der wäre doch was für die *taz*, wenn auch zu lang. Dem *Marabo* bot ich ihn nicht an, obwohl Christian meinte, Ludger und ich sollten mal wieder vorbeigucken. Ich schrieb am nächsten Tag einen Brief an Winkler, c/o *taz* Berlin, und erklärte ihm den Fall. Winkler rief umgehend an und wollte den Dylan-Text haben.

Ich ging mit der Story in die Stadt, um sie zu kopieren, und wollte auch mal bei Kortum vorbeisehen, wo gerade *Der große Bellheim* gedreht wurde. Schon von weitem sah ich, daß man an der Fassade die Kortum-Schilder durch

Bellheim ersetzt hatte. Ich ging zu einer Würstchenbude, die gegenüber dem Lieferanteneingang lag. Vielleicht konnte ich einen Prominenten erleben. Außerdem sollten einige Schauspieler vom Theater in Nebenrollen mitwirken. Ich wußte zum Beispiel, daß Thomas Wittmann einen Pförtner spielte. Gerade wollte ich in meine Bratwurst beißen, als Ingrid Steeger mit einem gleichaltrigen Mann mit krausem Haar an meinem Tisch auftauchte. Sie aßen Currywurst. Ich kannte die Steeger ja nun aus etlichen Softpornos, die im Privatfernsehen liefen; *Klimbim* hatte ich dagegen kaum gesehen. Ich bat sie um ein Autogramm auf mein Dylan-Elaborat; sie schrieb bereitwillig. Und wer sind Sie? fragte ich den Kerl. Ich bin der Regisseur. Herr Gottlieb? Nein, nein, lachte er, Wedel. So, ich dachte, weil Frau Steeger doch viele Nacktfilme mit Herrn Gottlieb gedreht hat. Da wurden beide ösig und zischten ab, dabei hatte ich noch nicht mal gesagt, daß ich mir bei den Filmen einen runtergeholt hatte. Abends ging ich zum Schauspielhaus und sah am Lokal Jago Herrn Beimer von der Lindenstraße sitzen. Auch von ihm wollte ich ein Autogramm, für meine Mutter. Muß das sein?, seufzte er, holte dann aber doch zwei Karten raus und unterzeichnete sie. Meine Mutter war allerdings überhaupt nicht begeistert. Eigentlich war in unserer Familie ja auch ich der Fan der Lindenstraße. Als die Serie die hundertste Folge feierte, hieß es in einer Sendung, daß man männliche Drehbuchautoren suche. Ich habe daraufhin hingeschrieben, daß ich einen Roman veröffentlicht hätte, ob sie den mal prüfen wollten. Wollten sie. Ich schickte ihn auch hin, doch wahrscheinlich war ihnen *Peggy Sue* zu versaut, jedenfalls bekam ich eine Absage mit der üblichen Floskel, der Posten sei schon anderweitig besetzt. Da waren mal wieder drei Wochen Hoffnung dahin. Trotzdem sah ich mir die Serie weiterhin an. Immerhin, der Dylan-Text kam in der *taz* auf anderthalb Seiten; da würde sich auch die Ingrid Klein wundern. Ich schrieb ihr aber nicht, den Artikel würde sie schon selbst entdecken müssen. Kixon war auch glücklich. Für Schwartz hatte ich die holländische Zeitschrift, in der Jeroen Kuypers zwei Seiten über mich und Bochum geschrieben hatte, »Nach den Zechen sterben die linken Ideologien«. Schwartz war wie immer unterkühlt, bat mich aber, für sein Archiv noch zwei Exemplare zu besorgen. Der Gründer dieses anarchistischen Blattes sei ein Freund von Friedrich Engels gewesen. Ist gut, besorg ich dir, ich fahr sowieso nächste Woche nach Holland.

Inzwischen hatte ich eine Sendung über *American Psycho* gesehen und war entsetzt über den Hype, der da veranstaltet wurde, im Vergleich zu meinem Buch. Ich fuhr in einen Amsterdamer Vorort und mußte in Utrecht umsteigen. Ich traf meinen niederländischen Freund am Bahnhof, und wir gingen zu der Wohnung, die er zeitweise belegt hatte. Zu ihm nach Hause in die Provinz durften wir nicht; vielleicht war der Vater Deutschenhasser. Ich weiß es nicht. Er holte erst mal Geld, und abends gingen wir aus und aßen auch etwas, das mir wie Hundefraß vorkam. Wir setzten uns draußen vor ein Theater, in dem ein Stück von Václav Havel gespielt wurde. Ich hielt Jeroen frei, mittlerweile war ich ja nicht mehr knapp bei Kasse, und die *taz* würde auch ein paar Mark überweisen. Nachts diskutierten wir noch in der Wohnung, und ich kam auf *American Psycho* zu sprechen. Ich sagte den fatalen Satz: Ich ficke lieber meine Mutter. Der Holländer war begeistert. Kannst du einen Artikel für unsere Zeitschrift darüber schreiben? Und er telefonierte mit einem Freund. Überhaupt nicht verärgert über meinen Ausrutscher, sagte ich ihm zu. Am nächsten Morgen spazierten wir noch durch die Amsterdamer Innenstadt. Jeroen hatte mir die beiden Hefte für Schwartz mitgegeben. Im Zug las ich in der *FAZ* wieder was über mich, von wegen er beweise sowohl im Kampf gegen Konventionen als auch beim Schreiben und Reden einen langen Atem. Zu Hause las ich im Lokalblatt: Alle Angebote ein Treffer. Gemeint waren meine Angebote.

Am nächsten Tag mußte ich wieder arbeiten. Ich fuhr mit der S-Bahn und traf im Bahnhof Karl-Heinz. Ich hatte ihn fast zehn Jahre nicht mehr gesehen. Eine Zeit lang waren wir öfter zusammen gewesen; er hatte auch bei Elpi malocht und bei meiner ersten Lesung in der Zeche für Musik gesorgt. Jetzt hatte er eine Kappe auf und trug eine Kamera um den Hals. Er erzählte mir, daß er nun in London wohne, ob ich ihn dort nicht mal besuchen wolle. Ja, gern, aber ich hab jetzt wenig Zeit. Wann fährst du wieder zurück? Morgen. Dann können wir uns nicht mehr treffen. Ich nannte ihm meine Adresse und bat ihn, mir seine Anschrift zu schicken. Ja, das mach ich. Tatsächlich bekam ich irgendwann seine Adresse und fuhr auch zu ihm, aber das war viel später ...

Schleef hatte kurz vor der Premiere die Brocken hingeschmissen. Das hatte schon längere Zeit in der Luft gelegen. Ich bekam zwar an der Pforte nicht viel mit, hatte aber den Eindruck, daß jeden Tag ein weiterer Tänzer aufgegeben hatte. So herrschte auch keine große Aufregung, als Schleef ebenfalls aufgab. Mittlerweile kannte ich die meisten Leute. Nur wenige – die, die selten vorbeikamen – mußte ich noch nach dem Namen fragen. Sonntags war immer weniger los als an den anderen Tagen, weil die Vorstellungen früher begannen und damit auch eher zu Ende waren. Ich schrieb an meinem Text für den Holländer über *American Psycho*, das ich noch nicht gelesen hatte, das noch nicht einmal raus war. Ich blieb jedenfalls dabei, ich würde lieber meine Mutter ficken als mit der Bohrmaschine zu hantieren. Ich hatte gerade diese Zeilen getippt, als Wolf Schwartz mit seiner Freundin reinkam, um die beiden Hefte von *De Vrije* abzuholen, die ich ihm in Amsterdam besorgt hatte. Stolz berichtete ich, daß auch ich dafür schrieb, und er warf einen Blick auf den Satz, den ich gerade geschrieben hatte. Die Stelle. Er sagte nichts.

Schließlich begannen die Theaterferien, meine ersten, aber während sich alle in die spielfreie Zeit verzogen, mußten wir Pförtner weiterhin Wache schieben. Wenn ich Wolfgang, Doris oder Gerd abgelöst hatte, war der Bau leer. Sollte ich in Angstzustände versetzt werden? Ich wußte es nicht. Ich hatte jedenfalls keinen Schiß, nicht die Spur. Nachts kam nach wie vor Hubert, auch wenn kaum noch Licht auszumachen war. Ich fuhr nun meist mit dem 45er-Bus. Am Staudengarten stieg der Typ nicht ein, der immer eine rote Latzhose trug und sich immer auf denselben Platz setzte, mir gegenüber: Ich setzte mich ja auch immer auf denselben Sessel. Jetzt hatte der Bus Verspätung – man kann sowieso Gift darauf nehmen, daß es eine Verzögerung gibt, wenn sich der Fahrer während der Fahrt mit einem Bekannten unterhält, so war's eben auch an jenem Tag. Früher hatte ja vorn ein Schild gestanden, daß die Unterhaltung mit dem Fahrer verboten sei. Daran hielt sich aber mittlerweile niemand mehr, und so gab's immer wieder diese typische Verspätung, auch dann, wenn Frauen am Steuer des Busses saßen, die fuhren eben vorsichtiger. Anschließend fuhr ich mit der 318 zum Schauspielhaus. Am Bahnsteig hatte ich mir einen bestimmten Stein eingeprägt: An dieser Stelle ging immer die hinterste Tür auf. Es gab kaum Leute, die öfter und regelmäßig mit der Bahn fuhren, wie der Sinologe, der immer eine chinesische Zeitung las. Und es fuhr niemand wie ich jeden Tag zur selben Zeit. Ich war noch immer verärgert über die Verspätung, und daß der Sinologe diesmal eine Computerzeitung las, machte mich erst recht stutzig. Sollte das ein Zeichen für mich sein, daß ich mir endlich einen Computer zulegte? Morgens schlief ich unruhig.

Nachmittags kam ich auf die Idee, ein Hemd zu kaufen,

nicht in der Stadt, sondern im Ruhrpark, wohl auch da bei C&A. Ich fand sehr schnell eines, das mir gefiel, drückte vierzig Mark ab und setzte mich in den Bus zurück zur Wilhelmshöhe, den 55er, in dem ich den Hannes Korinth traf. Ich fragte ihn nicht, ob er die Fleppe losgeworden war, sondern was seine Mutter machte. Die lebt jetzt bei der Schwester im Sauerland. Hans betrieb ja den Sputnik, und ich wollte wissen, ob der Laden überhaupt noch geöffnet war. Ich war lange nicht mehr dort gewesen. Er meinte, nicht mehr lange, die Wilhelmshöher saufen zu wenig. Kein Wunder, antwortete ich, die Bergleute sterben aus. Vielleicht hatte er das aber auch als Aufforderung an mich gemeint, wieder mehr zu trinken, vor allem jetzt, da ich weniger Tabletten nahm? Also stieg ich doch schon am Denkmal aus, um mir einen in der Marktbörse zu genehmigen. Da saß bereits Adolf Waßmann und trank ein Pils. Ich setzte mich zu ihm, und er erzählte, daß er zu seiner Tochter nach England wollte, fliegen wollte er aber nur auf dem Hinweg, zurück lieber mit seiner Tochter im Auto. Das Reisebüro hatte ihm empfohlen, einen billigen Hin- und Rückflug zu buchen und den Rückflug verfallen zu lassen, das sei kostengünstiger als ein einfacher Linienflug. Ryanair und diese Companies gab es noch nicht.

Ich hatte fünfzig Mark von *Musikexpress/Sounds* bekommen und wußte erst nicht wofür, bis mir einfiel, daß ich für das Blatt Peter Handkes *Versuch über die Jukebox* rezensiert hatte; paßte ja zu einer Musikzeitschrift. Die Überweisung nahm ich als Anlaß, Handke meine Bob-Dylan-Geschichte zu schicken, und las dann seinen *Versuch über den geglückten Tag*. Wie immer bewunderte ich Handkes Sprachmächtigkeit und seine einfachen, aber geheimnisvollen Sätze. Auch ich wollte einmal einen geglückten Tag erleben.

Doch erst kam die Arbeit. Ich mußte eine Aufzugswärterprüfung ablegen, gemeinsam mit Rainer Normann, einem neuen Hausmeister, und Aloys, damit wir notfalls die Leute aus einem steckengebliebenen Lift rausholen konnten. Am ersten Tag gab es eine Unterweisung an den fünf Fahrstühlen des Hauses, und am nächsten Morgen kam jemand vom TÜV oder so, und wir absolvierten die Prüfung, die nicht einfach war mit dem Hochkurbeln des Fahrkorbes, aber wir schafften sie alle. Nachts rief mich noch Hubert an, der gerade auf seiner Tour unterwegs war; am Fotokopierer stünde etwas von Not. Keine Ahnung, was er meinte. Ich ging in das dritte Obergeschoß hoch; ich durfte ja nicht mit dem Lift fahren, weil ich mich selbst im Notfall nicht rausholen konnte. Ich dachte, der Kopierer sei kaputt, aber da stand nur etwas von »not ready«, und Hubert konnte natürlich kein Englisch.

Morgens las ich in der Zeitung eine halbseitige Annonce: *So ein Tag*, ein Buch über die Geschichte von Schalke 04, erhältlich in allen *WAZ*-Geschäftsstellen. »So ein Tag, so wunderschön wie heute« sangen immer die Mainzer Hofsänger im Karneval; das Lied war auch zu einer Fußballhymne geworden. Ich würde mir den Band besorgen, aber in Dortmund, in der Höhle des Löwen BVB. Das wäre Teil eines geglückten Tages.

Ich fuhr mit meinen Eltern wie gewohnt in das Ruhrpark-Einkaufszentrum. Wir tranken zuerst Kaffee bei Tchibo, und alles war klar, auch das geglückt. Wir gingen zu Voswinkel, wo ich mir ein Paar Schuhe kaufen wollte, und ich hatte den Eindruck, die Verkäuferinnen hielten mich für Hans Beimer. Nicht J. R.? Nein. Vielleicht hätte ich doch nicht das Tesoprel absetzen sollen? Doch. Ich dachte, es müßte eben so sein. Die Angestellten scharwenzelten um mich herum und stießen sich gegenseitig an. Ich probierte Schuhe mit Plastikornamenten an, ähnlich wie Turnschuhe. Leider hatte ich keine Autogrammkarten von Hans Beimer mehr dabei, sonst hätte ich sie den Verkäufern gegeben. Ich hatte mich verwandelt. Doch meine Eltern sagten nichts; in ihren Augen hatte ich mich auch nicht verändert, nur für die anderen war ich Hans Beimer. Ich zog, wie sich das für einen Prominenten gehört, wieder sämtliche Blicke auf mich, auch im Plaza, dem Supermarkt, und das Wort Super bekam für mich eine besondere Bedeutung. Vor allem eine Frau hinter der Wursttheke stierte mich an und schien etwas sagen zu wollen, außer: »Was darf's sein?« Ich war froh, als wir wieder nach Hause fuhren, denn mir war in der neuen Rolle nicht ganz geheuer.

Es lag ein Brief hinter der Haustür. Die Schrift kannte ich nicht. Ich drehte ihn um und sah den Absender. Peter Handke. Ich war hocherfreut und wedelte mit dem Brief. Mach auf und lies, sagte meine Mutter. Ich öffnete ihn so vorsichtig, als könnte ich ihm wehtun.

am 6. September 1991
Lieber Wolfgang Welt,
mit offenen Ohren habe ich Ihren scharf und wohl auch tranchierenden (waren Ihre Vorfahren Fleischer?) Anlauf zu und gegen Dylan gelesen, und dann habe ich mir gedacht, sollte mein Stück wirklich in Ihrer Stadt aufgeführt werden, so wären Sie vielleicht einer der Spielleiter, ein möglicher nicht nur wegen Ihrer Nachtwächter-Erfahrung.
Alles Gute, für so oder so,
Ihr Peter Handke

Überwältigt las ich den Brief immer und immer wieder. Ja, das war ein geglückter Tag, und ich würde nach Dortmund fahren.

Das Sirren und Flirren der Schienen kündigte die Einfahrt der S-Bahn an. Ich fragte mich, wann ich das letzte Mal in diese Richtung – nach Dortmund – gefahren war. Ich hatte wohl Körner getroffen im Nachrichtentreff, und dabei fiel mir Judith Rosen wieder ein, mit der ich auch mal dort gesessen hatte. Was die jetzt wohl machte? Ihren Magister würde sie wohl haben. Ob sie mein Buch gelesen hatte? Wenn ich ihre Adresse hätte, wäre ich jetzt zu ihr gefahren. Ich hatte sie ja noch gut in Erinnerung, aber sie mich auch? Dann hätte sie sich mal bei mir gemeldet. Oder? Vielleicht sollte ich mal ihre Anschrift rausfinden, ich müßte ja nur in ein Dortmunder Telefonbuch sehen, ob sie noch in dieser Stadt wohnte. Aber wahrscheinlich war sie längst verheiratet und trug einen anderen Namen. Also lassen wir das. Nicht öffnen, bevor der Zug hält, hieß es an der S-Bahn-Tür viersprachig, aber Türkisch war nicht dabei, obwohl doch so viele Türken im Ruhrgebiet leben. Einsprachig war die Aufforderung, Leute anzuzeigen, die die Wagen versauen, und tausend Mark dafür einzustreichen. Mir gegenüber saß ein taubstummes Paar und unterhielt sich eifrig in Gebärden. Ob sie auch schon mal aneinander vorbeiredeten? Sie hatten etwas verzerrte Gesichter, sahen aber sonst völlig normal aus, auch in der Kleidung. Der Dortmunder Bahnhof war noch immer schäbig. Ich hatte gehört, daß er vollkommen umgebaut werden sollte, aber noch war davon nichts zu sehen. Horten wurde auch umgewidmet. Was daraus wohl werden sollte? Die Leute sahen mich weiterhin groß an. Ich hatte gedacht, eigentlich sei Bochum mein Revier und ich nur da der King. Aber hier in Dortmund schien ich auch bekannt zu sein. Wieder als Hans Beimer? Man hätte mich angesprochen. Ich wollte ja zur *WAZ* Dortmund, das Schalke-Buch kaufen; ich wußte, wo die Geschäftsstelle war, am Ostenhellweg, und ging an Karstadt, Krüger, Zum Ritter, C & A und McDonald's vorbei, bis ich bei der Buchhandlung Schwalvenberg landete. Ob Christine noch da arbeitete? Gegenüber war mal Elpi gewesen, zu der Zeit, als ich den Laden führte. Neben dem Buchladen war das *WAZ*-Büro. Ich ging rein und sagte, was ich wollte. Die Frau sah mich verwundert an. Damit hatte sie nicht gerechnet, daß jemand in Dortmund ein Schalke-Buch kaufen würde, aber sie hatte das Ding vorrätig. Sie sagte, einen Moment, ging nach hinten und holte den Band. Ich zahlte und sagte schönen Dank. Auch sie sah mir eigentümlich nach, ich fühlte es. Dabei war ich kein Schalke-Fan, ich wollte bloß Dortmund erobern. Ich sah in mein Portemonnaie. Ich hatte noch Geld für eine Anschaffung und ging auf dem Rückweg bei Saturn rein. Fast hätte ich da mal angefangen zu arbeiten, konnte aber bei meinem Einstellungsgespräch kein Zeugnis von Elpi vorweisen, da die mich achtkantig rausgeschmissen hatten, und so hatten die bei Saturn mich nicht genommen, zumal sie jemanden suchten, der sich mit The Jazz Butcher auskannte. Ich kaufte jetzt das erste Mal etwas bei denen: die Oper *Le Cid* von Jules Massenet, die Inspiration zu Laurie Andersons *O Superman*. Ich fuhr nach Hause, überzeugt, daß durch diese Käufe Dortmund nun mir gehören würde. Ich war der Conqueror.

Zu Hause hörte ich aber nicht die Oper, sondern eine CD mit den Greatest Hits von Buddy Holly. Bei einem Stück, das ich längst tausend Mal gehört hatte, horchte ich auf einmal auf. *It Doesn't Matter Anymore*. IT gleich ES spielte keine Rolle mehr. Ja, das war's: Das Es hatte seine Macht verloren. Ich holte mir keinen runter, sondern fuhr nach Bochum, zum Rathaus, mal sehen, ob es auch mir gehörte. Rudi hatte Dienst und erzählte, wie in letzter Zeit öfter, von seinem Computer. Wurde ich von einem Computer überwacht? Video gab's noch nicht im Rathaus, und im Schauspielhaus gab es an der Pforte nur einen einzigen Bildschirm, vom Hoftor, zwei Streichholzschachteln groß. Heute sind sechzehn Kameras installiert. Damals konnte man noch unbeobachtet durch die Gebäude gehen, und ich weiß nicht, ob sie heute da sind, um Eindringlinge auszuspähen oder die Pförtner bei ihren Rundgängen zu überprüfen. Was kann ich für dich tun?, fragte ich Rudi. Schließ schon mal Zimmer 48 ab. Er gab mir den entsprechenden Schlüssel. Natürlich wußte ich noch, wo dieser Raum lag. Ich ging ein Stockwerk höher, und gerade als ich abschließen wollte, bekam ich einen gehörigen Schreck. Der Schweig stand in der Tür. Er war der unbeliebteste Lehrer an unserer Schule gewesen. Wir hatten ihn in der Oberstufe zwei Jahre lang in Philosophie und Deutsch. Ich war Klassensprecher, und es gab dauernd Auseinandersetzungen mit ihm wegen der Disziplin, zum Beispiel führte ich ein, daß wir nicht mehr aufstehen mußten. Jetzt erkannte er mich nicht wieder. Er sagte, Sie können noch nicht abschließen, die Europa-Union hat noch eine Sitzung. Ich erwiderte, gut, Herr Schweig, und er wunderte sich, daß ich seinen Namen kannte. Er konnte mich am Arsch lecken, zwanzig Jahre nach dem Abitur. Ich hätte ihm auch die Fresse polieren können, aber dann hätte es wieder geheißen, SPD-Mann verprügelt CDU-Politiker. Ich ging zurück zu Rudi. Klara war nicht mehr da, sie war pensioniert worden, und so gab's auch kein Schnäpschen mehr. Ich holte zwei Flaschen Bier aus dem Keller und trank das Fiege mit meinem Kollegen. Rudi fragte, was mein neues Buch machte, und ich antwortete, es ist fertig, ich brauch's nur noch zu schreiben. Bringst du das mit meiner Hand rein? Ja, sicher, und er nannte mir noch mal die Ärzte, die sie ruiniert haben sollten. Er hielt mich für Wolfgang Welt, das war schon mal gut.

Ich ging rüber zu Janssen und holte mir das Doppelheft vom *Merkur*. Thema: *Deutschland in der Welt. Über Außenpolitik und Nationalstaat.* Auf den ersten Blick war das alles uninteressant für mich, außer vielleicht *Deutsche Legenden* von Peter Bender. Ich las den Aufsatz trotzdem nicht. Ich hatte mit Janssen gesprochen, auch er hatte mich nach meinem neuen Roman gefragt, und ich hatte ihm dieselbe Antwort gegeben wie Rudi: Ich mußte ihn nur noch schreiben. Vielleicht auch nicht. Vielleicht war ja mein Leben das Buch und brauchte nicht mehr geschrieben zu werden. Die, die mich kannten, konnten es lesen, und für manche war ich eben Hans Beimer. Für Janssen nicht.

Abends wollte ich mit Ludger raus und verzichtete auf das Länderspiel England–Deutschland. Scheiß was auf Fußball. Ich hatte vollkommen das Interesse daran verloren. Ludger war wie immer überpünktlich, und wir fuhren in die Innenstadt. Und wie immer, wenn wir ins Tucholsky wollten, parkte er nach einigen Ehrenrunden in der Humboldtstraße. Wir gingen in das In-Lokal, und ich wußte, ich würde beobachtet, ohne daß sich jemand irgend etwas anmerken ließ, weil alle cool waren. Ich trank mein Pils, und als ich aufsah, schienen nur Frauen am Tresen zu stehen, und alle sahen so aus, als stammten sie aus Julie Burchills Roman *Die Waffen der Susan Street*, den ich vor kurzem gelesen hatte. In dem Buch der Journalistin ging es um Sex, New Wave und Design im weitesten Sinne. All die Frauen waren schick angezogen, ganz wie ich mir die Punk-Journalistin vom *NME* vorstellte. *NME*. En-em-ie. Die Frauen schienen besonders aufgemacht zu sein, für wen wohl? Ich fühlte mich regelrecht bedroht und sagte zu Ludger, komm, laß uns ein Häuschen weitergeh'n. Wohin? Treibsand. Als wir wieder im Auto saßen und anfuhren, spürte ich, daß Ludger blind war und dennoch mit dem Auto den Weg zur Castroper Straße finden würde. Ich zeigte ihm mit meinen Händen, die er spüren konnte, wo es langging. Tatsächlich schaffte er es. In dem Café saßen nur Autonome. St. Pauli, dachte ich, und trank auch hier Pils. Die Leute sahen mich an. War ich Diederichsen? Den kannten sie. Nein. Ich war ich. Ich war aber berühmt, sonst hätten sie mich nicht so angestarrt. Als wir gingen, konnte Ludger wieder sehen, und wir fuhren am verdunkelten Ruhr-Stadion vorbei. Ich dachte, hier fände das Länderspiel statt, nur meinetwegen sei das Licht ausgeschaltet worden, und die Zuschauer machten keinen Mucks. Ludger fuhr auf die B1 und brachte mich sicher nach Hause, wo mein Vater das Spiel noch sah. Ich sah Matthäus, wie er eine lächerliche Bewegung machte. Ich guckte mir das nicht an und verabschiedete mich nach oben auf meine Mansarde.

Ich legte mich hin. Das einzige Buch, das im Zimmerdunkel von außen beschienen wurde, war der silberne Umschlag von *Garp und wie er die Welt sah*. Es fing an zu schimmern. Ich spürte, daß in einiger Entfernung Atombomben gezündet wurden. Ich war felsenfest davon überzeugt. Ich verließ die Mansarde und schwankte. Als ich am Ende der Treppe ankam, war ich in den fünfziger Jahren, dazu paßten die H-Bomben. Ich war in einer anderen Welt. Ich ging ins Schlafzimmer meiner Eltern. Ich sagte zu meiner Mutter, laß mich mal da liegen, und sie stand tatsächlich auf. Und ich legte mich hin und schloß die Augen. Ich war jetzt mit meinem Vater allein im Bett; wir schwebten in einem Raumschiff. Ich wußte, wenn ich jetzt hier im Dunkeln ein Licht sehe, dann sind wir endlich da – aber wo? Plötzlich sah ich zwei Punkte. Was hatte das zu bedeuten?

Morgens stand ich auf und ging in die Küche, wo meine Eltern schon saßen. Ich war wie in einer anderen Welt, wenn ich auch nicht wußte, in welcher. Ich lebte in einer anderen Dimension und in einer anderen Zeit. Ich las keine Zeitung, aß nichts, trank nur Kaffee. Die Ellenbogen auf die Oberschenkel gestützt, faßte ich den Kopf zwischen die Hände und grübelte, kam aber zu keinem Ergebnis. Ich war ja schon öfter psychisch krank gewesen, aber solch einen Zustand hatte ich noch nicht erlebt. War ich denn überhaupt krank? Die Eltern hatten den Bruder gerufen, der in der Nähe wohnte. Er fragte, was mit mir los sei, doch ich sah ihn nur an. Ich dachte, vielleicht komm ich aus dieser Zwickmühle heraus, wenn ich den einen Satz sage: Ich will die Mutti ficken. Also sagte ich es. Ich will die Mutti ficken. Meine Mutter war nicht entsetzt. Sie seufzte. War das nicht noch schlimmer? Du mußt ins Krankenhaus, sagte sie, da wollte ich nach draußen. Sie schlossen die Haustür. Von einer Sekunde auf die andere befand ich mich in einem lichten Wald. Meine Familie war nicht mehr da. Ich war fünf Millionen Jahre entfernt, fand den Weg zurück nicht. Als sei ich tot. Wie ewiges Leben. Die Eltern und der Bruder waren weg, dafür schwirrte ein sanfter Ton durch die Luft. Nach einer endlosen – oder zu kurzen? – Zeit war der Ton fort, Stille, wo war ich?, und ich stieg mit Hilfe meiner Mutter in Jürgens Wagen. Wir fuhren offensichtlich zu Dr. Hummel. Ich war noch immer in einer anderen Dimension, bekam aber mit, daß wir die NS7 runterfuhren.

Beim Psychiater mußte ich warten, während mein Bruder mit ihm sprach. Ich besah mir die naive Malerei, die im Vorzimmer hing. Ich konnte mir keinen Reim darauf machen. Dann mußte ich zum Hummel rein. Ich sah aus dem Fenster, eine riesige Fläche. Bochum. Oder die Welt.

Hummel sprach mit mir. Oder auch nicht. Wir fuhren weiter. An einem Park stand ein großes Gebäude. Hier hatte ich Herta besucht, das war die Klapsmühle. Mein Bruder meldete mich an, und eine Ärztin kam in die Aufnahme. Was besprachen wir? Ich glaube, ich schwieg. Ich wurde in die Geschlossene Abteilung eingewiesen, die ich wiedererkannte. Dort bekam ich wohl eine Spritze, in einem Zimmer, das durch ein Fenster mit einem anderen Raum verbunden war. Die anderen Fenster waren vergittert. Ich schlief ein.

Morgens, mittags oder abends, ich wußte nicht, welche Tageszeit wir hatten, brachte mir eine Schwester das Essen. Ich trat unter das Tablett, das sie in der Hand hielt, und es flog mit lautem Geschepper durch den Raum. Für mich war es ein Akt der Befreiung. Entsetzt lief die Schwester raus, und wenig später standen vier große Männer im Raum. Sie schnappten mich und banden mich fest, so sehr ich mich auch wehrte. Ich kam nicht los von den Bändern, die sie mir anlegten. Ich war fixiert. Ich versuchte, mich zu drehen, aber es war nichts zu machen. Ich war noch mehr außer mir als vorher. Ab und zu kam ein Pfleger rein, fütterte mich und gab mir aus einer Schnabeltasse etwas zu trinken. Ich schlürfte begierig. Vielleicht öffnete meine Mutter die Tür und sah kurz rein? Auch mein Freund Robert erschien. War er da? Ein Mann kam rein, begleitet von mehreren Frauen. Er schob das Oberbett zur Seite und hantierte an meinem Schwanz; ich glaubte, er unterzöge mich einer Operation. Oder nicht? Später pißte ich, und es fühlte sich an wie ein Orgasmus. Nach etwa drei oder vier Tagen, in denen ich immer wieder bei dem Pfleger um meine Freilassung gebettelt hatte, sagte er zu mir, machen Sie sich doch los, und ich konnte mit den Zähnen den Stöpsel an meinem Handgelenk lösen. Ich war frei. Aber wer war ich? Ich war Wolfgang Welt. Ich durfte duschen und mich anziehen. Ich ging in das Zimmer, in dem das Pflegepersonal saß, und bat um etwas zu trinken. Sie zeigten mir einen Stapel Extaler-Wasser in Kartons. Und wie krieg ich die auf? Haben Sie mal 'ne Schere? Dumme Frage in der Psychiatrie. Ein Pfleger zeigte mir den Trick, wie ich das Paket öffnen konnte, einfach knikken.

Ich bekam ein anderes Zimmer, auf dem bereits zwei Mann lagen, Detlef und Max. Ich ließ sie erst mal in Ruhe und ging noch ein bißchen rum, ich kannte die Station ja bereits. Im Raucherraum wurde ordentlich gepafft, daneben lag der Fernsehraum, in dem einige Patienten glotzten. Es gab Kabelfernsehen. An den Fernsehraum schloß sich das Eßzimmer mit dem Kickerautomaten an. Ich wurde zum Arzt gerufen. Ich sah in ihm jemand anderes, vielleicht einen Agenten. Er bat mich ins Behandlungszimmer. Er fragte, wie es geht, und ich antwortete, geht so. Er stellte sich als Dr. Rüth vor. So, du bist ja wieder bei dir. Was war eigentlich? Ich überlegte nicht lange, ob ich wirklich auspacken sollte, und erzählte ihm von den zwei Schüben, die ich vor einigen Jahren gehabt hatte. Und du warst damals beim Hummel in Behandlung? Ja, bis der wegen seines zweijährigen Hypnosekurses abgehauen ist. Und wann hast du die Tabletten abgesetzt? Vor ein paar Monaten. Und warum? Weil ich dachte, mir ginge es dann besser. Und hast es nicht dem Hummel gesagt. Nee, ich war ja gut drauf. Weißt du, was du hast? Du hast eine schizophrene Psychose.

Ich konnte gehen. Ich verzog mich mit einem Paket Wasser in den Raucherraum. Als meine Eltern kamen, gingen wir auf mein Zimmer, die anderen gingen raus. Meine Eltern brachten frische Klamotten mit und einen Brief von Hermann Lenz, den sie schon geöffnet hatten. Ich hatte Lenz wohl vor einiger Zeit geschrieben, und nun fragte er sich, ist das schon zehn Jahre her, daß Sie bei uns waren? Ja, und ich hatte zehn Jahre nichts mehr von ihm gehört. Ausgerechnet jetzt antwortete er und fragte nach, jetzt, da ich – wer war? Ich bin Wolfgang Welt. Und dies sind meine Eltern. Sie waren froh, daß ich wieder zu mir gefunden hatte. Die kriegen dich wieder hin, sagt der Arzt. War meine Mutter noch böse wegen des Fickens? Sie ließ sich nichts anmerken. Wie lange bleibe ich drin? Der Arzt meint, ein paar Wochen. Und meine Eltern sollten mich jeden Tag besuchen. Ich brachte sie zur Stationstür, die ein Pfleger aufschloß. Ich durfte noch nicht raus. Als ich mich umdrehte und zurückging, bemerkte ich in der Tür zum Duschraum ein dickes, blondes Mädchen, etwa zwanzig. Sie war nackt. Es waren die ersten Titten und Schamhaare, die ich seit Jahren sah. Ich kriegte dennoch keinen hoch, was ich auf die Medikamente zurückführte, der Moment war auch zu kurz. Ich ging auf mein Zimmer, die anderen lagen wieder auf den Betten. Und du, Detlef, was hast du? Ich hab geklaut, Beschaffungskriminalität. Und die wollen mich jetzt in eine forensische Klinik stecken. Da willze nicht rein? Auf keinen Fall, zu den Kinderschändern. Und du, Max, watt hast du? Er war vielleicht neunzehn. Ich bin zur Entgiftung hier. Wovon? Heroin? Und geht es? Noch. Es gab Abendessen, zu dem etwa zehn Männer und Frauen an einem längeren Tisch saßen; drei weitere Typen saßen an einem kleineren Tisch. Die schienen was auszuhecken, während ich mir eine Schnitte schmierte. Das klappte alles ganz gut. Ich bekam Tabletten und abends noch mal eine im Bett, wahrscheinlich zum Schlafen. Ich lag auf dem Rücken, sah durch das vergitterte Fenster und dachte darüber nach, daß die Welt vor fünf Millionen Jahren zerstört worden war, um nach altem Vorbild wieder neu zu entstehen, aber erst nur in Bochum. Hier war das Paradies. Und ich war der Einzige, der wußte, wie es damals schon ausgesehen hatte. Ich schlief ein.

Morgens wurde das Frühstück serviert. Der Heroinsüchtige sah um diese Zeit schon MTV. Ich ging ebenfalls rüber in den Fernsehraum, interessierte mich aber mehr für die Bücher, die dort standen. Jede Menge Reader's Digest, aber auch Kafka fand sich auf dem Regal. Den hatte ich ja zu Hause, wenn ich auch nur das Ding mit dem Ungeziefer kannte. Vielleicht war ich ja jetzt auch Abschaum? Man ließ es mich nicht fühlen. Das Personal war korrekt. Wir mußten uns nach dem Essen im Fernsehraum versammeln, eine Psychologin kam dazu, und jeder sollte mal erzählen, was ihn bedrückte. Ich als Neuling mußte mich vorstellen, also sagte ich, wer ich bin, ich war ja nun wieder Wolfgang Welt, und erzählte, daß ich eine schizophrene Psychose hätte. Danach redeten die anderen davon, was sie bedrückte, aber ich hatte den Eindruck, daß niemand so richtig mit der Sprache raus wollte. Wie ich. Als die Vollversammlung zu Ende war, wurde ich zum Arzt ins Behandlungszimmer gebeten. Da saß eine Frau, die aussah wie Gloria von Thurn und Taxis, die ich auch immer gern gefickt hätte. Sie wurde mir als Richterin vorgestellt. Wer's glaubt, wird selig. Es sollte festgestellt werden, ob man mich eingesperrt halten sollte. Unter Verschluß. Die anderen in Sicherheit bringen – oder mich? Ich wurde gefragt, ob ich damit einverstanden sei, und ich erwiderte, das müsse ich mir noch überlegen. Ich konnte gehen. Zwei Tage später erhielt ich vom Gericht Bescheid, daß ich vorläufig nicht rauskäme. Mittags gab's Pizza, eine gute Pizza, wie es überhaupt eine gute Verpflegung war, immerhin. In der ganzen Zeit, in der ich drin war, gab es nicht zweimal dasselbe Essen.

Ich mußte zur Psychologin in die Einzelsitzungen, während der sie mich natürlich nach meinen Kindheitserlebnissen fragte. Dr. Ilse Obrig. Ich erzählte ihr vom Fernsehen, das ich in den fünfziger Jahren schon immer gesehen hatte. Und meine Kindheit? Die war doch ganz okay gewesen, wenn mein Vater nicht so gesoffen hätte. Jetzt konnte er kein Wässerchen mehr trüben und kam jeden Tag mit der Mutter.

Ich mußte schwimmen. Meine Eltern hatten mir eine Badehose gekauft. Ich war schon seit Jahren in keinem Becken mehr gewesen, ging aber nicht unter. Ich mußte auch durch einen Ring tauchen, das klappte ganz gut. Die dicke Blonde war auch dabei. Die wollte ich nicht ficken. Sie blieb im flachen Wasser. Anderntags hieß es Sport. Eine Sportlehrerin brachte mich in den Tischtennisraum. Ich fragte sie, ob sie an der Uni studiert hätte, ja, und ob sie meinen alten Klassenlehrer Weißpfennig kannte, ja, Leichtathletik Männer. Der hatte die Schule verlassen und war zur Uni als Dozent gegangen. Ich hatte bestimmt zehn Jahre nicht gespielt, fegte sie trotzdem mit 21:17 ab. Es war noch ein Ausländer dabei, der konnte das nicht so gut. Nachmittags stellte sich eine Jacqueline bei mir vor, wir würden zur Ergotherapie gehen. Was ist das denn? Das war so eine Art Beschäftigungstherapie. Sie zeigte mir was, Körbe flechten oder T-Shirts bemalen. Da sah ich gleich neben dem Eingang eine alte Schreibmaschine. Kann ich auf der nicht meinen neuen Roman tippen? Die schien ja wie für mich bestellt. Und sie sagte, na klar. Ich schrieb in den anderthalb Stunden vier Seiten. Jacqueline las das Ergebnis und meinte, sie bewundere meinen Stil. Ich hatte endlich mit der Fortsetzung von *Peggy Sue* begonnen, und ich schrieb weiterhin daran, wenn ich einmal die Woche herkam. Später versteckte ich aber den Text, auch wenn nichts Geheimes drin stand.

Das erste Wochenende durfte ich noch nicht raus. Der H-Süchtige, der ja freiwillig in der Klinik gewesen war, hatte sich entlassen lassen, und es kam ein Alkoholiker zur Entgiftung, ein Taxifahrer. Ich hatte nicht gewußt, daß Taxifahrer auch Alkoholiker sein durften. Detlef kam auf eine andere Station, für ihn zog ein Typ mit einer Klampfe ein, der immer John-Denver-Songs sang. Ich ging ins Raucherzimmer, spätabends wurde da auch Hasch geraucht. Einmal fragte mich einer, ob ich auch 'ne Pizza bestellen wollte, und ich dachte erst, er meinte Rauschgift. Am zweiten Wochenende durfte ich nach Hause. Mein Vater holte mich ab. Habt ihr Lotto abgeschickt? Ja, sicher. *Die Zeit* geholt? Klar, und ich las einen Artikel von Willi Winkler über ein Frühwerk von Herman Melville. Ich schrieb ihm, daß ich in der Psychiatrie gelandet sei und jetzt abwartete, was wird. Ich spazierte auch wieder über die Wilhelmshöhe, ging aber in keine Kneipe. Dies war also mein Paradies. Warum hatte Grönemeyer solch einen Erfolg gerade mit einem Song über Bochum gehabt? Das mußte doch einen Grund haben. Alles sehnte sich nach Bochum. Sogar in Dortmund und Schalke sangen sie es. Abends ging ich früh ins Bett. Am nächsten Tag brachte mein Vater mich durch den Tunnel an der B1. Diese Schleuse hatte auch was zu bedeuten: Hier begann feindliches Gebiet.

Zurück in der Klinik, wurde mir mulmig. Weshalb? Ich wußte es nicht. Flora Soft hatte eine Radiosendung, in der sie Platten von Nachwuchskräften spielte, und mir fiel ein, daß mein Neffe eine Schallplatte aufgenommen hatte. Bei meinem nächsten Heimatbesuch ließ ich mir den Tonträger geben und schickte ihn an die alte Freundin, die die Platte auch tatsächlich ihren Hörern vorstellte. In der Klinik gab's zwischendurch immer wieder Verhöre durch den Arzt und die Psychologin. Ich schien allmählich wieder relativ normal zu werden, denn nach einigen Wochen wurde ich aus der Geschlossenen Abteilung verlegt und kam auf die Station 4, und das hieß, daß man das Haus auch verlassen konnte. Ich brachte meinen Krempel in einem Zweibettzimmer unter, in dem auch Detlef lag. Ich meldete mich ab und ging spazieren. Ich landete im Café Treibsand, wo ich den Schauspieler Armin Rohde traf. Na, was probt ihr denn gerade? *Die Wupper*. Ach ja, ich konnte mich dunkel erinnern, daß das geplant war. An einem Tisch saß mein alter *Marabo*-Kollege Christoph Biermann mit einem Bekannten und einem Stapel Papiere. Hey Wolfgang, wir stellen gerade ein Quiz-Buch zusammen, können wir dich mal testen? Immer. Er begann seine Karriere beim Wattenscheider Vorortklub Union Günnigfeld, wurde National-Vorstopper und später Sonntagszeitungs-Kolumnist. Keine Frage, Willi Schulz. Lernte das Bäckerhandwerk und wurde 1990 Weltmeister? Klar, Klinsmann. Welcher Schauspieler ...? Bernhard Minetti. Ich trank einen Espresso und verschwand. Nach dem Mittagessen, an dem so um die zwölf Leute teilnahmen, legte ich mich hin und wollte eigentlich schlafen, es wurden aber die Fenster geputzt, die abgeschlossen waren, damit man sich nicht rausstürzen konnte. Anschließend wollte die Ärztin mit mir sprechen, doch ich wehrte mich, weil ich meine Eltern erwartete. Die würden den Weg nicht finden, wenn ich mich nicht unten in den Empfang setzte. Widerwillig gab mir die Ärztin frei. Meine Eltern waren froh, daß ich aus der Geschlossenen raus war, und wir gingen in die Cafeteria und aßen ein Stück Kuchen. Später war wieder Sport angesagt. Wir spielten so eine Art Faustball in der Turnhalle. Am nächsten Tag starb Roy Black, und ich erzählte davon einer jungen Dame, die im Fernsehzimmer saß. Sie meinte nur, das sei ihr egal, sie hätte keine Gefühle. Ich wollte den Fernseher anstellen, aber sie sagte, nie vor vier Uhr. Einmal in der Woche wurden wir zu einem Psychologen-Gespräch geladen, bei dem wir uns mit acht Mann ausheulen konnten. Es arbeiteten auch einige Sozialarbeiter mit uns, und eines Tages führten wir tatsächlich ein Stück auf, das ich aus dem Stegreif entworfen hatte: Ein junger Mann bringt zum ersten Mal ein Mädchen mit nach Hause und will seine Mutter davon überzeugen, daß sie bei ihm schlafen kann. An meinem Roman konnte ich während der Ergotherapie weiterschreiben. Ich war happy, daß ich mich stabilisiert hatte, jedenfalls weitgehend. Als wir gemeinschaftlich mit der ganzen Station eine Krippe bauten und ich ein Schaf formen sollte, erlebte ich einen Moment, in dem ich dachte, ich sei Max Raphael, der Kunstwissenschaftler, der immer so große Töne über Kunst gespuckt hatte. Nun sollte ich, Max, beweisen, was ich selbst als Bildhauer draufhatte. Das war das einzige Mal, daß ich in der Zeit auf der Station jemand anderes war. Jacqueline, die Ergotherapeutin, betreute auch Gestaltung. Die fand im kleineren Kreis statt, mit drei Leuten, und wir sollten etwas zeichnen oder basteln, jedes Mal zu einem bestimmten Thema. Zuerst: Angst. Und ich malte Kameras. Beim nächsten Mal: Ihr größtes Geheimnis, in einem Schächtelchen verpackt. Ich hatte kein Geheimnis, höchstens damals die eine Affäre mit der Spielerfrau. Dann starb Karl-Heinz Köpcke, und wir spielten Teekesselchen oder Stadt Land Fluß, von einer großartigen Psychotherapie war nicht viel zu merken. Als ich am Wochenende zu Hause war, kam die Rudi-Carrell-Show. Ich ging vorher ins Bett.

Am nächsten Morgen waren meine Eltern ganz aufgeregt, weißt du, wer bei Carrell gewonnen hat? Der Koch von eurer Klinik. Da wollte ich wieder nicht an einen Zufall glauben. Montags war ich immer zum Küchendienst eingeteilt, obwohl ich nicht kochen konnte. Erst mußte ich mit jemandem die Zutaten einkaufen, die nicht in unserer Küche vorrätig waren, bei Deschauer oder beim Türken. Ich hatte dann mit dem eigentlichen Kochen nichts zu tun, sondern nur Tomaten oder anderes Gemüse zu schneiden. Ich kam mir ziemlich albern dabei vor. Anschließend aßen wir sechs den Fraß. Einmal war die Oberärztin dabei, die mich bei der Gelegenheit zu einem Gespräch mit Studenten bat. Ich ging auch hin und erzählte, wie alles angefangen hatte, Silvester '78, als meine Hände so verkrampft waren, daß ich dachte, ich könnte nie mehr wichsen. Sie mußten lachen. Und immer wieder Sport, und Klaus Kinski starb, und die Gefühllose sagte, eigentlich gehörte der hier rein. Und immer wieder am Roman schreiben, überzeugt, der wäre was für die Ingrid Klein. Jeden Dienstag vier Seiten. So langsam schien ich normal zu werden; ich dachte nicht mehr, ich sei jemand anders, glaubte nicht mehr, die Welt sei untergegangen. Einen Tag vor meiner Entlassung hatte ich noch mal Gestaltung. Wie fühlen Sie sich jetzt? Und ich malte eine Faust, die ein Fenster durchschlägt.

Bob Dylan & Buddy Holly.
Kein Vergleich

Genau vor einer Woche kam der Desorganisator dieser Veranstaltung, Kixon Altenhövel, mit dem Drahtzieher vom Marabo, Wolf Schwartz, der sich nach dem rumänisch-amerikanischen poeta doctus Delmore Schwartz (›A Season in Hell‹) oder nach Andy Schwartz vom New York Rocker benannt haben mag, tief in der Nacht auf allen vieren zu mir ins Schauspielhaus angekrochen und meinte: »I Want You.« Obwohl ich den neuesten Wetterbericht nicht kannte, wußte ich sofort, woher der Wind wehte. »Du mußt bei unserer Dylan-Feier an seinem 50. Geburtstag nächsten Freitag im Kulturbahnhof unbedingt einen Vortrag halten!« »Du hast vielleicht Nerven! Warum denn gerade ich?« fragte ich ihn. »Ich denk’, du hast Referenten genug, sogar welche aus dem Ausland, und Geier Furzpflug singen auch. Außerdem weißt du aus unserer gemeinsamen Schulzeit auf dem hiesigen Lessing-Gymnasium, daß ich mit Robert Zimmerman seit 25 Jahren nichts mehr am Hut habe.« »Aber du hast doch 84 in drei Wochen den Roman ›Peggy Sue‹ in die Maschine gehackt, der dann für einen Heiermann von Zweitausendeins wie Sauerbier angeboten werden mußte«, erinnerte mich Kixon. »Und du hast in Köln gleichzeitig mit Alfred Biolek ins selbe Urinal geschifft. Du hast in einem Flieger von Paris nach London neben Jane Birkin gesessen, ohne ihr an die Wäsche gehen zu können, und hast anschließend im Hammersmith Odeon Motörhead hinter der Bühne unter den Tisch gesoffen. Du hast den selbsternannten ›Niedermacher‹ Heinz-Rudolf Kunze ein bißchen tiefer gehängt, worauf der dich in einem offenen Brief an den MUSIK-EXPRESS als ›Aufsatz-Ayatollah‹ beschimpft hat, der ›Unzucht mit Abwesenden‹ betreibt. Außerdem hättest du in Amsterdam Lou

Reed interviewen können, wenn du nicht einen Tag zu spät Erster Klasse auf Kosten der RCA angereist wärst.« Er ratterte mein gesamtes Gonzo-Œvre runter. »Und last not least hat KONKRET SEXUALITÄT unzensiert deine Story ›Kalter Bauer in Bochum‹ erscheinen lassen. Auf so was stehen wir!« Er holte Luft: »Mach für uns doch so 'ne Art ›Bob Dylan in Langendreer‹. Du brauchst auch meinetwegen gar nichts über Dylan zu erzählen. Zieh einfach dein Buddy-Holly-Ding durch. Aber mach irgendwas!«

»Das hört sich schon besser an«, antwortete ich. »Aber wo ist der Haken bei der Sache?«

»Du mußt den Kölner Vorstadt-Dylan Niedecken von BAP mitabwickeln.« Da bekamen meine Augen einen seltenen Glanz, und der Lou Reed in mir sagt: If you need someone to kill. I'm a man without a will. Dann jedoch meinte ich, der Niedecken erledigt sich von selbst.

»Ich kenn' außerdem von BAP so gut wie nichts, weil ich normalerweise immer abschalte, wenn die kommen. Ich hab' die nur mal in ›Wetten daß . . .‹ – damals noch mit Frank Elstner – gesehen, und als die einen zum besten gaben, sprang der Stargast des Abends, Fürstin Gloria von Thurn und Taxis, aus ihrer Sitzgarnitur hoch und hottete sich auf der Bühne einen zu deren Musik ab. Ich fand, diese beiden Ekelpakete paßten gut zusammen.«

Außerdem hatte ich ein Interview gelesen, das Niedecken für die WAZ-Gruppe (BWZ) mit Werner Höfer geführt hatte, kurz bevor der wg. seiner Schreibtischtätigkeit beim Adolf zwangspensioniert wurde. Darin bezeichnete sich Niedecken als ›Universaldilettant‹. Diesen Begriff hatte er von mir geklaut, nachdem er in ›Staccato‹, einer 1982 erschienenen Anthologie, im Vorwort des Herausgebers Diederich Diederichsen erfahren hatte, daß das die richtige Bezeichnung für mich sei.

Das hatte auch die Bundespost eingesehen und sie im Telefonbuch unter meinen Namen gesetzt. (Ich selbst hatte den Begriff '75 von dem Kunst-Weltmeister Timm Ulrichs aus Münster abgekupfert.) Ich hatte aber wirklich keine Lust, mich mit Niedecken zu beschäftigen, doch fiel mir ein, daß ich mal aus nächster Nähe das Weiße in seinem Auge gesehen hatte. Das war, als ich noch Nachtwächter in der Ruhrlandhalle war. Ich wollte gegen zehn meine Schicht antreten, kam aber an diesem Abend nicht in meinen Bau rein. Die Leibgarde von BAP, die an diesem Abend vor ausverkauftem Haus ein Konzert gaben, hielt alle strategisch wichtigen Punkte besetzt und wollte mich nicht rein lassen, weil ich keinen maschinenlesbaren Backstage-Paß besaß. Das war mir bis dahin noch bei keiner Veranstaltung an der B1 passiert. Erst als der Hallen-Chef intervenierte, durfte ich meinen Dienst beginnen und verkroch mich in eine Ecke, wo ich nichts von dem Auftritt mitbekam. Als der Gig nach der 15. Zugabe endlich zu Ende war und die Halle sich geleert hatte, guckte ich mir an, wie die Roadies die eigens mitgebrachte Bühne (weil die hauseigene ein paar Zentimeter zu niedrig war), abbauten. Niedecken war anscheinend noch in der Garderobe. Was mich wunderte, war, daß gar keine Groupies auf ihn lauerten. Oder war er schon damit dran? Nein. Gegen eins kam er allein durch den einzig möglichen Ausgang, und die Bochumer Frauen stiegen in meiner Achtung. Unverrichteter Dinge verschwand er nebenan ins Novotel. Armes Deutschland. (Da hatte ich mit Motörhead doch ganz andere Dinger erlebt.) So'n Langweiler, den man zudem mit seinem Kölsch nicht mal verstehen kann – darin Dylan ähnlich –, dafür war mir meine karge Freizeit zu schade. Aber dann fiel mir ein, daß ich ihn noch mal im Fernsehen erlebt hatte, nämlich als er auf der Loreley zum Abschluß einer Rockpalast-Übertragung zu einer Jam Session mit David Lindley und Rory Gallagher antrat, die Peter Rüchel, der WDR-Produzent, stets den Künstlern in ihren Vertrag diktiert hat. Niedecken sang – wenn man es so nennen will – den Dylan-Song Knockin' on Heaven's Door, das reinste Sakrileg. (Aber ihr merkt, so langsam komm' ich zum Thema.) An diesem Tag begann der Anfang vom Ende des einst verdienstvollen Rockpalastes: indem Rüchel nicht mehr nur vor der Platten-Industrie kapitulierte, sondern auch einen Kotau vor dem Pöbel machte. Und es ist ja bezeichnend, daß später ausgerechnet die Schleimscheißer von BAP die letzte Band waren, die im letzten Rockpalast in der Gruga-Halle aufspielen sollte. Wirklich das allerletzte. Da hatte der Ansager Alan Bangs schon längst in den Sack gehauen, auch wegen einer Loreley-Veranstaltung. Haßerfüllt spielt er im ›Night Flight‹ am Abend nach seinem Rausschmiß in Richtung Rüchel die Ballade Positively 4th Street von Bob Dylan, in der es am Schluß heißt: Yes I wish that for just one time / you could stand inside my shoes / you'd know what a drag it is to see you.

Ich hatte weiterhin nicht die geringste Neigung zu diesem Vortrag, aber ich wollte doch etwas über die erbärmliche Provinzialität der deutschen Musiker-Garde ablassen, indem ich nur ein paar Namen von Leuten, die von speichelleckenden deutschen Schreibern in einem Atemzug genannt werden, einfach nebeneinanderstelle: Randy Newman und Heinz-Rudolf Kunze, die Brillenschlange, Mick Jagger und Müller-Westernhagen, der Dünnbrettbohrer, Bob Seger und Klaus Lage, der Sozialarbeiter, Bruce Springsteen, der Boß, und Wolf Maahn, der Angestellte, Frank Sinatra und Harald Juhnke, die Flasche, Johnny Cash und Blixa Bargeld, die eingestürzte Ruine, The Beach Boys vom Pazifik und die Strandjungs vom Ümminger Teich, die wahrhaft Toten Hosen und The Grateful Dead, über deren letztes Konzert ich gerade im New Musical Express (NME) vom 4. Mai gelesen hatte: ›The Grateful Dead's series of Atlanta concerts climaxed in 57 drug arrests. Undercover Police officers say they seized 4856 hits of LSD the size of postage stamps, 29 bags of hallucinogenic mushrooms, 18 cylinders of nitrous oxide as well as cocaine and marijuana.‹ Hier in diesem ungemütlichen Saal könnte die Polente wahrscheinlich noch nicht mal ein Sieben-Minuten-Pils beschlagnahmen.

Bleiben noch Billy Joel und Herbert Grönemeyer, die Currywurst. Schließlich Bob Dylan und Niedecken, zu dem mir nur noch einfällt, daß er sich vor ein paar Monaten noch über jede Schüppe in Nicaragua aufgeregt hat, die zu laut umgefallen ist. Ich hab' aber weder von ihm noch von seinem Stallgefährten Grönemeyer öffentlich vernommen, daß sie sich bei ihrer gemeinsam Plattenfirma darüber beschwert haben, daß dieser Konzern, EMI Electrola, mit ›Zehn kleine Negerlein‹ von Time To Time durch und durch rassistisches Liedgut unter die Leute bringt, und es ist von dieser Firma auch noch kein Dementi erfolgt, daß einer ihrer Manager – laut WDR 2 – gesagt haben soll, man würde auch etwa ›Zehn kleine Juden‹ rausbringen, wenn genug dabei rausspränge.

Wahrscheinlich haben die beiden Kölner Sänger jetzt genug damit zu tun, in den angeschlossenen Ländern abzuräumen. Hörbie ist längst kein Bochumer mehr. Als mir diese Gedanken hochkamen, hatte ich endgültig keinen Bock mehr und sagte Kixon ab. Außerdem wird Dylan zumindest in Essen von der Bildzeitung gesponsert (BAP übrigens von Camel Filter – es ist eben alles reine Geschmacksache).

Ich habe mit der Bildzeitung eigentlich keine Schwierigkeiten. Ich les' sie jeden Morgen nach meinem Nachtleben, weil ich wissen will, was die Leute denken sollen. Ich hatte sogar mal 'ne Freundin bei Bild/Hannover, mit der ich auch übernachtet habe, und ich wette, daß der Mann, der in den dortigen Büros Hans Esser war, nie 'ne Olle von diesem Ätzblatt in die Falle gekriegt hat. (Doch

das nur am Rande.) Ich dachte aber nun an meinen Konto-
stand bei der Volksbank und fragte meinen beleibten ehemaligen Klassenfeind mit der Dylan-Phrase: »Say, do you
want to make a deal? Was tut DIE WELT am Freitag für
mich raus?« Schwartz, der Hauptkassierer bot 150 Mark.
»Nix zu wollen. Ich bin in der IG Mädchen organisiert.«
Er zögerte und erhöhte auf 200 Piepen. »Wenn du willst,
kleine alte Scheine ohne diesen neuen Lametta.« Da fragte
der Lenin von 1902 in mir: Was tun? und der Buddy Holly
von 1958 sang in mir What to do? Worauf der Jerry Rubin in mir, der sonst keinem über Dreißig traut, mich kurz
und bündig aufforderte: Do it! Und als ich dann Anfang
der Woche von meinem Freund und Kupferstecher Wolfgang Körner, dem Autor des einzig wahren Drogenrea-
ders, der gerade aus Lubbock, Texas, eingeflogen war, erfuhr, daß DO IT auch die letzten beiden Worte sind, die
der am Schluß durchdrehende schizophrene J. R. Ewing
(›J. R.‹ sind auch die Initialen von Jerry Rubin) in der aller-
letzten Dallas-Folge zu sich sagt, bevor er ›diesen‹ hier
macht und sich wie weiland der Gladbecker Geiselgang-
ster Rösner in Bremen-Vegesack an der berühmten Bushal-
testelle vor laufenden TV-Kameras eine 9-mm-Browning
ins Gesicht steckt, meinte schließlich der Erich Rutemöl-
ler zu dem Frank Ordenewitz in mir »Dann machet!« (Ingrid, dies ist kein Insider-Joke aus dem Kohlenpott, sondern aus der Bundesliga. Jeder Fan wird dir diesen eher
rheinischen Scherz erklären können.)

Ich schlug ein. Aber was Tiefschürfendes zu Dylan dürft
ihr heute nicht von mir erwarten. Da müßt ihr euch die
letzte KONKRET kaufen, wo über ihn ein Essay von be-
sagtem Diederichsen drinsteht, oder die FRANKFURTER
ALLGEMEINE von heute, in der ihr einen tiefschürfen-
den Artikel unter dem Titel *Harlekin und Heiliger* von
einem Detlev Reinert findet. Oder guckt morgen mal in
der Wochenendbeilage von der SÜDDEUTSCHEN rein,

in der sich Wolfgang Höbel (früher glaub' ich beim SPIE-
GEL) ähnlich auslassen dürfte: *Halb Hofnarr, halb Hei-*
liger (Sinnsuche im abwegigen Gelände. Die Rätsel von
Bob Dylan).

Und wer in der heutigen Bild nicht mitgekriegt hat, ›Was
Bob Dylan und Helmut Kohl gemeinsam haben‹ (Schlag-
zeile), wird sicher die ganze Seite gelesen haben, die die
taz dem Phänomen eingeräumt hat. Ich selbst hatte nur
'ne knappe Woche Zeit, mich auf diesen Abend vorzube-
reiten. Ich mein', war das Datum von Dylans rundem Geburtstag an die 50 Jahre bekannt? Ich bin, offen gesagt,
im Grunde nur hier wegen dem Geld. – Da fällt mir ein,
Kixon, daß wir abgemacht haben, daß ich wie Chuck Berry den Zaster vor meinem Auftritt kriege, und jetzt ist er
gleich schon wieder zu Ende.

»Brauchsse nich nachzählen. Stimmt.« – »Ich trau' dir
nich', wir hatten den selben Mathe-Lehrer.« – Ich hab'
dann ein paar Nächte lang überlegt, wann mir Dylan über
den Weg gelaufen ist. Das erstemal war es am 3. April
1965, zu einer Zeit, als die Männer ihre Schwänze nur
vorne in der Hose hängen (oder wenn's hoch kam, stehen)
hatten und nicht auch welche am Hinterkopf trugen, damals, als die Taxis noch schwarz waren und die Zahnpasta
weiß. (Ihr merkt, hier spricht ein Dichter vom Range Bob
Dylans.)

Ich weiß es noch wie gestern: Es war gegen 23 Uhr 15.
Mitte der sechziger Jahre wurden die englischen Top 20
vom BFN samstags von 11 bis 12 nachts gesendet, mit Ter-
ry James am Mikrofon, dessen angenehme Stimme mir
heute noch gegenwärtig ist. In dieser Zeit konnte man in
einer Stunde ungekürzt zwanzig Platten ohne weiteres unterbringen. Ich lag da mit zwölf in unserem Kinderzimmer,
das ich mit meinem älteren Bruder Heinz-Jürgen teilte,
der an diesem Abend wahrscheinlich gerade im ›Schuppen‹, in der ›Palette‹ oder in der ›Kulisse‹ am Tanzen war.

Das Kofferradio von Schaub-Lorenz, das ich heute noch bei meiner Arbeit benutze, lag unter meinem Kopfkissen, weil sich die Lautstärke nicht mehr regulieren ließ, und ich war ganz Ohr. Ich hörte die letzten fünf der Hitparade: P. J. Proby, Gerry and the Pacemakers, The Hollies (sic!), Petula Clark und Keeley Smith, bis auf die letztgenannte alle unvergessen. Und dann stieg auf Platz 15 ein näselnder Junge mit der Mundharmonika ein, dessen Namen ich nicht kannte und von dessen Song ich kaum ein Wort verstand. Wie sich nachher rausstellte, handelte es sich um Bob Dylan und The Times They Are A-Changin. Ich war in diesem Augenblick hin, obwohl ich anders als ihr nie ein Dylan-Fan (was ja auch die Abkürzung für ›Fanatiker‹ ist) werden sollte und nur eine einzige LP von ihm kaufen würde. Die moderne Folk Music erlebte in jener Woche in England ihren Durchbruch, denn Donovan, dessen Catch The Wind mir sogar in dem Moment noch besser gefiel als Dylans Gezeiten, sprang gleich von null auf Platz sieben. Bis dahin hatte ich nur drei (amerikanische) Folk-Sachen mitgekriegt: Tom Dooley vom Kingston Trio, Michael Row The Boat von den Highwaymen und Blowin' In The Wind von Peter, Paul and Mary, wobei ich natürlich nicht wußte, daß auch dieser Blow-job aus Bob Dylans Feder stammte. (This choke's for you, Barbara. Fragt sich nur für welche.) Jedenfalls: Ich werde diese Nacht im Kinderzimmerbett nie vergessen, ohne daß ich genau erklären kann, warum, und ich frage mich, was wohl heute bei den Teens hängenbleibt, wenn sie auf MTV zum erstenmal den neuesten Song von Jason Donovan oder von Michael Jackson sehen, wahrscheinlich nur ein nasser Schlüpfer. Irgendwo schien in den Staaten ein Nest zu sein, denn im Sommer konnten sich auch die spröde Dylan-Freundin Joan Baez mit There But For Fortune und The Old Christy Minstrel Barry McGuire mit P. F. Sloans apokalyptischem Eve Of Destruction hoch in den englischen

Charts plazieren. Ich hörte Dylan weiterhin gerne, aber so ging es mir mit fast allem, was aus England über den Äther kam. Ich mochte sogar Jim Reeves, Ken Dodd und die Bachelors gut leiden. Na ja, die Bachelors doch nicht so.

Die Wahl fiel mir bei den finanziell selten möglichen Platten-Käufen meist nicht leicht, und so entschied ich mich 66 auch nur schweren Herzens für PET SOUNDS von den Beach Boys und REVOLVER von den Beatles und gegen BLONDE ON BLONDE von Dylan. Zuvor schon war Like a Rolling Stone erschienen, von dem ich erst annahm, es sei ein Song über Mick Jagger. Es war mit fast sechs Minuten die mit Abstand längste Nummer, die bis dahin im Pop-Bereich erschienen war. Und sie zeitigte Folgen. Die TOP 20 paßten nicht mehr ungekürzt in eine Stunde. Heute braucht der BFBS für die TOP 40, also die doppelte Anzahl Hits, die dreifache Sendezeit. Angeblich führte Dylan den Beatles LSD zu, was bei ihnen das sog. Pepper-Syndrom ausgelöst haben soll, von dem sie sich nicht mehr erholt haben sollen. Jedenfalls gingen sie nach Indien. Ihre Musik wurde psychedelisch, und viele zogen nach. Dylan selber täuschte einen Motorradunfall vor, um eine zweijährige Entziehungskur antreten zu können. Die MUSIK PARADE fragte sich damals: ›Warum versteckt sich Bob Dylan?‹ In der, wenn man so will, ›bürgerlichen Presse‹ stand in jenen Tagen, anders als heute, kaum was über Popmusik drin, höchstens über ihre Auswüchse, wenn z. B. in Berlin Stones-Fans in der Waldbühne die Möbel anspitzten. (Wo gibt's übrigens in der heutigen Musikszene noch Hooligans?) Wahrscheinlich hätte Axel Springer, dem wir ja mehr oder weniger das nächste Dylan-Konzert im Ruhrgebiet zu verdanken haben, damals Dylan, wenn er ihn gekannt hat, mit Rudi Dutschke und noch ein paar Gammlern am liebsten als Kanonenfutter nach Vietnam geschickt. Als Dylan wieder clean war, nahm er die LP ›Nashville Skyline‹ auf, die ich mir vom Bertelsmann-Schallplatten-

ring zugehen ließ, aber eigentlich nur, weil Johnny Cash
mitsang, der gerade in San Quentin A Boy Named Sue aufgenommen hatte. Es war denn auch dieser Country-Sän-
ger und nicht Dylan, den ich mir vor zwanzig Jahren in
der Westfalenhalle ansah. Das Ticket kostete die für da-
malige Verhältnisse horrende Summe von 26 Mark, die
ich aber gerne abdrückte, denn Carl Perkins spielte mit,
wegen dessen fetischistischer Blue Suede Shoes ich immer
blaue Wildlederschuhe trug.

Im September 1970 fuhr ich zum erstenmal, mit meiner
Abiturklasse, nach London. (Unser Freund Kixon durfte
aus disziplinarischen Gründen nicht mit.) Ich kaufte mir
in Soho ein paar Scheiben von dem bereits am 3. Februar
1959 tödlich verunglückten Amerikaner Buddy Holly, dessen Fan ich posthum geworden war (siehe ›B. H. auf der
Wilhelmshöhe‹). Meine Brieffreundin – a girl named Sue –,
die mehr auf Northern Soul stand, kam runter aus Bo-
chums Partnerstadt Sheffield. Da ihre Mutter, die ich im
Jahr drauf kennenlernen sollte, Peggy hieß, betitelte ich
meinen ersten Roman PEGGY SUE, also nicht nur nach
Buddy Hollys größtem Erfolg. Ich kaufte an dem Tag, als
Jimi Hendrix unweit starb, in der Dean Street die LP
THAT ’LL BE THE DAY mit Holly-Songs, die ich in dieser
Version noch nicht gehört hatte. Da war ein Titel drauf,
der mir heute, da ich nachts arbeite, noch immer viel be-
deutet: Midnight Shift, über den Greil Marcus – der Autor
des berühmten Buches MYSTERY TRAIN, wie ich später herausfand – am 28. Juni 69 im ROLLING STONE,
einer Zeitschrift, die nach dem Dylan-Song benannt ist
oder nach Jagger & Co. oder auch nach einem Blues von
Muddy Waters, geschrieben hatte, er sei ›simply what we
know as pure Dylan‹. Er führte folgende Zeilen, die man
jetzt natürlich hören müßte, als Beleg an: If she tells you
she wants to use the cahh / Never explains what she wants
it fahh.

Nach der Reifeprüfung verließ ich die Wilhelmshöhe, die Zechen-Siedlung, in der ich auch heute noch bzw. wieder wohne, hier bei OPEL den Berg hoch, in der Freizeit nur noch zu Auswärtsspielen des S. u. S., bei dem ich in der Bezirksklasse als linker Verteidiger kämpfte, und um zu Mrs. Jepsen nach London zu fliegen. Ich sah mir da jede Menge Filme, Theaterstücke und Konzerte an. Außerdem legte ich mir etliche Platten zu. Dylan ließ ich dabei links liegen. Ich wußte auch gar nicht, was der damals so sang, denn im Radio wurden seine Sachen kaum noch gespielt. Er konnte sich nur noch selten und dann auch nur in den unteren Regionen der Hitparaden wiederfinden. Die eine oder andere Melodie aus Buddy Hollys Nachlaß erschien noch, meist jedoch nachträglich von seinem damaligen Produzenten Norman Petty verunstaltet. Auch sonst beschaffte ich mir fast nur Oldies aus den 50er Jahren: von Elvis, Chuck Berry, Eddie Cochran, Gene Vincent, Johnny Burnette, Neil Sedaka, eben Carl Perkins und wie sie alle hießen. Eine halbe Ausnahme waren The Bunch. Das war das Rock-&-Roll-Pseudonym für die Folkrock-Truppe Fairport Convention, die unter diesem Decknamen eine Reihe Standards ihrer frühen Helden eingespielt hatten. Sandy Denny, eine der Sängerinnen, die sich später bei einem Treppensturz das Genick brach, sang auf diesem ROCK ON-Sampler drei Songs von Buddy Holly.

Da ich das jetzt schreibe, fällt mir ein, daß sie 1969 auch die französische (!) Fassung von Bob Dylans If You Gotta Go, Go Now – Si tu dois partir – gesungen hat, den einzigen Hit von Fairport C. Ich möchte an dieser Stelle bestätigen, daß die Losung ›Keiner singt Dylan so wie Dylan selbst‹ stimmt – fast alle anderen singen ihn besser. Man denke nur an If You Gotta Go, Just like A Woman und Mighty Quinn von Manfred Mann mit verschiedenen Lied-Sängern (Paul Jones und Mike d' Abo), an It Ain't Me Babe von den Turtles, Don't Think Twice, It's All

Right von Esther und Abi Ofarim, an It's All Over Now, Baby Blue von Them featuring Van Morrison, natürlich an Mr. Tambourine Man von den Byrds, aber auch an All I Really Want To Do von shoop shoop Cher, vor ihrem ersten chirurgischen Eingriff, an This Wheel's On Fire von Julie Driscoll. Und auch Jimi Hendrix' Version von All Along The Watchtower ist dem Original weit überlegen. Selbst Rod Stewart (Only A Hobo) holt mehr aus Dylan raus als Dylan selber. Ich besorgte mir bei einem meiner seltenen Ausflüge von der Bochumer Innen-Welt in die Außen-Welt der Innenwelt in der Buchhandlung Brockmeyer, die '72 neben dem legendaren Rub-Pub lag, wo damals Kixon Bier gezapft hat, Peter Handkes Versuch über seine Mutter, ›Wunschloses Unglück‹, dem er ein Motto von Dylan vorangestellt hatte: ›He not busy being born is busy dying‹. Ein paar Jahre drauf sah ich eine szenische Lesung davon, unter dem Titel A SORROW BEYOND DREAMS, im National Theatre am südlichen Themseufer. Es war wohl in demselben Jahr, daß ich beim Fußball einen Knöchelbruch erlitt und ins Knappschaftskrankenhaus eingeliefert werden mußte. Da schenkte mir unser Trainer Hubert Chroscinski, ein freundlicher Bulle von Beruf, den neuesten Schinken von Johannes Mario Simmel DIE ANTWORT KENNT NUR DER WIND. Der Autor bedankte sich im Impressum bei Dylan und seinem Verleger, daß er Blowin' In The Wind übersetzt als Titel benutzen durfte. Ich rümpfte damals die Nase. Heute würde ich gerne so gut wie Simmel schreiben können. Dann hätte ich auch neben Boris & Barbara ein Chalet in Monte Carlo. Franz Schöler, ein anerkannter Dylan- und Buddy-Holly-Experte gleichermaßen, empfahl in der ZEIT den mir völlig unbekannten englischen Sänger/Song Writer Phillip Goodhand-Tait, der angeblich Pop-Songs im Stile von Buddy Holly schrieb. Sie hörten sich aber, als ich sie mir, neugierig geworden, zugelegt hatte, aus meiner Warte eher so an, als seien sie unter dem Einfluß von Bob Dylan entstanden.

Ein Song von Goodhand-Tait – und später eine ganze LP – hieß Jingle Jangle Man, den man getrost als eine Variation von Dylans Tambourine Man-Thema auffassen darf. Ich las im NME, den ich mir, wenn ich nicht gerade in England war, hier in diesem Bahnhof, da vorne, wo jetzt die Garderobe ist, jede Woche gekauft hab, daß in eins von Goodhand-Taits Konzerten in L. A. Dylan händchenhaltend mit Joni Mitchell reingeschlendert war.

Da wollte ich nicht nachstehen und ihn in England suchen. Bereits eine halbe Stunde nach meiner Ankunft in der Victoria Station hatte ich ihn gefunden, im DJM-House in der New Oxford Street. Ich kriegte erst keinen Ton raus. Den Dylan-Fans unter euch würde es in einer ähnlichen Situation nicht anders gehen. Er erzählte mir, nachdem ich mich als Buddy-Holly-Anhänger, wenn nicht gar Abhängigen zu erkennen gegeben hatte, daß er neben dessen Everyday, das auf SONGFALL erschienen war, Peggy Sue, Oh Boy! und das hellseherische Rave On in seinem Live-Repertoire hatte. Er führte an diesem Herbstnachmittag einen Cocker-Spaniel an der Leine, und ich fragte ihn, wie der Köter hieß. Phillip anwortete: »Dylan«. Wir blieben bis heute Freunde, und über ihn erschien meine erste Arbeit für ein Buch, ein Artikel im Außenseiter-Lexikon von ROCK SESSION 5 (rororo), das '81 Walter Hartmann (Darmstadt) herausgab, der danach zur Strafe oder aus Geldmangel das Spätwerk Dylans für Zweitausendeins übersetzen mußte. Hartmann wiederum ermunterte mich zu einer längeren Story über die Wanne-Eickeler Vorgruppe, die mir ein Heidengeld einbrachte und in ROCK SESSION 6 rauskam. Zu der Zeit war mein Freund Phillip schon als Video-Produzent (Pfund-)Millionär geworden. Ich kam nie dahinter, wie er das aus dem Nichts geschafft hatte. Ob er noch seine Katze hat, die natürlich

Holly hieß, weiß ich nicht. Seit Jahren läuft ab und zu im ›Mittagsmagazin‹ vom WDR seine Version von Buddy Hollys Heartbeat, für die ich ihm '83 eine deutsche Plattenfirma vermittelt hab (Line Records). Als er mal kurz ein eigenes Label besaß (Gundog), brachte er eine Scheibe von der gleich ihm total unbekannten Rock-Poetin Aj Webber in England auf den Markt, die ich 75 im Vorprogramm von Kraftwerk erlebt hatte. Auf dem Album OF THIS LAND war ihre Interpretation von Dylans Just Like Tom Thumb's Blues drauf, den ich als alter Ignorant selbstverständlich noch nie von ihm gehörte hatte. Diese LP sollte die einzige werden, die ich in Sounds unterbringen konnte, bevor sie von der Marquard-Gruppe geschluckt wurden. Dabei unterlief mir noch der Klops, daß ich den Titel verkehrt angab mit Of This Country. In derselben Woche wie Miß Webber sah ich an gleicher Stelle in der Fairfield Hall, Croydon, neben dem Theater, das den Namen der Dame Peggy (!) Ashcroft trägt, die kurz nach diesem Vortrag sterben wird, Roy Orbison, ›The Big O‹, der gerade nach dem Tod von ein paar engen Verwandten ganz in schwarz gekleidet war, wie damals in Dortmund der Johnny Cash, der in den fünfziger Jahren fast gleichzeitig mit ihm in den Sun Studios in Memphis seine Karriere begonnen hatte, wo auch Elvis the Pelvis seine ersten Songs aufnahm, bevor ihn Colonel Tom Parker für'n Butterbrot rauskaufte und an die RCA verschacherte, die mir, wie gesagt, '82 meinen Trip 1. Klasse zu einem nicht stattfindenden Interview in Amsterdam spendiert hat. Seit O Pretty Woman '64 hatte Orbison praktisch keinen Hit mehr landen können. Aber das englische Publikum vergißt seine Idole von einst nicht so schnell: Die Hütte war voll. Ich hatte mir, wenn schon denn schon, die erste Reihe geleistet, und ich sah: Der war so was von fertig, wenn auch sehr professionell, daß ich nie gedacht hätte, der würde sich noch mal bekrabbeln und Ende der 80er Jahre solo und als Mitglied der Travelin' Wilburys ein großes Comeback an der Seite von Bob Dylan feiern, der ihm, wie mir Kixon gerade, gegen zehn nach drei a. m. am Telefon erzählt hat, schon 25 Jahre vorher Demos von Songs geschickt hatte, die Orbison von ihm aufnehmen sollte, wozu es aber nicht kam. Nur erlebte der Sänger von It's Over seine Wiedergeburt nicht mehr richtig mit, denn er checkte sich vorher endgültig aus, um in die Fußstapfen von Buddy Holly zu treten, der dreißig Jahre vorher O's You've Got Love für den Longplayer The Chirpin' Crickets aufgenommen hatte, eine Art Vorgriff auf Orbisons ersten eigenen posthumen Hit You Got It.

Bei Foyles, wo ich ein paar Tage rumjobbte, erstand ich mit Rabatt die Jack-Kerouac-Biografie von Ann Charters, die mir inzwischen abhanden gekommen ist. Darin fand ich das Foto, auf dem Dylan am Grab des verreckten Autors von ON THE ROAD steht. Es war ein gutes Jahr in London, denn in dem Sommer erschien THE BUDDY HOLLY STORY, das lang erwartete grundlegende Werk über den bebrillten Texaner, verfaßt von dem ebenfalls kurzsichtigen Amerikaner John Goldrosen, den ich im Jahr drauf im ›Old Grey Whistle Test‹ (BBC) sah, der von ›whispering‹ Bob Harris moderiert wurde, der gleich ab vier in meinem alten Kofferradio auf dem BFBS seine dreistündige Saturday-Show abziehen wird. Als dieses Buch '86 endlich auf deutsch rauskam, druckte der Heyne Verlag auf der Rückseite ein angebliches Zitat von mir, das aus dem eingangs erwähnten ›Staccato‹ stammen sollte, aber fast vollkommen aus der Luft gegriffen war. Dafür hat der Setzer mir einen falschen Vornamen gegeben, und zwar ausgerechnet den, auf den der junge Mann katholisch getauft wurde, dem ihr heute meinen Auftritt zu verdanken habt und dessen Schwester Uschi im Goldenen Jahr 67 meine erste große Teenager-Liebe gewesen war. In dieser besten Rock-Biografie aller Zeiten, wie der Rolling Stone sie einstufte, steht auch ein Ausschnitt aus einem Interview, das Dylan '74 mit dem Nachrichtenmagazin NEWSWEEK geführt hat. It goes like this: »Ich trage einfach jene Zeit mit mir herum – die Musik der späten fünfziger und frühen sechziger Jahre, als Musik noch ganz ursprünglich war. Das ist für mich bedeutsame Musik. Die Sänger und Musiker, mit denen ich aufwuchs, sind mehr als Nostalgie – Buddy Holly und Johnny Ace sind für mich heute ebenso von Wert wie damals.« (Wer's noch nicht wissen sollte: Dieser Johnny Ace hat am Heiligabend 1955 einmal zu oft Russisch Roulette gespielt. WoW) In der zweiten Hälfte der 70er Jahre waren neue Platten von Buddy Holly nicht mehr zu erwarten, und ich flog auch vorläufig nicht mehr auf die Insel. Immer schwerer fiel es mir, die Wilhelmshöhe zu verlassen. Fast ging es mir wie dem ›Prisoner‹ Patrick McGoohan, der auch nicht mehr aus seinem Kaff entweichen konnte, in der TV-Kultserie NUMMER 6. Weil ich dann aber doch irgendwann Asche brauchte, heuerte ich in einem Plattenladen gegenüber dem Hauptbahnhof an.

Das einzig Gute daran war, daß ich mir fast alle Scheiben anhören konnte, auf die ich jahrelang scharf gewesen war, die ich mir aber nicht hatte leisten können. Praktisch stand die gesamte lieferbare Pop-Geschichte im Regal.

Ich arbeitete etwa drei Jahre in dem Shop, legte aber nie 'ne Rille von Dylan auf, höchstens THE LAST WALTZ von The Band, obwohl ich '77 in einem Playboy-Interview mit ihm die Zeile gelesen hatte ›I liked Buddy Holly a lot‹. Dann wurde ich von den ELPI-Besitzern an die Luft gesetzt, übrigens mit der Hilfe von einem der linken Anwälte, die diesen Kulturbahnhof hier gesetzmäßig vertreten. Ich schwor diesem Wackernagel-Schwager damals ›I will peggy sue you‹. (Ich schreib' das nur noch mal, weil Kixon mich gerade dran erinnert hat).

Da war ich schon einige Monate nebenbei für ein lächerliches Zeilengeld Musik- und Literaturredakteur bei dem Stadtmagazin Marabo. Eine Dylan-LP, die in meine Ära fiel, delegierte ich an den mittlerweile an Krebs gestorbenen Thomas Eicke, der in Wuppertal mit der Marabo-Säzzerin Zewa Moll zusammenlebte, die nunmehr unter ihrem bürgerlichen Hausnamen im WDR-Hörfunk auftritt und mich nicht mehr mit dem Arsch anguckt, obwohl sie mir mehr oder weniger ihre Medienkarriere zu verdanken hat. Thomas schrieb nur, ungefähr, ›diese Platte ist genauso blöd wie die letzte‹. Das Blatt hat nie wieder so viele böse Leserbriefe zu einem noch dazu so kurzen Artikel gekriegt.

Dylan interessierte mich Anfang der Achtziger überhaupt nicht mehr, und ich bekam nur mit, daß er ein paarmal hin und her konvertiert war. Als mal wieder eine Comeback-Tour ins Haus stand, bat ich Otto Heuer, der eigentlich heute abend hier sein müßte, auch wenn er in Düsseldorf wohnt, die fällige Story über Dylan zu schreiben, um die die CBS (Sony) den Anzeigenleiter des Marabo ersucht hatte, weil sie andernfalls keine Annonce für das Konzert in Dortmund geschaltet hätte. Heute präsentieren Gazetten wie PRINZ, TEMPO oder eben BILD die Gigs direkt und drucken ihre Anzeigen für sich auf die Plakate. BILD präsentiert Bob Dylan repräsentiert Bild. (Oder die Beach Boys oder Heino, ganz egal.) Nachdem ich einen Streit mit dem Chefredakteur vom Zaun gebrochen hatte, weil ich nur noch solche Geschichten erzählen wollte wie diese, wurde ich auch vom Marabo geschaßt. Da täuschte ich einen Peggy Suicide vor und verschwand von der Bildfläche. Bob Dylan hätte gesagt: I Threw It All Away. Als ich mich wieder eingekriegt hatte und fast wieder der Alte war, der ich heute bin, bat ich aus heiterem Himmel einen befreundeten Buchhändler bei Janssen, von dem ich wußte, daß er Dylanologe war, mir doch eine Kassette mit Dylan-Hits zu ziehen, die ich '65/'66 so gerne

gehört hatte. Am nächsten Tag konnte ich sie mir abholen.
Zu Hause war ich bitter enttäuscht, denn es handelte sich
nicht um die damaligen Originalaufnahmen, sondern um
den natürlich schwarzen Mitschnitt eines Konzertes, das
wahrscheinlich noch nicht zu Ende war. Als Trost emp-
fand ich es, daß Hans-Jo Bröckermann auf der anderen
Seite Bobby Fullers LP I REMEMBER BUDDY HOLLY
für mich überspielt hatte. By the way, Fuller konnte sich
nicht lange erinnern, denn kurz nachdem er das aufmüp-
fige I Fought The Law, das wir eher von The Clash kennen,
aber von Sonny Curtis stammt, der die Lead-Gitarre auf
Midnight Shift gezupft hatte, also dem Lied, das sich '56
so anhörte wie reiner Dylan, an die Spitze der Cash Box gesungen hatte, wurde er mit Benzin im Balg in seinem Cadil-
lac vor seiner Haustür tot aufgefunden. Zudem gab mir
mein Bekannter die Kopie einer Story, die zehn Jahre vorher in der renommierten englischen Zeitschrift ZIGZAG
über meinen Freund Phillip erschienen war und die ich
noch nicht kannte. Kurz drauf kaufte ich mir eine weitere
Nummer vom Rolling Stone, weil die Titelgeschichte über
Bob Dylan war, für den ich mich nun doch wieder mehr
interessierte, was vielleicht eine Frage der Zeit war, weil
ich wieder jung bzw. nicht erwachsen werden wollte. Dylan sagte seinem Interviewer Kurt Loder auf die Frage:
»Did you get to see any of the original rock & roll guys,
like Little Richard, Buddy Holly?« ins Mikrofon: »Yeah
sure. I saw Buddy Holly two or three nights before he died.
I saw him at the Armory. He played there with Link Wray.
I don't remember The Big Bopper. Maybe he'd gone off by
the time I came in. But I saw Richie Valens. (Er und der Big
Bopper stürzten zusammen mit Holly ab. WoW). And Buddy Holly, yeah. He was great. He was incredible. I mean I'll
never forget the image of seeing Buddy Holly up on the
bandstand. And he died – it must have been a week after
that. It was unbelievable.« Das ist zum Teil Blödsinn. Bud-

dy Holly hat wahrscheinlich nie im Leben mit Link Wray (The Rumble) gespielt, schon gar nicht auf der letzten fatalen Tour. Das wüßte ich. Dylan verwechselt ihn anscheinend mit dem blutjungen Waylon Jennings, der später als sogenannter Outlaw ein Country & Western-Superstar wurde. Holly hatte ihn entdeckt, eine Cajun-Single mit ihm produziert (Jole Blon) und ihn für seine backing group als Bassisten engagiert, die in total neuer Besetzung immer noch als ›The Crickets‹ firmierte. Auf der anderen Seite stimmt es, daß Holly ein paar Tage, bevor er zum letzten Mal ein Flugzeug betrat, am 31. 1. 59 tatsächlich in ›The Armory in Duluth‹, Minnesota, Dylans Geburtsort, aufgetreten war. Die Maschine sollte Holly und die beiden anderen nach ihrem Konzert im Surf Ballroom in Clear Lake, Iowa nach Fargo, North Dakota transportieren. Vielleicht kennt ihr die Szene aus dem Streifen LA BAMBA. Der junge Bruchpilot Matthew Rust verwechselte, wie eine spätere Untersuchung ergab, vermutlich oben mit unten. Jedenfalls krachte die Beechcraft Bonanza mitten in der Nacht bereits in der Nähe von Mason City, Iowa, unplanmäßig auf einen tiefgefrorenen Acker. (›Snow was snowing, wind was blowing when the world said goodbye, Buddy‹, TRIBUTE TO BUDDY HOLLY, by Mike Berry, ’61 produziert von Joe Meek, der sich, an Hollys achtem Todestag, am 3. 2. ’67, in England das Leben nehmen würde. Siehe auch INFANTA by Bodo Kirchhoff).

Als Kixon & Schwartz letzten Freitag in meiner Loge vorstellig wurden, versprachen sie mir, in den nächsten Tagen Platten und Bücher von und über Dylan vorbeizubringen, damit ich nicht ganz wie ein Tauber über seine Musik reden mußte. Das ist bis jetzt, Mittwoch, 22. 5. ’91, 15.12 h, nicht geschehen. So mußte ich auf eigene Bestände zurückgreifen.

Meine einzige Dylan-LP, NASHVILLE SKYLINE, hatte ich vor etwa 15 Jahren meinem Nachhilfeschüler Bernd

Wagner geschenkt, der dadurch zu einem Dylan-Freund geworden ist und der heute die Lotto/Toto-Annahme, den Tabakwarenhandel, den Zeitschriftenverkauf und den Edu-scho-Vertrieb auf der Wilhelmshöhe, Hauptstraße Ecke Kernberg (in der 3. Generation) regelt. Ich hatte mir schon vor Wochen, als mir noch gar nicht klar war, daß Dylan fuffzig würde, weil ich immer gedacht hatte, der wär ›Forever young‹, im ALRO eine CD mit Hits von ihm aus meiner Kinderzimmer-Zeit erstanden und hörte mir schon lange, bevor ich diesen Auftrag etwas kurzfristig erhielt, immer wieder die Sachen von vor ungefähr 25 Jahren an. Von The Times They Are A-Changin' aber nur bis It Ain't Me, Babe. Danach kam auf diesem Plättchen nur noch Schrott. Und zu meiner Überraschung fand ich in meiner Bibliothek (ca. 2000 Bände) ein Taschenbuch, das ich nie gelesen und mit dessen Existenz ich nicht mehr gerechnet hatte. Es hieß ›Dylan, wie er sich selbst sieht‹, 1981 erschienen. Ich brauchte nur bis zur Seite 24 zu lesen, um drauf zu kommen, wie diese Geschichte – meine, seine und die von Buddy Holly – zu Ende gehen würde. Da stand: ›Ich spielte Klavier, als ich siebzehn war,‹ Dylan sagte das 1961, mit zwanzig. ›Ich spielte Klavier für diesen Rock & Roll-Sänger – Bobby Vee –, und er ist nun ein großer Star, nehm' ich an.‹ Und der Interviewer fragt: ›Wo war das jetzt?‹ ›Das war in Fargo; dann kreuzten wir durch den Mittleren Westen, gingen nach Wisconsin und Iowa, reisten dort rum, und dann haute ich ab.‹ ›Wie lange warst du mit Bobby Vee zusammen?‹ ›Ich war bei ihm so ungefähr, oh, jeden Abend – fast jeden Abend –, für einen Monat oder so – und dann, sobald ich ihn verlassen hatte, hatte er ein anderes Platten-Label, und dann sah ich sein Bild in großen Magazinen und solchen Sachen kurze Zeit danach. Das war so etwas wie eine Enttäuschung.‹

Well now, diese Story hatte ich schon mal gerüchteweise gehört. Nun las ich sie zum erstenmal schwarz auf weiß und kann sie einigermaßen überprüfen. Tatsache ist, daß Bobby Vee, der eigentlich Robert Velline hieß, in den frühen sechziger Jahren ein großer Star in den Staaten war, unter anderm mit Hits wie Take Good Care Of My Baby und Rubber Ball. Und es ist auch glaubhaft überliefert, wie er seine Karriere begonnen hat. Das war am 3. Februar 1959, Buddy Hollys Todestag. Der Manager der Package-Tour suchte noch am selben Tag verzweifelt nach einem Ersatz für den verstorbenen Sänger von Not Fade Away und (!) It Doesn't Matter Anymore, seinem letzten zu seinen Lebzeiten veröffentlichten Song, den ihm Paul Anka auf den Leib geschrieben hatte.

(Oder sollte man sagen: ›Auf die Leiche?‹) Am Nachmittag bewarb sich nach einem Aufruf im lokalen Radiosender erfolgreich dieser 15jährige Robert Velline. Das war in der Stadt Fargo, North Dakota, seinem Heimatort, da, wo Holly hinfliegen wollte, aber nicht mehr landen konnte. Wenn man Bob Dylan glauben will – und wer von uns tut das nicht? –, hat eigentlich auch an diesem Tag, jedenfalls in Fargo, seine Karriere begonnen: als Pianist für das Buddy-Holly-Surrogat Bobby Vee. Wenn man so will, kann man leicht verzerrend sagen, daß an diesem schwarzen Tag des Rock & Roll sich Buddy Holly und Bob Dylan die Klinke in die Hand gaben, und eine neue Zeitrechnung begann. Diesen 3. Februar 1959 besang Don McLean 1972 in seinem mysteriösen Song American Pie als ›the day the music died‹, also als den Tag, an dem die Musik starb. Bob Dylan wurde ihr Totengräber. Take it away, Kixon.

P. S. Bei der Verleihung der Grammy Awards am 25. 2. 1998 sagte Bob Dylan, nachdem er den Preis für sein Album ›Time Out Of Mind‹ erhalten hatte:

And I just want to say that when I was sixteen or seventeen years old, I went to see Buddy Holly play at Duluth Nation-

al Guard Armory and I was three feet away from him …
and he LOOKED at me. And I just have some sort of
feeling that he was – I don't know how or why – but I
know he was with us all the time we were making this
record in some kind of way.

Bob Dylan

Später nahm er Buddy Hollys Not Fade Away in sein Kon-
zertprogramm auf und spielte diesen Song auch an Hollys
40. Todestag am 3. 2. 1999 in New Orleans.

Aus *Peggy Sue & andere Geschichten*, Edition Xplora 1997.
Der Text erschien auszugsweise in der *taz* vom 22. 7. 1991,
leicht gekürzt in *Rogue* vom 15. 6. 1992 sowie in *Bob Dylan.
Fünfzig Jahre*, herausgegeben vom Arbeitskreis für Kultur
e. V. Germinal 1993.

Nachwort

Meinen Sie, Zürich zum Beispiel, sei eine tiefere Stadt als Bochum? Sie haben recht, wahrscheinlich. Zürich, am See die Schwäne, die Berge so nah, schneeig die Spitzen noch im Mai, in Kilchberg hat Thomas Mann gewohnt, und auf dem Friedhof, wissen Sie ja, liegt Elias Canetti nicht weit von James Joyce. Das Grab der Schauspielerin Therese Giehse muß man schon suchen. Der Wächter weiß es nicht, und wer von den Besuchern kennt sie noch?

Aber Bochum, was ist Bochum gegen Zürich? Industriestadt nichtmalmehr und berühmt zuletzt durch Herbert Grönemeyers leicht verspätetes Lied: »Du hast'n Pulsschlag aus Stahl. / Man hört ihn laut in der Nacht. / Bist einfach zu bescheiden! / Dein Grubengold hat uns wieder hochgeholt, / du Blume im Revier!« Revierblume, gut, aber tief?

20 Meter, um genau zu sein. So tief liegt das Anschauungsbergwerk unter der Erde im Deutschen Bergbaumuseum, und mehr ist nicht geblieben vom Stahl. Aus dem Bergbau wurde Opel, wurde Nokia, aber die sind auch schon wieder weg. Ein Dienstleistungszentrum, wie sie das heute nennen, hat keinen Pulsschlag, nur Pendler.

Keine Welt, keine Tiefe, nur Häuser, die Hügel hinauf und hinab, das Ruhrgebiet eine einzige Großstadt, verbunden und getrennt durch wahnsinnige Autobahnen. Runter von der Autobahn und rein in die erste Kneipe, wo wirklich um zwei Uhr nachmittags der Tresen vollgestanden wird von hilfsbereiten Alkoholikern, die sich hier auch noch auskennen. Aber keine Literatur hier.

Bloß Regen.

Niemand weiß, warum, aber in Bochum regnet es immer. Muß am Wetter liegen. Andererseits; Bochum ist Kunststadt. Das Schauspielhaus. Peymann war da und

243

Zadek, umgeben immer von Groupies, zugereisten Fans, heute ist es der »Starlight Express«. Die Ruhr-Universität, Kurt Biedenkopf war da Rektor, rottet vor sich hin, ein Niedergang ohnegleichen. Ein Niedergang, der einen Epiker bräuchte, der ihn wenn nicht besingt, so doch betrauert.

Es gibt ihn. Wolfgang Welt, Sohn eines Bergmanns, der dann, so geht das, Kassier wurde im Fußballverein, ist hier geboren und aufgewachsen und kaum je weggekommen. Wolfgang Welt ist der Chronist dieses Bochumer Niedergangs, und wer will, kann es eine tragische Ironie nennen, daß er, wenn er nicht schreibt, als Nachtwächter das ehemalige Zadek-und-Peymann-Theater beschützt. Welt könnte seine Bücher, wenn der Titel nicht schon vergeben wäre, eine »Chronik der laufenden Ereignisse« nennen, aber hartnäckig nennt er sie immer »Roman«, denn er will in die Literatur, der Bergmannssohn will in die Literatur.

Darf der das überhaupt?

Früh ist er ihr verfallen, unvermeidlich fast, weil sie einem wie ihm nicht zugedacht war. Der »Steppenwolf« hat ihm die Rechtfertigung geliefert, als er das Studium abbrach, und dann fand er Peter Handkes »Einladung, Hermann Lenz zu lesen«. Wolfgang Welt las diesen Lenz, las immer mehr davon, wechselte Briefe mit dem Autor, der so genau über Schwaben schrieb, das Hohenlohische und über das längst niedergegangene Österreich der Habsburgischen Monarchie. Und da, müßte es jetzt heißen, und da gingen ihm die Augen auf. Der Bochumer Leser wird nicht der einzige gewesen sein, den Handke aus der Bahn warf und in eine neue, ganz andere, genau richtige setzte.

Welt hat Handke und Lenz nicht bloß gelesen, sondern verstanden, genau verstanden, daß auch er schreiben müsse. Aber schreibt er wirklich? Er geht die Straßen, geht die Wilhelmshöhe und das Bermudadreieck ab, trinkt wieder zuviel, kriegt Medikamente, setzt sie ab, dreht durch,

244

fährt Bier, legt Platten auf, geht zur Uni, versteht nichts, wird Nachtwächter, dreht durch, kommt in die Klinik, studiert, studiert nicht, spielt Fußball, knobelt, lügt, trinkt, liest und schreibt doch nicht.

Aber was ist denn das für ein Leben? Es ist keins, es sei denn, einer schriebe es auf, einer wie er, wer sonst? »Ich wäre sehr gern Schriftsteller geworden, aber was sollte ich schreiben?«

Nichts liegt ihm näher als die Schrift, nichts ferner. Der Niedergang, der sich um ihn herum ausbreitet, der, je nach Jahreszeit, dritte industrielle Revolution oder Strukturwandel oder Globalisierung heißt, interessiert ihn nicht, sein eigner reicht ihm. »Opa Franz aus Wanne-Eickel erzählte einige schmutzige Witze, und gegen zehn gingen alle nach Hause.«

Kunstlos nennen freundliche Kritiker eine solche Prosa, aber wie hart ist diese Kunstlosigkeit erarbeitet! Nicht Papierundbleistift, nicht das tausendste weiße Blatt Papier, sondern ein ganzes Leben ist dran gegangen, denn Wolfgang Welt erzählt von nichts als seinem Leben. Der Welt-Leser weiß, daß diese Chronik 1986 mit »Peggy Sue« begann, mit dem »Tick« (2001) weiterging und die beiden, zusammen mit der Fortsetzung »Der Tunnel am Ende des Lichts«, 2006 unter dem Titel »Buddy Holly auf der Wilhelmshöhe« erschienen sind.

Kunstlos ist die Sprache, aber sie hat keine Kunst nötig, denn sie weiß, was sie erzählen will. Wenn Literatur im Bilden wahrer Sätze besteht, dann hat Wolfgang Welt in seinem Leben schon viele wahre Sätze gebildet und ist damit der Literat geworden, der er immer sein wollte. »Mit meinen Eltern fuhr ich donnerstags immer ins Einkaufszentrum Ruhrpark. Dort kauften wir bei Plaza ein, anschließend tranken wir bei Tchibo Kaffee.«

Manchmal glaubt er, sie hätten ihm in der Klinik einen Sender eingepflanzt, Orwell und alles. »Aber warum? Weil ich was ganz Besonderes war. Aber was?« So und nur so muß man schreiben. Er braucht gar nicht zu schreiben, denkt er, er schreibt ja schon, denn er lebt es vor. Er wird, denkt er, der erste Schriftsteller sein, der den Nobelpreis für Literatur für sein ungeschriebenes Werk bekommt. »Das Leben«, hofft er, »schrieb den Roman ohne Maschine. (...) Es würde immer für mich gesorgt.«

Aber das geht doch nicht, sagen die Lebensweisen, du mußt arbeiten, du mußt Geld verdienen, du mußt was aus dir machen. Schreib endlich was Ordentliches! Und dann im Seminar, unweigerlich geht es um Beckett, fällt ihm der erste Satz ein, der Satz, mit dem sein Lebensroman beginnen kann, beginnen muß: »Etwa zwei Jahre nach unserer ersten Begegnung machte mir Sabine am Telefon Aussicht auf einen Fick, allerdings nicht mit ihr selber, sondern mit ihrer jüngeren Schwester.« Darum geht es in »Peggy Sue«, darum geht es auch in den folgenden Büchern, darum geht es in »Doris hilft«, und darum, wie beim besten Wollen nichts daraus wird.

Er ist immer die gleiche Geschichte: »Sie war beeindruckt, im Bett landeten wir aber dennoch nicht.« Gut, sagen wir, das kann jeder. Aber stimmt das denn?

Nein, denn nicht jeder ist auserwählt. Wolfgang Welt könnte auch verprügelt werden und wird es in der Disco beinah. Aber dann zieht er das T-Shirt mit Buddy Holly drauf unterm Pullover hervor und ruft den Kerlen zu: »Ich bin doch einer von euch!« Buddy Holly kann Leben retten – und die Literatur. »Vielleicht war ja mein Leben das Buch und brauchte nicht mehr geschrieben zu werden.« Welts Bücher handeln davon, wie jemand in die Literatur gerät und dem Schreiben nicht mehr auskommt.

Am Ende wird Wolfgang Welt noch einmal gerettet; Peter Handke hat einen seiner Texte gelesen und schreibt ihm. Ja, »Doris hilft« ist ein Märchenbuch, und das Märchen wird, wie es sich gehört, am Ende wahr.

Während ich hier schreibe, kündigt die Stadt Lubbock in Texas an, daß sie den fünfzigsten Todestag Buddy Hollys mit einem richtig schönen Bildungsprogramm feiern will, mit Führungen, Vorträgen und Filmen, und vielleicht wird auch Hollys Witwe Maria Elena auftauchen. Wie es eben so ist, wenn einer lang genug tot ist. In Bochum, das weiß ich sicher, werden sie Buddy Holly angemessen feiern, dafür sorgt sein Prophet von der Wilhelmshöhe. Selbst in Zürich, glauben Sie mir, sogar in Zürich kann Sie die Leere anfallen. Auf nach Bochum! Rave on!

Willi Winkler

suhrkamp taschenbücher
Eine Auswahl

Isabel Allende
- Fortunas Tochter. Roman. Übersetzt von Lieselotte Kolanoske. st 3236. 483 Seiten- Das Geisterhaus. Übersetzt von Anneliese Botond. st 1676. 500 Seiten
- Paula. Übersetzt von Lieselotte Kolanoske. st 2840. 496 Seiten.
- Porträt in Sepia. Übersetzt von Lieselotte Kolanoske. st 3487. 512 Seiten
- Zorro. Roman. Übersetzt von Svenja Becker. st 3861. 443 Seiten

Ingeborg Bachmann. Malina. Roman. st 641. 368 Seiten

Jurek Becker
- Amanda herzlos. Roman. st 2295. 384 Seiten
- Jakob der Lügner. Roman. st 774. 283 Seiten

Louis Begley
- Lügen in Zeiten des Krieges. Roman. Übersetzt von Christa Krüger. st 2546. 223 Seiten
- Schmidt. Roman. Übersetzt von Christa Krüger. st 3000. 320 Seiten
- Schmidts Bewährung. Roman. Übersetzt von Christa Krüger. st 3436. 314 Seiten

Thomas Bernhard
- Alte Meister. Komödie. st 1553. 311 Seiten
- Holzfällen. st 3188. 336 Seiten
- Ein Lesebuch. Herausgegeben von Raimund Fellinger. st 3165. 112 Seiten
- Wittgensteins Neffe. st 1465. 164 Seiten

Peter Bichsel
- Cherubin Hammer und Cherubin Hammer. st 3165. 112 Seiten
- Kindergeschichten. st 2642. 84 Seiten

Ketil Bjørnstad
- Villa Europa. Roman. Übersetzt von Ina Kronenberger.
  st 3730. 535 Seiten
- Vindings Spiel. Roman. Übersetzt von Lothar Schneider.
  st 3891. 347 Seiten

Lily Brett
- Einfach so. Roman. Übersetzt von Anne Lösch.
  st 3033. 446 Seiten.
- Chuzpe. Übersetzt von Melanie Walz. st 3922. 334 Seiten

Truman Capote. Die Grasharfe. Roman. Übersetzt von Annemarie Seidel und Friedrich Podszus. st 1796. 208 Seiten.

Paul Celan
- Die Gedichte. Kommentierte Gesamtausgabe in einem
  Band. Herausgegeben und kommentiert von Barbara Wiedemann. st 3665. 1000 Seiten
- Gesammelte Werke in sieben Bänden. st 3202-3208. 3380 Seiten

Lizzie Doron. Warum bist du nicht vor dem Krieg gekommen? Übersetzt von Mirjam Pressler. st 3769. 130 Seiten

Marguerite Duras. Der Liebhaber. Übersetzt von Ilma Rakusa. st 1629. 194 Seiten

Hans Magnus Enzensberger
- Der Fliegende Robert. Gedichte, Szenen, Essays.
  st 1962. 350 Seiten
- Gedichte 1950 – 2005. st 3823. 253 Seiten
- Josefine und ich. Eine Erzählung. st 3924. 147 Seiten

Louise Erdrich
- Der Club der singenden Metzger. Roman. Übersetzt von Renate Orth-Guttmann. st 3750. 503 Seiten
- Die Rübenkönigin. Roman. Übersetzt von Helga Pfetsch. st 3937. 440 Seiten

Laura Esquivel. Bittersüße Schokolade. Roman. Übersetzt von Petra Strien. st 2391. 278 Seiten

Max Frisch
- Homo faber. Ein Bericht. st 354. 203 Seiten
- Mein Name sei Gantenbein. Roman. st 286. 304 Seiten
- Stiller. Roman. st 105. 438 Seiten

Carole L. Glickfeld. Herzweh. Roman. Übersetzt von Charlotte Breuer. st 3541. 448 Seiten

Philippe Grimbert. Ein Geheimnis. Roman. Übersetzt von Holger Fock und Sabine Müller. st 3920. 154 Seiten

Katharina Hacker
- Der Bademeister. Roman. st 3905. 207 Seiten
- Die Habenichtse. Roman. st 3910. 308 Seiten

Peter Handke
- Kali. Eine Vorwintergeschichte. st 3980. 160 Seiten
- Mein Jahr in der Niemandsbucht. st 3084. 632 Seiten

Marie Hermanson
- Der Mann unter der Treppe. Übersetzt von Regine Elsässer. st 3875. 250 Seiten.
- Muschelstrand. Roman. Übersetzt von Regine Elsässer. st 3390. 304 Seiten.
- Das unbeschriebene Blatt. Roman. Übersetzt von Regine Elsässer. st 3626. 236 Seiten

Hermann Hesse
- Das Glasperlenspiel. Versuch einer Lebensbeschreibung des Magister Ludi Josef Knecht samt Knechts hinterlassenen Schriften. st 2572. 616 Seiten
- Der Steppenwolf. Roman. st 175. 288 Seiten
- Siddhartha. Eine indische Dichtung. st 182. 136 Seiten
- Unterm Rad. Materialienband. st 3883. 315 Seiten

Yasushi Inoue. Das Jagdgewehr. Übersetzt von Oskar Benl. st 2909. 98 Seiten

Uwe Johnson
- Mutmassungen über Jakob. Roman. st 3128. 298 Seiten
- Eine Reise nach Klagenfurt. st 235. 109 Seiten

James Joyce. Ulysses. Roman. Übersetzt von Hans Wollschläger. st 2551. 988 Seiten

Franz Kafka
- Amerika. Roman. Mit einem Anhang (Fragmente und Nachworte des Herausgebers Max Brod). st 3893. 310 Seiten
- Das Schloß. Roman. st 3825. 423 Seiten. st 2565. 432 Seiten
- Der Prozeß. Roman. st 2837. 282 Seiten

Daniel Kehlmann. Ich und Kaminski. Roman. st 3653. 174 Seiten.

Andreas Maier. Wäldchestag. Roman. st 3381. 315 Seiten

Magnus Mills
- Die Herren der Zäune. Roman. Übersetzt von Katharina Böhmer. st 3383. 216 Seiten
- Indien kann warten. Roman. Übersetzt von Katharina Böhmer. st 3565. 229 Seiten
- Zum König! Roman. Übersetzt von Katharina Böhmer. st 3865. 187 Seiten

Cees Nooteboom
- Allerseelen. Roman. Übersetzt von Helga van Beuningen. st 3163. 440 Seiten
- Rituale. Roman. Übersetzt von Hans Herrfurth. st 2446. 231 Seiten.

Elsa Osorio. Mein Name ist Luz. Roman. Übersetzt von Christiane Barckhausen-Canale. st 3918. 434 Seiten

Amos Oz. Eine Geschichte von Liebe und Finsternis. Roman Übersetzt von Ruth Achlama. st 3788 und st 3968. 829 Seiten

Marcel Proust. In Swanns Welt. Auf der Suche nach der verlorenen Zeit. Übersetzt von Eva Rechel-Mertens. st 2671. 564 Seiten

Ralf Rothmann
- Junges Licht. Roman. st 3754. 236 Seiten
- Stier. Roman. st 2255. 384 Seiten

Hans-Ulrich Treichel
- Menschenflug. Roman. st 3837. 234 Seiten
- Der Verlorene. Erzählung. st 3061. 175 Seiten

Mario Vargas Llosa
- Das böse Mädchen. Roman. Übersetzt von Elke Wehr. st 3932. 395 Seiten
- Tante Julia und der Kunstschreiber. Roman. Übersetzt von Heidrun Adler. st 1520. 392 Seiten

Martin Walser. Ein fliehendes Pferd. Novelle. st 600. 151 Seiten

Carlos Ruiz Zafón. Der Schatten des Windes. Übersetzt von Peter Schwaar. st 3800. 565 Seiten